BUR
Rizzoli

John Green

Città di carta

BUR
Rizzoli

Pubblicato per

BUR
Rizzoli

da Mondadori Libri S.p.A.

ISBN 978-88-17-11970-2

Titolo originale: PAPER TOWNS

Questa edizione è pubblicata in accordo con Dutton Children's Books
un marchio di Penguin Young Readers Group,
una divisione di Penguin Random House LLC. New York

Traduzione di Stefania Di Mella

Seconda edizione Best BUR: novembre 2019
Terza edizione BUR **ARGENTOVIVO**: settembre 2020

Tutte le citazioni di *Foglie d'erba* sono tratte da
Walt Whitman, *Foglie d'erba*, Bur, Milano 2004.
Traduzione di Ariodante Marianni.

La citazione da *La campana di vetro* è tratta
per gentile concessione dell'editore da
Sylvia Plath, *La campana di vetro,* ne *I capolavori di Sylvia Plath*,
Oscar Mondadori, Milano 2004. Traduzione di Adriana Bottini.

Seguici su:

www.rizzolilibri.it /RizzoliLibri @BUR_Rizzoli @rizzolilibri

A Julie Strauss-Gabel,
senza la quale niente di tutto questo
si sarebbe potuto avverare.

“E poi, quando uscimmo a guardare la sua lanterna
appena ultimata dalla strada,
dissi che mi piaceva la luce che dal suo viso
tremolante splendeva nell’oscurità.”
Jack O’Lantern,
Katrina Vanderberg, *Atlas*

“La gente dice che gli amici
non si annientano a vicenda.
Ma cosa ne sa la gente degli amici?”
Game Shows Touch Our Lives,
The Mountain Goats

Prologo

Un miracolo capita a tutti. Io la vedo così. Tipo, non sarò mai colpito da un fulmine, non vincerò un premio Nobel, non diventerò il dittatore di un piccolo Stato delle Isole del Pacifico, non mi verrà un tumore maligno a un orecchio, non morirò per combustione spontanea. Se però proviamo a vederle tutte insieme, queste cose altamente improbabili, salta fuori che a ognuno di noi prima o poi ne capita almeno una. Quasi di sicuro. Io potrei aver visto piovere rane. Potrei aver messo piede su Marte. Potrei essere stato inghiottito da una balena. Potrei aver sposato la regina d'Inghilterra o essere sopravvissuto per mesi in mare. Ma il mio miracolo è stato un altro. Il mio miracolo è stato questo: tra tutte le case di tutti i quartieri di tutta la Florida, mi sono ritrovato a vivere nella porta accanto a quella di Margo Roth Spiegelman.

Il nostro quartiere, Jefferson Park, è stato a lungo una base della marina. Poi però la marina non ne ha avuto più bisogno e ha restituito il terreno ai cittadini di Orlando, che ci hanno costruito un grande quartiere. Perché è questo ciò che la Florida fa con i suoi terreni: quartieri. I miei genitori e quelli di Margo finirono con il diventare vicini di casa non appena vennero ultimate le prime villette. Io e Margo avevamo due anni.

Prima di diventare una Pleasantville e prima ancora di essere utilizzata come base della marina, Jefferson Park apparteneva, guarda caso, a un tale Jefferson, il Dr. Jefferson Jefferson. A lui sono intitolate una scuola e un'importante fondazione benefica di Orlando, ma la cosa affascinante e incredibile-ma-vera del Dr. Jefferson Jefferson è che non era affatto un dottore. Era un semplice venditore di succhi d'arancia e si chiamava Jefferson Jefferson. Quando diventò ricco e potente, andò all'anagrafe, fece diventare Jefferson il suo secondo nome e cambiò il suo primo in "Dr.". *D* maiuscola, *r* minuscola. Punto.

Io e Margo avevamo nove anni. I nostri genitori erano amici, così noi giocavamo insieme ogni tanto e attraversavamo in bicicletta i vicoli fino al parco Jefferson, al centro esatto del quartiere.

Io mi agitavo sempre all'idea di vedere Margo, perché lei era in assoluto l'essere più fantasticamente meraviglioso che Dio avesse creato. Quella mattina indossava una T-shirt rosa con un drago verde che sputava una fiamma di brillantini arancio. È difficile spiegare adesso quanto pazzescamente bella mi sembrasse quella T-shirt.

Come sempre, Margo andava senza mani, le braccia conserte appoggiate al manubrio e le scarpe da ginnastica che formavano una macchia sfocata in movimento. Era una calda giornata di marzo, il cielo era azzurro, ma l'aria sapeva di acido, come se stesse per cominciare a piovere.

All'epoca ero convinto di essere un inventore, e dopo aver legato le biciclette, nel breve tratto a piedi attraverso il parco fino al campo da gioco, raccontai a Margo l'idea che avevo avuto per la mia ultima invenzione: lo Sparanelli. Si trattava di un gigantesco cannone che avrebbe lanciato enormi sassi colorati a bassa orbita, dotando la Terra di anelli, proprio come Saturno. (Sono ancora convinto che si tratti di una buona idea, ma pare che costruire un cannone capace di sparare massi nello spazio sia una cosa piuttosto complicata.)

Ero stato tante di quelle volte al parco Jefferson da averne una mappa precisa in testa; così mi bastarono pochi passi per accorgermi che qualcosa non andava, anche se non capii subito *che cosa* ci fosse di diverso dal solito.

«Quentin» disse piano Margo, tranquilla.

Stava indicando qualcosa. E a quel punto capii che cosa c'era di diverso.

A pochi metri da noi c'era una quercia robusta e

nodosa, che doveva essere molto vecchia. Niente di nuovo. Alla nostra destra, il campo da gioco. Niente di strano neanche in quello. Ma poi, accasciato vicino al tronco della quercia, un tizio con un completo grigio. Immobile. *Quella* era una novità. E intorno a lui, sangue; una fontana ormai quasi secca che gli partiva dalla bocca. La bocca aperta in un modo innaturale. Mosche ferme sulla fronte bianchissima.

«È morto» mi fece notare Margo, come se io non potessi capirlo da solo.

Feci due passetti indietro. Ricordo di aver pensato che se avessi fatto qualche movimento improvviso, lui si sarebbe potuto svegliare e avrebbe potuto aggredirmi. Magari era uno zombie. Sapevo benissimo che gli zombie non esistono, ma di sicuro lui era molto *simile* a un potenziale zombie.

Mentre indietreggiavo, Margo fece due identici passi in avanti, piccoli e lenti. «Ha gli occhi aperti» disse.

«Dobbiamotornareacasa» dissi io.

«Pensavo che i morti tenessero gli occhi chiusi» continuò Margo.

«Margodobbiamotornareacasaadirlo.»

Lei fece un altro passo avanti. Era abbastanza vicina da potergli toccare un piede. «Secondo te che cosa gli è successo?» mi chiese. «Forse si è drogato.»

Non volevo andarmene e lasciare Margo con quel ragazzo morto che poteva rivelarsi uno zombie agguerrito, ma allo stesso tempo non avevo voglia di starmene lì a chiacchierare delle circostanze del suo decesso. Mi feci coraggio e mi sporsi in avanti per prenderle la mano. «Margodobbiamotornareacasasubito!»

«Va bene, sì» disse lei. Corremmo alle biciclette, con lo stomaco che mi ribolliva di un sentimento molto simile all'eccitazione, ma non lo era. Montammo sulle bici, e lasciai andare avanti lei, perché stavo piangendo e non volevo che se ne accorgesse. Margo aveva le suole sporche di sangue. Il *suo* sangue. Del tizio morto.

E poi fummo a casa, nelle nostre due case diverse. I miei genitori chiamarono il 911, sentii le sirene in lontananza e chiesi di poter vedere il camion dei vigili del fuoco, ma la mamma disse di no. Poco dopo mi appisolai.

I miei sono psicoterapeuti, e io di conseguenza sono una persona maledettamente equilibrata. Così, appena mi svegliai, mia madre mi fece un lungo discorso sul ciclo della vita, e mi spiegò che la morte ne era una parte, sì, ma una parte di cui io, a nove anni, non dovevo preoccuparmi più di tanto, e mi sentii meglio. A essere sincero, non me ne sono mai preoccupato molto. Il che non è poco, vista la facilità con cui tendo a preoccuparmi.

Il fatto è questo: avevo trovato un tizio morto. Il piccolo e adorabile me stesso di nove anni e la mia ancora più piccola e adorabile compagna di giochi avevano trovato un tizio dalla cui bocca usciva sangue, e quello stesso sangue era sulle piccole e adorabili scarpe da ginnastica di Margo mentre pedalavamo verso casa. È tutto molto drammatico, ma la sapete una cosa? Io non conoscevo quel tipo. Tante persone che non conosco muoiono in ogni dannato momento. Se avessi un crollo di nervi ogni volta che succede qualcosa di brutto nel mondo, andrei completamente fuori di testa.

Quella sera mi misi a letto alle nove, perché le nove era l'ora in cui andavo a letto. Mia mamma venne a rimboccarmi le coperte, mi ricordò che mi voleva bene, e io le dissi: «A domani», e lei: «A domani», poi spense la luce e socchiuse la porta della mia stanza.

Non feci in tempo a girarmi su un fianco che vidi Margo Roth Spiegelman alla mia finestra, la faccia schiacciata contro la zanzariera. Mi alzai e andai ad aprire la finestra, ma la zanzariera rimase lì a dividerci. Il viso di Margo era tutto a quadratini.

«Ho fatto un'indagine» disse, seria. Anche da più vicino la vedevo comunque tutta spezzettata, ma ora mi accorsi che aveva in mano un taccuino e una matita rosicchiata intorno alla gomma. Margo diede un'occhiatina ai suoi appunti. «La signora Feldman del tribunale di Jefferson ha detto che si chiamava Robert Joyner e che viveva in Jefferson Road, sopra la drogheria. Ci sono andata e ho trovato alcuni poliziotti. Uno di loro mi ha chiesto se ero del giornalino della scuola e io gli ho risposto che la nostra scuola non ha un giornalino, e allora lui ha detto che poteva rispondere alle mie domande, visto che non ero una giornalista. Mi ha raccontato che Robert Joyner aveva trentasei anni e che era un avvocato. Non mi hanno fatto entrare nel suo appartamento, ma io sono andata dalla sua vicina di casa, Juanita Alvarez, a chiederle una tazza di zucchero. Lei mi ha detto che Robert Joyner si è sparato con un fucile. Le ho chiesto perché e mi ha raccontato che stava divorziando e che questa cosa lo rendeva molto triste.»

A quel punto Margo si è fermata e io l'ho guardata: il suo viso, illuminato dalla luna, era grigio e diviso in mille pezzettini per via della zanzariera. Gli occhi grandi e rotondi saltavano continuamente da me al taccuino. «Un sacco di gente divorzia ma non si suicida» dissi io.

«Lo so» ribatté lei, eccitata. «Ed è proprio questo che ho detto anche io a Juanita Alvarez. E lei mi ha risposto che...» Voltò pagina. «Mi ha risposto che il signor Joyner era tormentato e io le ho chiesto che vuol dire e lei mi ha detto che potevamo solo pregare per lui e che io dovevo portare lo zucchero a mia madre e io le ho detto lasci perdere lo zucchero e me ne sono andata.»

Non replicai. Volevo solo sentirla parlare ancora: quella sua voce piccola e tesa per l'eccitazione di sapere come stavano le cose mi dava la sensazione che mi stesse succedendo qualcosa di importante.

«Forse io so perché» mi disse alla fine.

«Perché?»

«Forse tutti i fili dentro di lui si sono rotti.»

Pensai a come rispondere, e intanto mi avvicinai e sbloccai la zanzariera, per poi staccarla dalla finestra. La adagiai sul pavimento e nel frattempo persi la mia occasione di rispondere a Margo. Prima che potessi tornare a sedermi, lei mi guardò e sussurrò: «Chiudi la finestra.» E io obbedii. Pensavo che se ne sarebbe andata, invece restò lì a guardarmi. La salutai con la mano e le sorrisi, ma i suoi occhi fissavano qualcosa dietro di me, qualcosa di mostruoso che le aveva risucchiato il sangue dalla faccia. Ero troppo spaventato per riuscire a voltarmi. Naturalmente non c'era niente alle mie spalle, tranne, forse, il tizio morto.

Smisi di salutare. La mia testa e la sua erano alla stessa altezza e si guardavano attraverso il vetro. Non mi ricordo come finì: se me ne tornai a letto o se fu lei ad andarsene. Nella mia testa non è mai finita. Siamo ancora lì che ci guardiamo, per sempre.

Margo ha sempre amato i misteri. E di fronte a tutte le cose che sono successe dopo non ho mai smesso di credere che li abbia amati così tanto, i misteri, da essere diventata lei stessa uno di loro.

PRIMA PARTE

I FILI

1.

Il giorno più lungo della mia vita cominciò a rilento. Quel mercoledì mattina mi svegliai tardi, persi tempo nella doccia e finii per fare colazione nel minivan di mia madre alle 7:17.

Di solito vado a scuola a piedi con il mio migliore amico, Ben Starling, ma quella mattina Ben era in orario, quindi niente da fare. "In orario" per noi significava trenta minuti prima dell'inizio delle lezioni, perché la mezz'ora che precedeva la campanella era il momento clou della nostra vita sociale, in cui ci piazzavamo a chiacchierare davanti alla porta laterale, da cui si entrava nell'aula della banda. Quasi tutti i miei amici facevano parte della banda, e nei giorni di scuola passavo gran parte del mio tempo libero a non più di sei metri da quell'aula. Io non ero nella banda perché quanto a orecchio musicale ero messo malissimo, praticamente sordo. Ero in ritardo di venti minuti, quindi tecnicamente ne avevo ancora dieci prima dell'inizio delle lezioni.

In macchina, mia madre si mise a farmi domande sulla scuola, sugli esami e sul ballo di fine anno.

«Sono contrario ai balli» le ricordai, mentre svoltava. Controllai con maestria i sobbalzi dei cereali, sfidando la forza di gravità. Ci ero abituato.

«Non c'è niente di male ad andarci con un'amica. Sono sicura che potresti invitare Cassie Fuk.» E in effetti avrei potuto andarci con Cassie, che era davvero carina, solare e simpatica, nonostante avesse un cognome terribilmente infelice.

«Non è solo che non mi piacciono i balli, è che non mi piacciono le persone che vanno ai balli» le spiegai. Non era vero, in realtà. Ben, per dire, era completamente rimbambito dalla prospettiva del ballo.

La mamma svoltò nel cortile della scuola e superammo un dosso artificiale a tutta velocità. Io strinsi la ciotola quasi vuota, reggendola con entrambe le mani. Scoccai un'occhiata al parcheggio degli studenti dell'ultimo anno. La Honda argento di Margo Roth Spiegelman era parcheggiata al suo solito posto. Mamma si lanciò nel vicoletto e mi salutò con un bacio sulla guancia. Vidi Ben e gli altri: erano già lì fuori, disposti in semicerchio.

Quando li raggiunsi, il cerchio si aprì spontaneamente per farmi spazio. Stavano parlando di Suzie Chang, la mia ex, che suonava il violoncello e che, a quanto pareva, aveva fatto molto parlare di sé da quando usciva con un giocatore di baseball, un certo Taddy

Mac. Non sapevo se fosse il suo vero nome o un soprannome. Di certo Suzie aveva deciso di andare al ballo con lui, con questo Taddy Mac. Un'altra vittima.

«Fratello» mi disse Ben, che era di fronte a me. Mi fece un cenno con la testa e si voltò. Lo seguii fuori dal cerchio. Ben, un ragazzo minuto e dalla pelle olivastra, non ancora del tutto uscito dalla pubertà, era il mio migliore amico da quando, in quinta, ci eravamo arresi al fatto che nessuno dei due avrebbe mai potuto trovare un altro migliore amico. E in più lui ce la metteva tutta, cosa che mi piaceva... il più delle volte.

«Come andiamo?» gli chiesi. Eravamo al sicuro lì, coperti dalle voci degli altri.

«Radar andrà al ballo» mi disse cupo. Radar era l'altro nostro migliore amico. Lo chiamavamo così perché somigliava a un tizio piccolo e occhialuto di un vecchio telefilm, M*A*S*H*, a parte che 1. Il Radar della tivù non era nero e che 2. Dopo che gli avevamo dato quel soprannome, il nostro Radar era cresciuto di circa quindici centimetri e si era messo le lenti a contatto. La verità era quindi che 3. Il Radar di M*A*S*H* non gli assomigliava affatto, ma che 4. Dato che mancavano solo tre settimane alla fine della scuola non gli avremmo dato un altro soprannome.

«Con quella sua Angela?» ho chiesto. Radar non ci aveva mai parlato delle sue storie, ma questo non ci impediva di farci i fatti suoi.

Ben annuì. «Hai presente il mio piano geniale di

invitare al ballo qualche pulzella di primo pelo perché sono le uniche che non conoscono la storia di Ben il Sanguinolento?» Annuii.

«Be', stamattina una tenera pollastrella del primo anno è venuta a chiedermi se sono io Ben il Sanguinolento. Ho cominciato a spiegarle che era un'infezione renale, ma lei è scappata via ridacchiando. Quindi niente da fare, non ho speranze.»

In decima Ben è stato ricoverato per un'infezione ai reni, ma Becca Arrington, la migliore amica di Margo, ha sparso la voce che il vero motivo per cui Ben aveva sangue nelle urine era la sua cronica abitudine alla masturbazione. Questa storia, del tutto irrealistica dal punto di vista medico, ha reso la vita di Ben un inferno. «Che palle» dissi io.

Ben prese a espormi i suoi piani alternativi per trovarsi una ragazza per il ballo, ma io non lo ascoltavo quasi più perché, in mezzo alla fitta calca di ragazzi radunati in corridoio, avevo intravvisto Margo Roth Spiegelman. Era accanto al suo armadietto, insieme a Jase, il suo ragazzo. Indossava una gonna bianca al ginocchio e un top blu. Riuscivo a vederle la clavicola. Stava ridendo in modo isterico, piegata in avanti, con gli occhi strizzati e la bocca mezza aperta. Non sembrava che ridesse per qualcosa che aveva detto Jase, perché guardava lontano, verso una fila di armadietti dall'altra parte del corridoio. Seguii il suo sguardo e vidi Becca Arrington che pendeva da un giocatore di baseball come se fosse una decorazione e lui un albero di Natale. Sorrisi a Margo, anche se sapevo che non poteva vedermi.

«Fratello, devi farti avanti. Lascia perdere Jase. Margo è una pollastrella di primissima scelta.»

Continuai a lanciarle occhiate mentre camminavamo, una serie di istantanee intitolata *La perfezione resta immobile mentre i comuni mortali le passano accanto.* Man mano che ci avvicinavamo, iniziai a pensare che non stava proprio ridendo. Dovevano averle fatto una sorpresa, o un regalo. Non si decideva a chiudere la bocca.

«Già» dissi a Ben, sempre distratto e impegnato a guardarla il più possibile senza farmi notare. Non era solo carina. Era da urlo. Letteralmente. E un attimo dopo ero già troppo lontano, e c'erano già troppe persone a separarci. Non mi ero avvicinato abbastanza per riuscire a sentire che cosa diceva e capire quale fosse l'esilarante sorpresa in questione. Ben scosse la testa: mi aveva visto guardarla una marea di volte e ci aveva fatto il callo.

«Per essere sexy è sexy, te lo concedo, non poi più di tanto. Sai chi è davvero sexy?»

«Chi?» chiesi.

«Lacey» mi rispose. Lacey era l'altra migliore amica di Margo. «E poi tua mamma, fratello. L'ho vista stamattina che ti baciava sulla guancia e perdonami, ma ti giuro su Dio che... ho pensato *cavolo, vorrei essere Q.*

E avere dei peni sulle guance.» Gli diedi una gomitata nelle costole, ma stavo ancora pensando a Margo, perché lei era una vera leggenda, l'unica leggenda che abitasse proprio accanto a me. Margo Roth Spiegelman, il cui nome di sei sillabe veniva spesso pronunciato e scandito tutto insieme con tono reverenziale. Margo Roth Spiegelman, i cui racconti di avventure epiche imperversavano sulla scuola come un temporale estivo. Margo Roth Spiegelman, a cui un vecchio che viveva in una casa diroccata a Hot Coffee, nel Mississippi, aveva insegnato a suonare la chitarra. Margo Roth Spiegelman, che aveva viaggiato per tre giorni insieme alla compagnia di un circo: era portata per il trapezio, a quanto pareva. Margo Roth Spiegelman, che aveva sorseggiato una tazza di infuso alle erbe nel backstage dei Mallionaires dopo un concerto a St. Louis, mentre loro bevevano whisky. Margo Roth Spiegelman, che era piombata al concerto dicendo al buttafuori di essere la ragazza del bassista e loro avevano detto che non la conoscevano e lei dai, ragazzi, sul serio, mi chiamo Margo Roth Spiegelman e se andate dal bassista e gli chiedete di darmi un'occhiata, lui vi dirà che sono la sua ragazza o che vorrebbe che lo fossi, e alla fine il buttafuori era andato dal bassista e lui aveva detto: "Sì, è la mia ragazza, fatela entrare" e poi ci aveva provato con Margo e lei *aveva detto di no al bassista dei Mallionaires.*

Questi racconti, che passavano di bocca in bocca,

finivano inevitabilmente con *Ti rendi conto*? E noi il più delle volte no, non ce ne rendevamo conto e non ci credevamo, ma alla fine saltava fuori che erano proprio veri.

Arrivammo agli armadietti. Radar era appoggiato all'armadietto di Ben e digitava qualcosa su un palmare.

«Quindi andrai al ballo» gli dissi. Alzò gli occhi per riabbassarli un attimo dopo.

«Sto de-vandalizzando una pagina di Omnictionary su un ex presidente francese. La notte scorsa qualcuno ha cancellato tutta la voce rimpiazzandola con la frase "Jacques Chirac è gey" che è falsa, oltre che sgrammaticata.» Radar è uno dei principali editor di questa enciclopedia online, creata e gestita dagli utenti, che si chiama Omnictionary. Tutta la sua vita è dedicata all'aggiornamento e alla cura di Omnictionary. E questa è una delle tante ragioni per cui il fatto che si fosse trovato una ragazza per il ballo era alquanto sorprendente.

«Quindi andrai al ballo» ripetei.

«Mi dispiace» disse senza alzare lo sguardo. Era risaputo che non mi piacevano i balli. Non avevano nulla che mi attirasse: né i lenti né i balli veloci né i vestiti né tantomeno gli smoking noleggiati. Noleggiare uno smoking mi sembrava un sistema perfetto per contrarre un morbo orribile dal precedente locatario, e io non aspiravo certo a diventare l'unico vergine al mondo con i pidocchi sui genitali.

«Fratello» disse Ben a Radar, «le pollastrelle sanno la storia di Ben il Sanguinolento.» Radar mise finalmente via il suo palmare e annuì, solidale. «Quindi mi restano due sole possibilità» riprese Ben. «Comprare una ragazza su Internet o volare in Missouri e rapire una di quelle succulente pollastrelle venute su a granoturco.» Avevo provato a spiegare a Ben che "pollastrella" suonava più sessista e rozzo che retro-cool, ma lui non mi aveva dato retta. Chiamava così anche sua madre. Non c'era speranza.

«Chiederò ad Angela se conosce qualcuno» disse Radar. «Anche se è più dura trovarti una ragazza per il ballo che trasformare il piombo in oro.»

«Trovarti una ragazza per il ballo è così dura che la sola ipotesi è comunemente usata per tagliare i diamanti» aggiunsi io.

Radar approvò entusiasticamente dando due pugni contro un armadietto e poi rincarò la dose. «Ben, trovarti una ragazza per il ballo è così dura che il governo americano ritiene che il problema non possa essere risolto per vie diplomatiche, ma richieda l'impiego della forza.»

Mi stavo sforzando di trovare un'altra immagine quando tutti e tre fummo rapiti nello stesso istante da quel concentrato umano di steroidi anabolizzanti noto come Chuck Parson, che avanzava verso di noi con aria decisa. Chuck Parson non partecipava alle attività sportive perché questo lo avrebbe distratto dal grande obiettivo della sua vita: riuscire a farsi condannare, prima o poi, per omicidio. «Ehi, frocetti» ci disse.

«Chuck» risposi io, nel tono più amichevole che mi riuscì. Chuck non ci aveva dato fastidio negli ultimi due anni: qualcuno della terra dei fighi aveva stabilito che dovevamo essere lasciati in pace, ed era strano persino che ci rivolgesse la parola.

Forse era perché gli avevo parlato, o forse no, fatto sta che Chuck piantò le mani contro gli armadietti ai lati della mia testa, avvicinandosi tanto da permettermi di contemplare la marca del suo dentifricio. «Che cosa sai di Margo e Jase?»

«Mmm» mormorai, e passai in rassegna tutto ciò che sapevo di quei due: Jase era il primo e unico vero ragazzo di Margo Roth Spiegelman. Avevano cominciato a uscire insieme alla fine dell'anno prima e si sarebbero entrambi iscritti alla University of Florida dopo il diploma. Jase aveva vinto una borsa di studio per il baseball. Non andava mai a casa di lei, se non per passare a prenderla. Quanto a Margo, non sembrava che Jase le piacesse più di tanto, ma d'altra parte, a giudicare da come si comportava, sembrava che nessuno le piacesse più di tanto. «Niente» risposi alla fine.

«Non fare lo stronzo con me» ringhiò lui.

«La conosco appena» dissi.

Valutò la mia risposta per qualche istante, e nel frattempo io mi sforzai di guardarlo negli occhi stretti e astiosi. Chuck annuì impercettibilmente, si staccò dagli armadietti e si allontanò, diretto alla sua prima lezione: Cura e Potenziamento dei Pettorali. La campanella suonò di nuovo. Mancava un minuto all'inizio delle lezioni. Io e Radar avevamo calcolo; Ben matematica. Le aule erano vicine: procedemmo insieme, tutti e tre in fila, confidando nel fatto che la marea degli studenti si dividesse per lasciarci passare. E così fu.

Io dissi: «Trovarti una ragazza per il ballo è così dura che se mille scimmie battessero su mille macchine da scrivere per mille anni di seguito non comporrebbero mai la frase: "Andrò al ballo con Ben".»

Ben non riuscì a trattenersi dal dire la sua. «Le mie opportunità di andare al ballo sono così poche che la nonna di Q mi ha detto di no. Ha aggiunto che aspetta un invito da Radar.»

Radar annuì con un lento cenno della testa. «È vero, Q. A tua nonna piacciono quelli di colore.»

Dimenticarci di Chuck e metterci a parlare del ballo, di cui in realtà non mi fregava un bel niente, fu tremendamente facile. Quella mattina la vita andava così: niente contava davvero, né le cose belle né le cose brutte. Eravamo nel business del divertimento collettivo e il nostro bilancio era abbastanza in attivo.

Passai le tre ore successive in aule diverse a sforzarmi di non controllare di continuo gli orologi sopra le lavagne, per poi cedere, guardarli e stupirmi che fossero trascorsi solo due minuti dall'ultima volta che avevo controllato l'ora. Avevo passato all'incirca quattro anni a guardare gli orologi delle aule della scuola, eppure la loro lentezza non smetteva di stupirmi. Se mai mi dicessero che mi resta un solo giorno di vita, mi precipiterei nelle venerande aule della Winter Park High School, in cui, come tutti sanno, un giorno dura mille anni.

Ma per quanto sembrasse non dover finire mai, la lezione di fisica della terza ora finì e mi ritrovai in mensa con Ben. Radar pranzava alla quinta ora con la maggior parte dei nostri amici, mentre io e Ben di solito mangiavamo da soli, a qualche posto di distanza da alcuni studenti di teatro che conoscevamo. Quel giorno prendemmo tutti e due pizza ai peperoni.

«Buona la pizza» dissi io. Ben annuì distratto. «Che hai?» gli chiesi.

«Gniente» rispose, a bocca piena. Deglutì. «Lo so che secondo te è da stupidi, ma io voglio andare al ballo.»

«1. Io non penso che sia da stupidi. 2. Se ci vuoi andare, vacci e basta. 3. Se non mi sbaglio, non hai ancora invitato nessuno.»

«L'ho chiesto a Cassie Fuk, a calcolo. Le ho scritto un biglietto.» Inarcai le sopracciglia con aria interrogativa. Ben cercò nelle tasche dei suoi pantaloni e mi allungò un pezzo di carta ripiegato più e più volte. Lo aprii:

Ben,
mi piacerebbe venire al ballo con te, ma ci vado già con Frank. Mi dispiace!
C.

Lo ripiegai e glielo ripassai facendolo rotolare sul tavolo. Avevamo giocato un sacco di volte a passarci palline di carta su quei tavoli. «Che palle» dissi io.

«Sì, ma chi se ne frega.» I muri del suono si chiusero sopra di noi, restammo zitti per un po', poi Ben mi guardò serissimo e disse: «Ho intenzione di divertirmi molto al college. Entrerò nel *Guinness dei primati* alla voce: "Maggior numero di pollastrelle conquistate".»

Cominciai a ridere. Stavo pensando che i genitori di Radar erano davvero nel *Guinness dei primati*, quando mi accorsi che una ragazza afroamericana molto carina con i dread sottili e ispidi ci si era piazzata davanti. Mi ci volle un attimo per riconoscerla: era Angela, la presunta ragazza di Radar.

«Ciao» mi disse.

«Ciao» risposi. Avevamo qualche corso in comune, ma non mi sentivo abbastanza in confidenza con lei nemmeno per salutarla in corridoio, tanto per dirne una. La invitai a sedersi. Afferrò una sedia dal fondo del tavolo.

«Credo che voi conosciate Marcus meglio di chiunque altro» disse, chiamando Radar con il suo nome di battesimo. Si sporse verso di noi puntando i gomiti sul tavolo.

«È uno sporco lavoro, ma qualcuno deve pur farlo» commentò Ben, ridacchiando.

«Pensate che, insomma, che si vergogni di me?»

Ben scoppiò a ridere. «Che cosa? Ma no!»

«Tecnicamente quella in imbarazzo dovresti essere tu» aggiunsi io.

Angela roteò gli occhi e sorrise. Una ragazza abituata ai complimenti.

«Sì, ma, per dire, non mi ha mai invitato a uscire con voi.»

«Aaah» feci io. Era quello il punto. «Ma questo è perché si vergogna di noi.»

Lei rise. «Be', sembrate piuttosto normali.»

«Perché non hai mai visto Ben sniffare la Sprite e poi sputarla dalla bocca.»

«Sembro una fontana impazzita» disse lui, serissimo.

«Davvero, a voi non sembrerebbe strano? Voglio dire, usciamo insieme da cinque settimane e non mi ha mai invitato a casa sua.» Io e Ben ci scambiammo un'occhiata d'intesa. Mi sforzai di non ridere, tendendo tutti i muscoli del viso. «Che cosa c'è?» chiese.

«Niente» risposi. «Angela, credimi... Se ti costringesse a uscire con noi e ad andare spesso a casa sua...»

«Vorrebbe dire che non gli piaci. Sicuro» concluse Ben.

«I suoi sono tipi strani?»

Lottai con me stesso per trovare una risposta sincera

alla sua domanda. «No, no, sono forti. Sono solo, come dire… iperprotettivi.»

«Sì, sì, iperprotettivi» ripeté Ben, un po' troppo velocemente.

Angela sorrise e si allontanò, dicendo che doveva salutare qualcuno prima della fine del pranzo. Ben aspettò che se ne fosse andata per commentare: «Forte, la ragazza.»

«Vero» dissi io. «Chissà se possiamo rimpiazzare Radar con lei.»

«Però forse non è esperta di computer. Ci serve qualcuno che ci sappia fare con i computer. E poi scommetto che a Resurrection fa schifo.» Resurrection era il nostro videogame preferito. «Ah, tra l'altro» aggiunse Ben, «bella trovata dire che i genitori di Radar sono iperprotettivi.»

«Non spetta a me spiegarle come stanno le cose.»

«Chissà quanto dovrà aspettare ancora prima di vedere la residenza-museo della Squadra dei Radar» disse Ben con un sorriso.

La pausa pranzo era quasi finita; io e Ben ci alzammo e mettemmo i vassoi sul nastro trasportatore. Lo stesso su cui, quando ero matricola, Chuck Parson mi aveva lanciato, spedendomi nell'inferno dell'esercito delle lavastoviglie del Winter Park. Andammo all'armadietto di Radar e ci fermammo lì ad aspettarlo. Lui arrivò trafelato dopo la prima campanella.

«Ho deciso che sarei disposto letteralmente a succhiare le palle di un asino pur di saltare le lezioni di educazione civica per il resto del semestre» dichiarò.

«Impareresti un sacco di educazione civica dalle palle di un asino» dissi io. «Ehi, a proposito dei motivi per cui preferiresti pranzare alla quarta ora... Noi abbiamo appena mangiato con Angela.»

Ben strizzò l'occhio a Radar e disse: «Si chiede come mai tu non l'abbia ancora portata a casa tua.»

Radar aprì l'armadietto con un lungo sospiro. In effetti, il sospiro fu così lungo che per un attimo temetti di vederlo svenire. «Merda» disse alla fine.

«Ti vergogni di qualcosa?» chiesi io, sorridendo.

«Stai zitto!» mi rispose, dandomi una gomitata nello stomaco.

«Casa tua è molto carina» insistei.

«Davvero, fratello» intervenne Ben. «È una ragazza fantastica e non c'è motivo per cui tu non debba presentarla ai tuoi e mostrarle Casa Radar.»

Radar lanciò i libri nell'armadietto e lo sprangò. Il baccano delle voci intorno a noi si placò proprio nell'istante in cui lui alzò gli occhi al cielo e urlò: «NON È COLPA MIA SE I MIEI GENITORI POSSIEDONO LA PIÙ GRANDE COLLEZIONE MONDIALE DI BABBI NATALE DI COLORE.»

Avevo sentito Radar dire "la più grande collezione mondiale di Babbi Natale di colore" almeno mille volte, ma non aveva mai smesso di farmi ridere. E non scherzava. Mi ricordai la prima volta che ero andato a trovarlo. Credo che avessi tredici anni. Era primavera e Natale era passato da un pezzo, eppure i Babbi Natale di colore erano ancora tutti lì, allineati sui davanzali delle finestre di casa sua. Alcuni Babbi di carta pendevano dalla ringhiera delle scale. Candele a forma di Babbo Natale di colore decoravano la tavola nella sala da pranzo. Un quadro di Babbo Natale di colore era appeso sopra il caminetto, che a sua volta era adornato da una serie di statuette di Babbi Natale di colore. C'era anche un portacaramelle a forma di Babbo Natale di colore comprato in Namibia. La lampada di plastica di Babbo Natale di colore stava in cortile dal giorno della Festa del Ringraziamento a Capodanno; per tutto il resto del tempo illuminava fiera un angolo del bagno degli ospiti, bagno sulla cui carta da parati disegnata a mano campeggiavano Babbi Natale di colore e in cui faceva bella mostra di sé una spugna a forma di Babbo Natale di colore. Tutte le stanze, tranne quella di Radar, erano invase da Babbi Natale di colore: di gesso, plastica, marmo, argilla, legno, resina e tessuto. In totale i genitori di Radar possedevano più di milleduecento Babbi Natale di colore di ogni tipo. Come recitava una targa davanti alla loro porta d'ingresso, la casa dei Radar era un Monumento di Babbo Natale ufficialmente registrato dalla Society for Christmas.

«Devi dirglielo e basta» dissi io. «Dille semplicemente: “Angela, tu mi piaci molto ma c’è qualcosa che devi sapere: quando saremo da me a darci dentro, ci saranno duemilaquattrocento occhi di milleduecento Babbi Natale di colore a guardarci.”»

Radar si passò una mano tra i capelli crespi, poi scosse la testa. «Be’, non credo che gliela metterò giù proprio così, ma gliene parlerò.»

Andai a educazione civica, mentre Ben seguì una lezione facoltativa di progettazione di videogame. Controllai gli orologi di altre due aule e al termine delle lezioni trassi un profondo sospiro di sollievo: la fine di ogni giorno di scuola pareva una simulazione per prepararci a come ci saremmo sentiti dopo il diploma, a cui mancava poco meno di un mese.

Tornai a casa. Feci un anticipo di cena con due panini al burro di noccioline e marmellata. Guardai una partita di poker in tivù. I miei rientrarono alle sei, si abbracciarono e mi abbracciarono. Per cena (quella vera) mangiammo un pasticcio di pasta. Mi chiesero com’era andata a scuola. Mi chiesero del ballo. Si compiacquero del meraviglioso lavoro che avevano fatto con la mia educazione. Mi raccontarono delle giornate che passavano insieme a persone che erano state educate molto meno bene. Poi si misero a guardare la tivù. Io me ne andai nella mia stanza a controllare le mail. Scrissi un pezzetto della mia tesina sul *Grande Gatsby* per il compito d’inglese e lessi un po’ di *Carte federaliste* per cominciare a prepararmi all'esame finale di educazione civica. Chattai con Ben; poco dopo arrivò online anche Radar. Usò l'espressione "la più grande collezione mondiale di Babbi Natale di colore" quattro volte, e io risi ogni volta. Gli dissi che ero contento che avesse una ragazza. Lui dichiarò che sarebbe stata un'estate grandiosa. Concordai. Era il 5 maggio, ma non mi sembrava. I miei giorni erano piacevolmente tutti uguali. L'avevo sempre amata, la routine. Mi piaceva annoiarmi. Non avrei voluto che fosse così, ma non potevo farci niente. Il 5 maggio avrebbe potuto essere un qualunque altro giorno dell'anno, almeno fino a mezzanotte, quando Margo Roth Spiegelman aprì la finestra della mia stanza per la prima volta da quando mi aveva detto di chiuderla, nove anni prima.

2.

Mi voltai di scatto quando sentii la finestra aprirsi: gli occhi azzurri di Margo erano lì nel buio, che mi fissavano. Furono l'unica cosa che riuscii a distinguere all'inizio, ma quando mi abituai alla mezza oscurità mi accorsi che si era dipinta la faccia di nero e che indossava una felpa col cappuccio nera. «Stai facendo sesso virtuale?» mi chiese.

«Sto chattando con Ben Starling.»

«Questo non risponde alla mia domanda, pervertito.»

Risi imbarazzato, poi andai alla finestra e mi inginocchiai: il mio viso era a pochi centimetri dal suo. Non riuscivo a immaginare perché fosse lì, alla mia finestra, truccata in quel modo. «A cosa devo l'onore?» chiesi. Io e Margo eravamo ancora in buoni rapporti, diciamo, ma non al punto da vederci-nel-cuore-della-notte-con-le-facce-pitturate-di-nero. Sapevo per certo che aveva molti amici per quello. E io non ero tra quelli.

«Mi serve la tua macchina» mi spiegò.

«Non ho la macchina» ammisi. Era un mio tasto dolente.

«Ok, allora quella di tua madre.»

«Tu ce l'hai, la macchina» le feci notare.

Margo gonfiò le guance e sbuffò. «Sì, lo so, ma i miei hanno preso le chiavi e le hanno chiuse in una cassaforte che è sotto il loro letto. E Myrna Mountweazel» – che era il cane di Margo – «sta dormendo sul loro letto. E a Myrna Mountweazel scoppia un aneurisma ogni volta che mi vede. Insomma, potrei strisciare dentro, rubare la cassaforte, scassinarla, riprendermi le chiavi e scappare sulla mia auto, ma Myrna Mountweazel comincerebbe ad abbaiare all'impazzata se provassi anche solo ad aprire la porta. Perciò, come ho detto, mi serve una macchina. E mi serve che tu guidi, perché devo fare undici cose stanotte, e almeno cinque di queste richiedono un complice.»

Smisi di sforzare gli occhi, e Margo divenne solo due puntini azzurri che galleggiavano nell'etere. Poi mi concentrai di nuovo su di lei e riuscii a distinguere il profilo del suo viso e il colore ancora fresco sulla sua pelle: le guance formavano un triangolo con il mento. Le sue labbra nerissime si aprirono in un sorriso. «C'è di mezzo un reato?» chiesi.

«Mmm» disse Margo. «Ricordami se effrazione e violazione di proprietà privata sono un reato.»

«No» risposi deciso.

«No nel senso che non sono un reato o che non intendi aiutarmi?»

«Nel senso che non voglio aiutarti. Non puoi ingaggiare qualcuno dei tuoi sottoposti per scarrozzarti in giro?» Lacey e/o Becca erano costantemente ai suoi ordini.

«Ehm, a dire la verità loro sono parte del problema» rispose Margo.

«Quale problema?» chiesi.

«Ci sono undici problemi» disse lei, impaziente.

«Niente reati.»

«Ti giuro su Dio che non ti chiederò di commettere alcun reato.»

Fu in quel momento che le luci in casa di Margo si accesero, tutti insieme. Con uno scatto rapidissimo, Margo scavalcò la finestra e si infilò sotto il mio letto. Pochi secondi dopo, suo padre era nel patio. «Margo!» urlò. «Ti ho visto.»

Sentii un soffocato "Oh, Cristo" da sotto il mio letto. Margo si tirò su, andò verso la finestra e disse: «Dai, papà. Sto solo cercando di fare due chiacchiere con Quentin. Dici sempre che avrebbe un'ottima influenza su di me...»

«Ah, davvero? Stai solo facendo due chiacchiere con Quentin, dici?»

«Sì.»

«E allora perché ti sei tinta la faccia di nero?»

Margo esitò per un nanosecondo. «Papà, ci vorrebbero almeno due ore per rispondere alla tua domanda e tu sarai stanchissimo, quindi meglio se te ne torni a dor…»

«A casa!» tuonò lui. «Subito!»

Margo mi prese per la camicia, mi sussurrò in un orecchio: «Torno tra un attimo» e volò giù dalla finestra.

Non appena lei si fu dileguata, tirai fuori dalla scrivania le mie chiavi della macchina. Le chiavi sono mie, la macchina tragicamente no. Il giorno del mio sedicesimo compleanno i miei mi diedero un pacchetto molto piccolo; intuii subito che si trattava delle chiavi di un'automobile e me la feci quasi addosso perché mi avevano detto più e più volte che non potevano permettersi di comprarmene una. Ma quando mi passarono il minuscolo pacchetto, capii che mi avevano ingannato, che alla fine mi avevano regalato proprio un'automobile. Scartai il pacchetto e aprii la scatolina. Dentro c'era davvero una chiave.

La guardai bene: era la chiave di una Chrysler. Di un minivan Chrysler. Il minivan Chrysler di mia madre, per la precisione.

«Il mio regalo sarebbe una chiave della tua macchina?» le chiesi.

«Tom» disse lei a mio padre. «Te l'avevo detto che così lo avremmo illuso.»

«Oh, non prendertela con me» ribatté lui. «Stai solo sublimando la tua frustrazione per il mio stipendio.»

«Questa diagnosi frettolosa mi sembra un po' passiva-aggressiva, non trovi?»

«E le tue accuse retoriche di passività-aggressività non sono per definizione passive-aggressive?» incalzò mio padre. Continuarono così per un bel po'.

Per farla breve, tranne quando serviva a lei, avevo accesso al meraviglioso mondo a quattro ruote che era il minivan Chrysler vecchio modello di mia madre. E dal momento che lei lo usava per andarci al lavoro, potevo prenderlo solo nei weekend. Sì, be', nei weekend e nel bel mezzo di una notte assurda.

Margo impiegò un po' più di quanto aveva promesso per tornare alla mia finestra, ma non ci mise molto. Durante la sua breve assenza, avevo ricominciato a preoccuparmi. «Devo andare a scuola domani» le dissi subito.

«Sì, lo so» ribatté lei. «Domani c'è scuola, e anche dopodomani. E pensarci così tanto può far diventar matta una ragazza. Quindi sì. Domani c'è scuola. Ecco perché ci dobbiamo muovere, per tornare in tempo per domattina.»

«Non lo so.»

«Q» fece lei. «Q, tesoro, da quando tempo siamo grandi amici?»

«Non siamo amici, siamo vicini di casa.»

«Oh Cristo, Q, non sono sempre carina con te? Non ordino sempre ai miei numerosi servitori di essere gentili con te a scuola?»

«Uh-huh» risposi, dubbioso. In realtà avevo sempre sospettato che fosse stata proprio Margo a impedire a Chuck Parson e a quelli come lui di torturarci.

Batté le palpebre. Si era tinta anche quelle. «Q» disse, «dobbiamo andare.»

E così andai. Scivolai fuori dalla finestra, facemmo di corsa il giro di casa mia a testa bassa, e raggiungemmo la macchina di mia madre. Aprimmo le portiere. Margo mi sussurrò di non richiuderle – troppo rumore –, misi in folle e spinsi l'auto giù dal vialetto. Superammo un paio di case, e solo a quel punto accesi il motore e i fanali. Chiudemmo gli sportelli e guidai lungo le infinite e sinuose strade di Jefferson Park, tra case di nuova costruzione che sembravano di plastica. Una sorta di paese-giocattolo abitato da decine di migliaia di persone in carne e ossa.

Margo cominciò a dire: «Il fatto è che non gliene importa niente, in realtà; è solo che non vogliono che li faccia sfigurare. Vuoi sapere che cosa mi ha detto adesso? Ha detto: "Non m'importa se mandi all'aria la tua vita, ma non mettermi in imbarazzo con i Jacobsen, che sono nostri *amici.*" Ridicolo. E non hai idea della fatica che hanno fatto per impedirmi di scappare da quella maledetta casa. Sai quei film in cui qualcuno evade di prigione e ammassa i vestiti sotto le coperte per far sembrare che stia dormendo?» Annuii. «Ecco, mia madre ha piazzato un baby monitor nella mia stanza per ascoltare il mio respiro di notte. Così ho dovuto scucire a Ruthie cinque dollari per convincerla a dormire nella mia stanza, e poi ho nascosto una massa di vestiti sotto le coperte nel *suo* letto.» Ruthie è la sorellina di Margo. «Merda, mi sembra di stare in *Mission Impossible*. Ero abituata a scappare come fanno tutti i dannati cittadini americani: uscendo dalla finestra e saltando giù dal tetto. Ma diosanto, ormai è come vivere sotto una dittatura fascista.»

«Mi dici dove stiamo andando?»

«Allora, per prima cosa andremo al Publix, perché per ragioni che ti spiegherò più tardi ho bisogno che tu mi compri un po' di roba. Poi al Wal-Mart.»

«Cioè, stiamo per fare un tour degli esercizi commerciali della Florida centrale? Tutto qui?»

«Stanotte, mio caro, raddrizzeremo molti torti. Ed estorceremo alcuni diritti. I primi saranno gli ultimi, gli ultimi saranno i primi e i miti erediteranno un po' di Terra. Ma per poter cambiare il mondo in modo così drastico dobbiamo prima fare un po' di spese.» Arrivammo da Publix. Il parcheggio era quasi completamente vuoto.

«Senti» mi disse, «quanti soldi hai in tasca?»

«Zero dollari e zero centesimi» risposi. Spensi la macchina e mi voltai a guardarla. Infilò una mano nei jeans neri attillati e tirò fuori diverse centinaia di dollari. «Per fortuna il buon Dio ha provveduto.»

«Che diamine...?»

«Sono i soldi del Bat mitzvah. Non sono autorizzata ad accedere al conto, ma so qual è la password, perché i miei usano sempre la stessa: "myrnamountw3az3l". Perciò ho fatto un prelievo.» Cercai di nascondere la mia ammirazione, però Margo vide il modo in cui la guardavo e mi sorrise, ammiccante. «In buona sostanza» disse, «questa sarà la notte migliore di tutta la tua vita.»

3.

La sola cosa che potessi fare con Margo Roth Spiegelman era lasciarla parlare e incoraggiarla a continuare quando si interrompeva. E questo perché: 1. Ero innegabilmente innamorato di lei. 2. Lei era unica e ineguagliabile, da qualunque punto di vista. 3. Non mi chiedeva mai nulla, quindi il solo modo per evitare il silenzio era far parlare lei.

Fu così che nel parcheggio del Publix mi disse: «Ok, allora, ti ho fatto una lista. Se hai qualche dubbio, chiamami sul cellulare. Ah, a proposito: mi sono presa la libertà di mettere un po' di attrezzatura nel bagagliaio.»

«Cosa? Prima che io accettassi di venire?»

«Sì, be', in effetti sì. Comunque, chiamami se hai bisogno di qualcosa. Per quanto riguarda la vaselina, prendi la confezione grande. Ce n'è una piccola, una media e una grande, formato famiglia. Prendi quella. Se non ne hanno, prendine diciamo tre medie.» Mi passò la lista e cento dollari, dicendo: «Dovrebbero bastarti.»

La lista di Margo:

3 pesci Gatto, Confezionati separatamente
Crema depilatoria (Serve a Radersi le gambe al posto del rasoio. È nel reparto cosmetica per Donne)
Vaselina
Mountain Dew (la confezione da sei)
Una dozzina di Tulipani
una Bottiglia d'Acqua
Fazzoletti
una Lattina di vernice Spray blu

«Interessante modo di mettere le maiuscole» dissi.

«Già. Sono una grande sostenitrice delle maiuscole a caso. Le regole delle maiuscole sono così ingiuste nei confronti delle parole che stanno in mezzo alle frasi.»

Ora, io non so che cosa si dovrebbe dire alla cassiera mentre, alle due e mezza del mattino, si dispongono sul nastro trasportatore sei chili di pesce gatto, una confezione di cerette, un maxi-vasetto-formato-famiglia di vaselina, una cassa da sei di Mountain Dew, una lattina di vernice spray blu e dodici tulipani. Ciò che dissi io fu: «Non è così assurdo come sembra.»

La donna si schiarì la gola ma non alzò lo sguardo. «Sì che lo è.»

«Dico davvero, non voglio ficcarmi nei guai» ripetei a

Margo quando risalii in auto. Lei si stava togliendo la vernice nera dal viso con l'acqua e i fazzoletti. Quel trucco, a quanto pareva, le era servito soltanto per scappare di casa. «Nella lettera di ammissione che ho ricevuto dalla Duke si dice esplicitamente che se finisco in galera non mi prenderanno.»

«Sei una persona molto ansiosa, Q.»

«Evitiamo di ficcarci nei guai e basta, per favore» dissi io. «Voglio dire, divertiamoci e tutto quanto, ma non a spese, che so, del mio futuro.»

Alzò lo sguardo, il viso finalmente pulito, e abbozzò un sorriso minuscolo. «Mi meraviglia che tu possa trovare tutta quella merda minimamente interessante.»

«Eh?»

«Il college: andarci, non andarci. I guai: finirci, non finirci. La scuola: prendere A, prendere D. La carriera: farla, non farla. La casa: grande o piccola, di proprietà o in affitto. I soldi: averne, non averne. È tutto così noioso.»

Le risposi che anche a lei ovviamente interessava almeno un po', visto che aveva ottimi voti e che l'anno dopo avrebbe frequentato il programma d'eccellenza della University of Florida, ma lei disse semplicemente: «Wal-Mart.»

Entrammo al Wal-Mart insieme e prendemmo uno di quegli aggeggi che servono a bloccare il volante delle automobili. Si chiamava The Club. Mentre attraversavamo il reparto bambini, chiesi a Margo: «A che cosa ci serve un The Club?»

Margo si lanciò in uno dei suoi soliloqui e riuscì a non rispondere alla mia domanda. «Lo sapevi che per gran parte della storia dell'uomo l'aspettativa di vita media non è andata oltre i trent'anni? E che si poteva contare sì e no su dieci anni di vita da adulti? Non c'erano progetti di pensione, né di carriera. Non c'erano *progetti* in senso assoluto. Non c'era tempo per fare progetti e non c'era tempo per il futuro. Poi però l'aspettativa di vita si è allungata e il futuro anche, e la gente ha cominciato a passare sempre più tempo a pensarci. A pensare al futuro. E ora la vita *è* il futuro. Ogni istante della nostra vita è pensato in funzione del futuro: andiamo alle superiori per essere ammessi al college, trovare un buon lavoro, comprarci una bella casa e poi mandare i nostri figli al college e dare loro la possibilità di trovare un buon lavoro, comprarsi una bella casa e mandare i loro figli al college.»

Mi sembrò che Margo stesse divagando per evitare di rispondere alla mia domanda. Così ripetei: «A che cosa ci serve un The Club?»

Mi diede una pacca sulla schiena. «Be', è chiaro che ti sarà rivelato entro domattina.» E poi, tra alcuni accessori nautici, individuò una trombetta. La tirò fuori dalla scatola, la alzò in aria, e io le dissi: «No» e lei disse: «No cosa?» E io le dissi: «No, non suonarla!», ma non feci in tempo ad arrivare alla *s* di suonarla che lei l'aveva già fatto, scatenando un rumore spaccatimpani che nella mia testa tuonò come l'equivalente uditivo di un aneurisma. Dopodiché disse: «Scusa, non ti ho sentito. Dicevi?» E io: «Smettila di s...» e lei ricominciò.

Un commesso del Wal-Mart poco più grande di noi si avvicinò e ci disse: «Ehi, non potete suonarla qui.» E Margo, con finta ingenuità: «Scusa, non lo sapevo», e il ragazzo: «Oh, tranquilla. Non importa, davvero.» Così la conversazione si chiuse, ma lui continuò a guardare Margo, e onestamente non lo biasimo, perché è difficile smettere di guardarla, e alla fine se ne uscì con: «Che fate stasera, ragazzi?»

E Margo: «Niente di che. Tu?»

E lui: «Finisco all'una e poi vado in un bar di Orange, se vuoi venire; ma devi liberarti di tuo fratello, sono molto rigidi con i limiti d'età.»

Suo cosa? «Non sono suo fratello!» sbottai, fissandogli le scarpe da ginnastica.

Margo continuò a mentire. «In effetti è mio cugino» dichiarò. Poi mi scivolò accanto, mi cinse la vita e aggiunse: «E il mio amante.» Sentivo ognuna delle sue cinque dita premermi sull'anca.

Il ragazzo roteò gli occhi e se ne andò. La mano di Margo invece indugiò su di me per qualche attimo e ne approfittai per abbracciarla. «Sei proprio la mia cugina preferita» le dissi. Lei sorrise e mi diede un colpetto con il fianco, liberandosi dal mio abbraccio.

«Eh, sì, lo so» rispose.

4.

Seguendo le indicazioni di Margo, avevo preso la I-4, che grazie al cielo era deserta. L'orologio sul cruscotto indicava l'1:07.

«Non male, eh?» osservò lei. Era girata dall'altra parte e guardava fuori dal finestrino, perciò non la vedevo in viso. «Adoro correre in macchina sotto le luci dei lampioni.»

«Luce» dissi. «La memoria visibile della Luce Invisibile.»

«Bella frase» commentò.

«T.S. Eliot» dissi. «L'hai letto anche tu. L'anno scorso, a inglese.» Io in realtà non avevo letto tutta la poesia da cui quel verso era tratto, ma un paio di passaggi mi erano rimasti impressi.

«Ah, è una citazione» osservò, con una punta di delusione. Guardai la sua mano: l'aveva appoggiata sul cruscotto. Avrei potuto fare lo stesso, così le nostre mani sarebbero state nello stesso luogo nello stesso momento, ma evitai. «Ridimmela» mi disse.

«Luce. La memoria visibile della Luce Invisibile.»

«Cavoli, è forte. Questa te la giochi di sicuro con la tua ragazza.»

«Ex ragazza» la corressi.

«Suzie ti ha mollato?» mi domandò.

«Come fai a sapere che lei ha mollato me?»

«Oh, scusa.»

«E comunque è stata lei» ammisi. Margo rise. Ci eravamo lasciati mesi prima, ma non ce l'avevo certo con Margo perché non si era interessata alle vicende sentimentali delle caste inferiori. Quello che accade nell'aula della banda resta nell'aula della banda.

Margo appoggiò i piedi sul cruscotto e prese a muovere le dita al ritmo della voce. Parlava sempre così, in modo molto cadenzato, come se recitasse una poesia. «Be', insomma, mi dispiace, ma ti capisco. Il mio adorato ragazzo degli ultimi mesi scopa con la mia migliore amica.»

La guardai, ma aveva il viso coperto dai capelli, quindi non riuscii a capire se stava scherzando. «Davvero?» Non rispose. «Stamattina però eri con lui e ridevi. Ti ho vista.»

«Non so di cosa stai parlando. L'ho scoperto prima dell'inizio delle lezioni, poi li ho sorpresi che parlavano e ho cominciato a gridare che li avrei ammazzati. Becca allora si è precipitata tra le braccia di Clint Bauer, mentre Jase se ne stava lì come un deficiente con la bava che gli colava da quella bocca merdosa.»

Era chiaro che avevo frainteso la scena in corridoio. «È strano, perché proprio stamattina Chuck Parson mi ha chiesto che cosa so di te e Jase.»

«Ah, be', Chuck fa quello che gli viene chiesto di fare. Forse stava cercando di capire chi sapeva cosa per conto di Jase.»

«Gesù, ma perché se la fa con Becca?»

«Be', lei non è nota per la sua personalità o bontà d'animo, quindi direi perché è sexy.»

«Non quanto te» ribattei io, prima di poter realizzare che cosa stavo dicendo.

«Ho sempre trovato ridicolo che le persone desiderino stare insieme a qualcuno perché è carino. È come scegliere i cereali della colazione in base al colore anziché al sapore. Ah, è la prossima uscita, comunque. Io non sono carina, in ogni caso, soprattutto non da vicino. In genere più gli altri mi si avvicinano, meno mi trovano carina.»

«Questa è proprio una...» cominciai a dire.

«Vabbe', vabbe'» mi interruppe lei.

Non potevo fare a meno di trovare un tantino ingiusto che uno stronzo come Jason Worthington facesse sesso sia con Margo che con Becca, mentre gente a posto come me non ci riuscisse con nessuna delle due – né con chiunque altra, per dirla tutta. Che poi, onestamente, mi piace credere di essere il tipo di ragazzo che non andrebbe mai con Becca Arrington. Sarà pure sexy, ma è anche:

1. gravemente insignificante, 2. una vera, autentica, rabbiosa puttana. Noi che frequentiamo l'aula della banda sospettiamo da tempo che Becca riesca a mantenere la sua linea invidiabile cibandosi esclusivamente di anime di gattini e di sogni di bambini sfortunati. «Becca è proprio una stronza» dissi, cercando di riportare l'attenzione di Margo sulla nostra conversazione.

«Già» ribatté lei, continuando a guardare fuori dal finestrino, con i capelli illuminati dalla luce dei lampioni che via via superavamo. Per un attimo pensai che stesse piangendo, ma si riprese subito, si tirò su il cappuccio e prese il The Club dal sacchetto del Wal-Mart. «Be', almeno adesso ci sarà da divertirsi» disse, aprendo l'imballaggio.

«Posso chiederti ancora una volta dove stiamo andando?»

«A casa di Becca» rispose.

«Oh-oh» dissi io, fermandomi a uno stop. Parcheggiai e cominciai a spiegare a Margo che stavo per riportarla a casa.

«Non commetteremo alcun reato, te lo giuro. Dobbiamo trovare l'auto di Jase. La strada in cui abita Becca è la prossima a destra, ma lui non ha parcheggiato lì, perché i genitori di Becca sono a casa. Proviamo con quella dopo. È il nostro primo obiettivo.»

«Ok» dissi, «però poi torniamo a casa.»

«No, poi passeremo alla Fase Due di Undici.»

«Margo, non è affatto una buona idea.»

«Tu guida e basta» mi ordinò, e io guidai e basta. Trovammo la Lexus di Jase a due isolati dalla casa di Becca, parcheggiata in un vicoletto senza uscita. Senza nemmeno aspettare che mi fermassi, Margo smontò armata del The Club. Aprì la portiera della Lexus dalla parte del guidatore, si sedette e fissò l'aggeggio al volante. Poi uscì e richiuse piano la portiera.

«Quel cretino di un bastardo non la chiude mai, la sua macchina» bofonchiò, risalendo in auto. Si mise in tasca la chiave del The Club. Si protese verso di me e mi scompigliò i capelli. «Fase Uno: completata. Ora via, a casa di Becca.»

Nel tragitto, Margo mi spiegò le Fasi Due e Tre.

«Però, niente male» commentai, anche se mi sentivo morire per la tensione.

Svoltai nella via in cui abitava Becca e parcheggiai a due case dalla sua McMansion. Margo strisciò verso il bagagliaio e riemerse con un binocolo e una macchina fotografica digitale. Studiò la casa di Becca col binocolo e poi me lo passò. C'era una luce accesa nel seminterrato, ma non vidi nulla muoversi. Ero più che altro sorpreso dal fatto che la casa avesse un seminterrato: in quasi tutta Orlando non si può scavare molto a fondo senza trovare l'acqua.

Infilai una mano in tasca, afferrai il mio cellulare e composi il numero che Margo mi recitò. Il telefono dall'altro capo suonò una, due volte, e poi rispose un uomo con voce intontita. «Pronto?»

«Signor Arrington?» chiesi. Margo aveva voluto che fossi io a chiamare perché nessuno mi avrebbe riconosciuto.

«Chi è? Cristo, ma che ore sono?»

«Signore, credo che lei debba sapere che sua figlia in questo momento sta facendo sesso con Jason Worthington nel suo seminterrato.» E riattaccai. Fase Due: compiuta. Io e Margo scendemmo dall'auto, ci precipitammo in strada e corremmo col cuore in gola fino alla siepe che recintava il cortile di casa di Becca. Margo mi passò la macchina fotografica. Vidi le luci accendersi una dopo l'altra, in una stanza del primo piano, sulle scale, in cucina e infine sulle scale che scendevano nel seminterrato.

«Eccolo che arriva» sussurrò Margo. Non capii a chi si stesse riferendo finché non notai con la coda dell'occhio Jason Worthington a torso nudo che si dimenava per uscire dalla finestra del seminterrato. Saltò giù e corse a perdifiato sul prato, con addosso solo i boxer. Gli scattai una foto, portando così a termine la Fase Tre. Il flash ci colse entrambi di sorpresa: lui si voltò verso di me per un istante incandescente, nell'oscurità, per poi rimettersi a correre nella notte.

Margo mi tirò una gamba dei jeans: abbassai lo sguardo e vidi che stava ridendo come una matta. Le tesi una mano, l'aiutai a rialzarsi e corremmo verso l'auto. Feci per infilare la chiave dell'accensione quando mi disse: «Fammi vedere la foto.»

Le passai la macchina, e insieme osservammo l'immagine formarsi sullo schermo, le teste così vicine che quasi si toccavano. Quando vidi la faccia pallida e sconvolta di Jason Worthington non potei trattenermi dal ridere.

«Oh, mio Dio!» esclamò Margo e mi indicò qualcosa. Nella fretta di scappare, Jason non era riuscito a rimettersi il Piccolo Jason nei boxer, ed eccolo lì che penzolava, immortalato in digitale per il piacere dei posteri.

«È un pene nella stessa misura in cui Rhode Island è uno Stato: avrà pure una storia illustre, ma di sicuro non è grande» osservò Margo.

Tornai a guardare il seminterrato e notai che la luce era spenta. Provai un po' di pena per Jason: non era colpa sua se aveva un micropene e una ragazza terribilmente vendicativa. Poi però mi ricordai che in sesta Jase mi aveva promesso di non colpirmi a un braccio se avessi mangiato un lombrico. Io allora l'avevo mangiato, e lui mi aveva dato una botta in faccia. Così smisi di provare pena per lui.

Guardai Margo: stava spiando la casa di Becca con il binocolo. «Dobbiamo andare» disse. «Nel seminterrato.»

«Cosa? E perché?»

«Fase Quattro. Portare via i vestiti di Jason nell'eventualità che lui torni a prenderli. Fase Cinque. Lasciare il pesce a Becca.»

«No.»

«Sì. In questo momento si sta beccando le urla dei suoi. Ma poi quanto credi che durerà la lezione? Voglio dire, che lezione è: "Non trombare con il ragazzo di Margo nel seminterrato"? Una frasetta, niente di più. Perciò dobbiamo pensarci noi.»

Balzò giù dall'auto con la bomboletta di vernice spray in una mano e uno dei pesci nell'altra. Mormorai: «Non è una buona idea», ma mi accovacciai come aveva fatto lei e la seguii finché non fummo davanti alla finestra del seminterrato. Era ancora aperta.

«Vado io per prima» disse. Entrò in punta di piedi e andò alla scrivania su cui Becca teneva il computer. Metà corpo dentro, metà fuori, le chiesi: «Non posso restare a fare il palo?»

«Muovi quel culo ossuto e vieni dentro» ordinò in tutta risposta. Obbedii. Afferrai in gran fretta tutti i vestiti da uomo che trovai sul tappeto color lavanda di Becca: un paio di jeans con una cintura di cuoio, un paio di infradito, un berretto da baseball dei Wildcats della Winter Park High School e una polo azzurro chiaro. Mi voltai verso Margo, che mi allungò il pesce avvolto nella carta e una delle penne viola ricoperte di brillantini di Becca e mi ordinò di scrivere:

Messaggio da Margo Roth Spiegelman: la tua amicizia con lei dorme con i pesci.

Poi nascose il pesce tra alcuni shorts ripiegati in un cassetto. Sentii dei passi al piano di sopra, strabuzzai gli occhi e cominciai a picchiettare un dito sulla spalla di Margo. Lei non fece una piega, sorrise e tirò fuori con tutta calma la bomboletta di vernice spray. Mi scaraventai fuori della finestra, e a quel punto mi voltai. Margo era in piedi sulla scrivania, e agitava la bomboletta spray, del tutto calma. Poi, con un movimento molto elegante – un gesto tipo calligrafia giapponese o Zorro – tracciò una M sul muro.

Mi tese le mani e io la tirai fuori. Si stava per rialzare quando sentimmo qualcuno strillare: «Dwight!» Agguantai i vestiti e scappai via di corsa, seguito da Margo.

Senza vederla, sentii la porta della casa di Becca spalancarsi, ma non mi fermai e non mi voltai a guardare, né quando una voce tuonò: «FERMATEVI!» né quando fui sorpreso dall'inconfondibile suono di un colpo di fucile.

Margo dietro di me mormorò "fucile". Non sembrava propriamente agitata, stava solo facendo una constatazione. Anziché costeggiare la siepe, mi ci tuffai in mezzo alla cieca. Non so in che modo credessi di uscirne – forse con una capriola spettacolare o qualcosa del genere –, in ogni caso finii per spiaccicarmi sull'asfalto, atterrando sulla spalla sinistra. Per fortuna il fagotto di vestiti di Jase mi precedette nella caduta e attutì il colpo.

Imprecai e prima ancora di provare a rialzarmi sentii le mani di Margo che mi tiravano su e mi ritrovai a guidare in retromarcia a luci spente, e per poco non investii il primo interbase della squadra dei Wildcats della Winter Park High School seminudo. Jase correva a tutta velocità, ma non sembrava che andasse in nessuna direzione in particolare. Superandolo fui di nuovo assalito dal senso di colpa, così abbassai il finestrino a metà e lanciai la polo grosso modo nella sua direzione. Non credo che avesse visto né Margo né me, per fortuna, e di sicuro non poteva riconoscere l'auto, dal momento che – non vorrei sembrare lagnoso a insistere su questo punto – non posso usarla per andarci a scuola.

«Perché cazzo gliel'hai tirata?» mi chiese Margo. Io accesi i fanali, inserii la prima e mi preparai a tornare sulla tangenziale riattraversando il labirinto dei sobborghi.

«Mi dispiaceva per lui.»

«Per lui? E perché? Perché mi ha preso in giro per sei settimane? Perché probabilmente mi ha attaccato dio-solo-sa che malattia? Perché è un idiota schifoso che di sicuro sarà ricco e felice per tutta la vita, a conferma dell'assoluta e totale ingiustizia del cosmo?»

«Mi sembrava disperato, tutto qui» dissi io.

«Va be', lasciamo stare. Prossima tappa: casa di Karin, in Pennsylvania Avenue, vicino all'ABC Liquors.»

«Non ti incazzare con me» dissi. «Mi sono appena ritrovato con uno che mi puntava contro un fucile, per aiutarti, quindi non ti incazzare con me.»

«NON SONO INCAZZATA CON TE!» gridò Margo, tirando un pugno sul cruscotto.

«Mah... Stai urlando.»

«Pensavo che magari... insomma... che magari non era vero che mi tradiva.»

«Oh.»

«Karin me l'ha detto a scuola e immagino che un sacco di persone lo sapesse da un sacco di tempo. E nessuno mi ha detto niente, a parte Karin. E io ho pensato che me lo dicesse solo per far scoppiare un po' di casino.»

«Mi dispiace» dissi io.

«Sì, sì, ok. Non riesco a credere che me ne importi qualcosa.»

«Mi sento il cuore che batte all'impazzata» dissi.

«Vuol dire che ti stai divertendo» commentò Margo.

A me sembrava più un infarto. Mi fermai nel parcheggio di un 7-Eleven, e appoggiai un dito sulla giugulare, fissando i : dell'orologio digitale che lampeggiavano scandendo i secondi. Quando mi voltai verso Margo, scoprii che mi stava guardando roteando gli occhi. «Il mio battito è pericolosamente accelerato» le spiegai.

«Non ricordo nemmeno l'ultima volta in cui sono stata così tanto eccitata per qualcosa, con l'adrenalina in gola e i polmoni dilatati.»

«Inspira dal naso, espira dalla bocca» dissi.

«Tutte queste tue piccole preoccupazioni. Sei...»

«Adorabile?»

«È così che adesso si dice "infantile"?» Sorrise.

Si protese sul sedile di dietro e ne riemerse con una borsetta. *Quante cagate ha ficcato là dietro*? pensai. Margo aprì la borsa e tirò fuori una piccola boccetta di smalto per le unghie di un rosso così scuro da sembrare nero. «Mi metto lo smalto mentre tu ti tranquillizzi» disse e mi sorrise da sotto la frangia. «Fai con calma.»

E così rimanemmo seduti lì, lei con il suo smalto in equilibrio sul cruscotto, io con un dito traballante sulle mie pulsazioni. Mi piaceva il colore dello smalto, e Margo aveva delle belle dita, più sottili e ossute del resto del suo corpo, che era tutto curve e rotondità. Il genere di dita che vorresti intrecciare alle tue. Mi ricordai di quando le avevo sentite sull'anca, al Wal-Mart. Sembrava giorni fa. Il battito del mio cuore rallentò e mi sforzai di dirmi: Margo ha ragione, non c'è nulla di cui aver paura in questa piccola città, in questa notte tranquilla.

5.

«Fase Sei» disse Margo quando ci rimettemmo in moto. Agitava le dita per asciugarsi le unghie come se stesse suonando il piano. «Lasciare i fiori sulla porta di casa di Karin con un messaggio di scuse.»

«Che cosa le hai fatto?»

«Quando mi ha detto di Jase, mi sono… be', diciamo che me la sono presa con l'ambasciatore.»

«Cioè?» chiesi. Ci fermammo a uno stop; due ragazzini in un'auto sportiva accanto a noi si misero a sgasare. Come se io avessi potuto gareggiare con la Chrysler! Se provavi ad andare a tavoletta, lei frignava.

«Mah, non ricordo di preciso come l'ho chiamata, ma doveva essere qualcosa tipo: mocciosa, ripugnante, stupida, denti storti, troia culona con i capelli più orrendi di tutta la Florida Centrale… tanto per fare un paio di esempi.»

«I suoi capelli sono davvero ridicoli» dissi.

«Lo so. È stata l'unica cosa vera che le ho detto. E quando offendi le persone non devi dire cose vere, perché poi non riuscirai mai a ritrattarle del tutto e in tutta sincerità. Capisci cosa intendo, no, una cosa sono i colpi di sole o le mèches. Un'altra cosa è lo zebrato da puzzola.»

Parcheggiai davanti a casa di Karin. Margo scomparve dietro per riemergere con il mazzo di tulipani. Fissato allo stelo di un fiore c'era un bigliettino ripiegato in modo che sembrasse una busta. Mi passò il mazzo, feci una corsa sul marciapiede, piazzai i fiori davanti alla porta di Karin e corsi via.

«Fase Sette» mi disse quando rimontai in macchina. «Lasciare un pesce per l'adorabile signor Worthington.»

«Non credo che sia già rientrato» dissi, con il minimo accenno di pietà nella voce.

«Spero che la polizia lo ritrovi tra una settimana in un fosso, scalzo, nudo e congelato» ribatté Margo, spassionatamente.

«Ricordami di non mettermi mai sulla strada di Margo Roth Spiegelman» borbottai, facendola ridere.

«Sul serio» disse, «noi scateneremo una cazzo di tempesta sui nostri nemici.»

«I *tuoi* nemici» corressi io.

«Vedremo» rispose lei, sbrigativa, poi si rizzò e disse: «Ok, senti: questa la sistemo io. Il problema di casa di Jason è che ha un sistema di sicurezza pazzesco. E noi non possiamo avere un altro attacco di panico.»

«Mmm» bofonchiai.

Jason abitava proprio lì, appena più giù di Karin, in un quartiere ultraricco, il Casavilla. Le abitazioni di Casavilla sono in stile spagnolo, con i tetti rossi ecc., tranne che non sono state costruite dagli spagnoli. Sono state costruite dal padre di Jason, che è uno dei più grossi imprenditori edili della Florida. «Case brutte e importanti per gente brutta e importante» dissi a Margo entrando a Casavilla.

«Se dovessi diventare il tipo di persona con un figlio solo e sette stanze da letto, uccidimi. Ti prego.»

Ci fermammo davanti alla casa di Jase, una mostruosità architettonica simile a una gigantesca hacienda spagnola tranne che per le tre colonne doriche che salivano fino al tetto.

Margo prese il secondo pesce gatto dal sedile di dietro, tolse il tappo di una penna con i denti e in una calligrafia che non sembrava la sua scarabocchiò:

L'amore di MS per te: dorme con i pesci.

«Ora ascoltami: metti in moto» mi disse. Si mise il cappellino da baseball di Jase del WPHS, con la visiera all'indietro.

«Ok.»

«Tieniti pronto a partire.»

«Ok» dissi di nuovo. Sentii il battito del mio cuore accelerare. *Inspira dal naso, espira dalla bocca. Inspira dal naso, espira dalla bocca.* Armata di pesce e vernice, Margo aprì lo sportello, attraversò di corsa l'ampio prato di casa Worthington e si nascose dietro una quercia. Nell'oscurità mi salutò con la mano, e io ricambiai;

poi prese un bel respiro, gonfiò le guance, si voltò e partì di corsa.

Un istante dopo, la casa si illuminò come un enorme albero di Natale, e un allarme cominciò a suonare. Per un attimo contemplai l'ipotesi di abbandonare Margo al suo destino, ma poi mi limitai a inspirare dal naso ed espirare dalla bocca mentre lei correva verso la casa. Lanciò il pesce contro una finestra; la sirena dell'allarme era così assordante che sentii appena i vetri infrangersi. Dopodiché, solo perché è lei, Margo Roth Spiegelman si concesse un istante per lasciare una deliziosa M su un angolo di vetro rimasto intatto, poi corse a perdifiato verso l'auto. Io avevo un piede sull'acceleratore e l'altro sul freno, con la Chrysler che in quel momento sembrava un autentico purosangue. Margo corse così veloce che il cappello le volò via, poi saltò in macchina e partimmo con la portiera ancora aperta.

Mi fermai allo stop in fondo alla strada, e lei sbraitò: «Che cazzo fai? Vai vai vai vai!» E io: «Ah, giusto» perché mi ero dimenticato che stavo buttando al vento la prudenza e tutto il resto. Bruciai gli altri tre stop di Casavilla e percorremmo Pennsylvania Avenue per un paio di chilometri quando incrociammo un'auto della polizia che correva a sirene spiegate.

«Questo sì che è stato tosto» disse Margo. «Perfino per me. Per dirla alla Q, il mio battito è un tantino accelerato.»

«Cristo» dissi io. «Non potevi lasciarglielo in macchina? O al massimo davanti alla porta d'ingresso?»

«Noi scateniamo una cazzo di tempesta, Q. Non qualche spruzzatina qua e là.»

«Dimmi che la Fase Otto è meno terrificante.»

«Tranquillo, la Fase Otto è un gioco da ragazzi. Ora torneremo a Jefferson Park, destinazione casa di Lacey. Sai dove abita, giusto?» Sì, lo sapevo, benché Lacey Pemberton non mi avesse mai invitato a casa sua né mai lo avrebbe fatto. Abitava dalla parte opposta di Jefferson Park, a un paio di chilometri da casa mia, in un condominio grazioso sopra una cartoleria, lo stesso edificio in cui aveva abitato quel tizio morto. Ci ero già stato perché alcuni amici dei miei abitano lì, al terzo piano. L'edificio è protetto da ben due porte blindate. Pensai che neanche Margo Roth Spiegelman sarebbe riuscita a entrare.

«E Lacey è stata buona o cattiva?»

«Lacey è stata particolarmente cattiva» rispose Margo. Stava di nuovo guardando fuori dal suo finestrino e parlava al vetro. Riuscivo a sentirla a stento. «Insomma, noi due siamo amiche dalla scuola materna.»

«E?»

«E lei non mi ha detto niente di Jase. Ma non è solo questo. Se ripenso a tutto quanto, posso solo dire che è stata una pessima amica. Per esempio, tu pensi che io sia grassa?»

«Cristo, no» dissi. «Tu non sei...» e mi trattenni dal dire *magrissima, ma è proprio questo il bello di te: che non sembri un ragazzo*. «Tu stai benissimo così.»

Rise, scrollò una mano e mi disse: «A te piace solo il

mio grosso culo.» Staccai gli occhi dalla strada per un secondo e li puntai su di lei, ma non avrei dovuto perché a lei bastava guardarmi in faccia per capire che cosa pensavo, e in quel momento la mia faccia diceva chiaramente: "Prima di tutto, non direi che è grosso, e in secondo luogo è qualcosa di spettacolare." Ma in realtà era molto più di così. Non si poteva distinguere la Margo persona dalla Margo corpo. Non si poteva vedere l'una senza vedere anche l'altra. Guardando i suoi occhi, restavi incantato allo stesso tempo dal loro colore azzurro e dalla loro Margosità. E per finire, non si poteva dire che Margo Roth Spiegelman fosse grassa o magra, così come della Tour Eiffel non si può dire che sia o meno malinconica. La bellezza di Margo era come sigillata ermeticamente: inviolata e inviolabile.

«Sta sempre lì a fare quei suoi commentini» proseguì Margo, «tipo: "Ti presterei i miei shorts ma non credo ti stiano bene" o "Sei così determinata, sono estasiata dalla tua capacità di far innamorare i ragazzi solo grazie alla tua personalità". Sempre lì a minuirmi. Non credo che mi abbia mai detto qualcosa che non avesse l'intento di minuirmi.»

«Sminuirmi.»

«Oh, grazie, Noiosissimo Signor Grammatista.»

«Grammatico» precisai io.

«Oddio, se non la smetti ti ammazzo!» disse, ma rideva.

A Jefferson Park presi la strada più esterna, per evitare

di passare davanti a casa mia e di Margo, nel caso in cui i nostri genitori si fossero svegliati e avessero scoperto che ce l'eravamo svignata. Costeggiammo il lago (Lago Jefferson), svoltammo in Jefferson Court e attraversammo il piccolo centro di Jefferson Park, che ci apparve deserto e calmo in un modo inquietante. Individuammo il SUV nero di Lacey: era parcheggiato davanti al ristorante giapponese. Ci fermammo poco lontano, nel primo posto libero non illuminato da un lampione.

«Mi passeresti l'ultimo pesce, per favore?» mi chiese Margo. Ero contento di sbarazzarmene perché cominciava a puzzare. Margo scrisse sulla carta che lo avvolgeva:

La tua amicizia con MS dorme con i pesci.

Ci incamminammo, costeggiando i cerchi di luce che i lampioni gettavano sul marciapiede, e avanzammo con la disinvoltura che potevano avere due persone delle quali l'una (Margo) aveva in mano un pesce avvolto in un pezzo di carta e l'altra (io) reggeva una bomboletta di vernice spray. Sentimmo un cane abbaiare e ci bloccammo; un attimo dopo tornò il silenzio e raggiungemmo l'auto di Lacey.

«Be', questo complica le cose» disse Margo, notando che il SUV era chiuso. Si frugò nelle tasche e tirò fuori un pezzetto di fil di ferro che un tempo doveva far parte di una gruccia. Le ci volle meno di un minuto per forzare la serratura e aprire l'auto. Ero totalmente ammirato.

Aperto lo sportello del guidatore, Margo entrò e si allungò per aprire quello sull'altro lato. «Ehi, aiutami ad alzare il sedile» mormorò. Sollevammo il sedile di dietro, Margo vi fece scivolare sotto il pesce, contò fino a tre e insieme sbattemmo il sedile sull'involto. Sentii le budella del pesce esplodere: un suono disgustoso. Immaginai l'odore che il SUV di Lacey avrebbe avuto dopo un solo giorno di cottura sotto il sole, e devo ammettere che fui pervaso da un gran senso di serenità. Poi Margo mi disse: «Scrivi una M sul tettuccio per me.»

Senza pensarci nemmeno un secondo, annuii, mi arrampicai sul paraurti posteriore e mi sporsi in avanti sul tettuccio, su cui tracciai una M gigantesca. Di solito sono contrario ai vandalismi, ma sono anche molto contrario a Lacey Pemberton, e alla fine quest'ultima risultò essere la posizione più forte. Saltai giù dal paraurti e tornai di corsa alla macchina di mia madre, nell'oscurità, col respiro sempre più corto e affannato. Quando appoggiai le mani sul volante, mi accorsi che avevo un indice blu. Lo sollevai per mostrarlo a Margo. Lei sorrise e avvicinò il suo dito blu al mio. Si toccarono, e il suo dito cominciò a picchiettare dolcemente sul mio, facendo schizzare di nuovo a mille il ritmo delle mie pulsazioni. E poi, dopo un tempo lunghissimo, Margo disse: «Fase Nove: in centro.»

Erano le 2:49 del mattino. In tutta la mia vita non mi ero mai sentito meno stanco.

6.

I turisti non visitano mai il centro di Orlando perché, a parte qualche grattacielo di proprietà di banche e società di assicurazioni, non c'è niente da vedere. È il genere di centro che si svuota di notte e nei weekend, fatta eccezione per qualche nightclub popolato da gente disperata o disperatamente sfigata. Seguii le indicazioni di Margo nel labirinto di vicoli in cui ci infilammo. C'erano alcune persone che dormivano ai lati della strada e altre sedute sulle panchine, immobili. Margo abbassò il finestrino e una folata di aria pesante, decisamente troppo calda per essere tarda notte, mi soffiò sulla faccia. Mi voltai a guardarla: i capelli, mossi dal vento, le svolazzavano intorno al viso. Nonostante fosse lì con me, e potessi vederla, tra quei palazzoni grandi e vuoti mi sentivo completamente solo, come se fossi sopravissuto a un'apocalisse e il mondo fosse stato lasciato a me e a me solo: l'intero, eccitante e infinito mondo nelle mie mani perché lo esplorassi.

«Stiamo solo facendo un giro?»

«No» disse Margo. «Sto cercando di arrivare al SunTrust Building. È vicino all'Asparago.»

«Oh» dissi io. Per la prima volta quella notte mi aveva dato un'informazione utile. «È più a sud.» Superai un paio di isolati, poi svoltai. Margo s'illuminò e indicò qualcosa e, sì, proprio davanti a noi c'era l'Asparago.

L'Asparago non è davvero un gambo di asparago. È una semplice scultura che richiama in modo inquietante un asparago di oltre nove metri e che ho sentito paragonare anche a:

1. Una grossa pianta di fagiolo di vetro verde
2. La rappresentazione astratta di un albero
3. Una versione in vetro più verde e più brutta del Monumento a Washington
4. Il fallo gigante, verde e allegro del Gigante Verde Allegro

Di sicuro comunque non assomiglia a una Torre della Luce, come recita il suo nome ufficiale. Parcheggiai davanti a un parchimetro e guardai Margo. La colsi in un attimo in cui, con aria spenta, fissava qualcosa oltre l'Asparago. E per la prima volta pensai che doveva esserci davvero qualche problema. E non un problema del tipo il-mio-ragazzo-è-un-bastardo, ma un problema vero. Avrei dovuto dire qualcosa. Ovvio. Avrei dovuto dire una cosa dopo l'altra dopo l'altra dopo l'altra dopo l'altra. Invece dissi solo: «Posso chiederti perché mi hai portato all'Asparago?»

Si voltò a guardarmi e sfoderò un sorriso. Margo era così bella che persino i suoi sorrisi falsi risultavano convincenti. «Dobbiamo controllare i nostri risultati. E il posto migliore per farlo è la cima del SunTrust Building.»

Roteai gli occhi. «No no no, non se ne parla. Avevi detto niente effrazioni e violazioni di proprietà privata.»

«E infatti qui niente effrazioni: entreremo e basta, perché la porta non è chiusa a chiave.»

«Margo, non dire sciocchezze, è ov…»

«Devo ammettere che nel corso della notte abbiamo fatto sia l'una che l'altra cosa. Siamo entrati a casa di Becca. Abbiamo commesso un'effrazione a casa di Jase. E qui stiamo di nuovo entrando in un luogo privato. Di fatto però non abbiamo mai commesso un'effrazione e una violazione di proprietà privata insieme. La polizia può accusarci di un reato o dell'altro, ma non di entrambi. Perciò ho mantenuto la mia promessa.»

«Di sicuro il SunTrust Building ha una guardia o qualcosa del genere.»

«Ce l'ha» disse Margo, slacciandosi le cinture. «Certo che ce l'ha. Si chiama Gus.»

Raggiungemmo la porta d'ingresso. Seduto dietro una

grande scrivania rotonda c'era un ragazzo giovane con un'indisciplinata barbetta a punta. Indossava un'uniforme della Sicurezza. «Che mi racconti, Margo?»

«Ciao, Gus» rispose lei.

«Il ragazzino chi è?»

ABBIAMO LA STESSA ETÀ! avrei voluto urlare, ma lasciai che Margo parlasse per me. «È un mio compagno, Q. Q, lui è Gus.»

«Che mi racconti, Q?»

Oh, niente, stiamo solo seminando pesci morti in giro per la città, rompendo qualche finestra, fotografando ragazzi nudi, cazzeggiando nell'atrio di un grattacielo alle tre e mezza del mattino, cose così. «Niente di che» risposi.

«Gli ascensori sono fuori uso stanotte» disse Gus. «Ho dovuto spegnerli alle tre, ma potete prendere le scale.»

«Perfetto. Ciao, Gus. Ci vediamo.»

«Ci vediamo, Margo.»

«Come cavolo è che conosci l'agente di sicurezza del SunTrust Building?» le chiesi quando fummo soli sulle scale.

«Era all'ultimo anno quando noi eravamo matricole.» Margo cominciò a divorare le scale due gradini alla volta, reggendosi al corrimano. Io cercai di tenere il passo, ma non c'era verso. Margo non praticava nessuno sport, ma le piaceva correre: a volte la vedevo fare jogging da sola nel parco con gli auricolari. A me invece correre non piaceva, né mi piaceva fare qualunque altro tipo di attività fisica, se è per quello. Ora però stavo cercando di tenere una buona andatura. Mi asciugai la fronte sudata e ignorai il bruciore delle gambe. Quando arrivai al venticinquesimo piano, Margo era lì sul pianerottolo ad aspettarmi.

«Dai un'occhiata qui» mi disse. Aprì la porta delle scale e ci ritrovammo in una grande stanza con un tavolo di legno scuro lungo quanto due automobili e una fila di vetrate. «La sala conferenze» annunciò Margo. «Con la vista migliore di tutto l'edificio.» Si avvicinò alle finestre e io la seguii. «Dunque, lì» disse indicando un punto fuori, «c'è Jefferson Park. Vedi le nostre case? Le luci sono ancora spente, quindi va tutto bene.» Si spostò qualche vetrata più in là. «Quella è la casa di Jase. Le luci sono spente e non ci sono più auto della polizia. Ottimo, anche se questo può significare che è riuscito a tornare a casa, il che è un peccato.» La casa di Becca era troppo lontana perché si riuscisse a vederla, persino da lassù.

Margo restò in silenzio per un istante, poi si avvicinò al vetro e ci appoggiò contro la fronte. Indietreggiai, ma lei afferrò la mia T-shirt e mi tirò avanti. Non volevo che pesassimo entrambi su un'unica vetrata, ma lei continuò a tirarmi. Sentivo la sua mano premermi su un fianco e alla fine appoggiai la testa al vetro con tutta la delicatezza possibile e guardai fuori.

Dall'alto Orlando sembrava piuttosto bene illuminata. Riuscivo a vedere i segnali di STOP per i pedoni agli incroci e le luci delle strade che correvano su e giù per la città, in una griglia perfetta, finché il centro non finiva e lasciava spazio alle stradine tortuose e ai viottoli senza uscita dell'infinita periferia di Orlando.

«È bellissimo» dissi.

«Davvero? Lo pensi sul serio?» mi canzonò Margo.

«Be', insomma, forse no» mi corressi, anche se la pensavo davvero così. Quando mi capitava di vedere Orlando da un aereo, mi sembrava un grande LEGO immerso in un oceano di verde. Ora, in piena notte, mi dava l'impressione di essere un posto vero, e per la prima volta un posto vero che mi era concesso di vedere. Attraversando la sala conferenze e poi gli altri uffici del piano, riuscii a vedere tutto. La scuola. Il parco Jefferson. Disney World in lontananza. Il Wet 'n Wild. Il 7-Eleven in cui Margo si era laccata le unghie mentre io a stento respiravo. Era tutto lì, il mio mondo, e per vederlo mi bastava camminare da un lato all'altro di un edificio. «È più emozionante» dissi forte. «Voglio dire, così, da lontano. Non vedi i segni del tempo da qui, non vedi la ruggine, le erbacce, la vernice che si scrosta. Vedi la città come qualcuno un giorno l'aveva immaginata.»

«Tutte le cose sono più brutte viste da vicino» disse Margo.

«Tu no» ribattei, senza pensarci.

Mi guardò e sorrise, sempre tenendo la fronte appoggiata al vetro. «Ti dirò un segreto: sei carino quando sei sicuro di te. Meno quando non lo sei.» Prima che potessi dire qualsiasi cosa, Margo spostò di nuovo lo sguardo e ricominciò a parlare. «Ecco il brutto: da quassù non vedi la ruggine, la vernice scrostata, ma capisci che razza di posto è davvero. Vedi quanto è falso. Non è nemmeno di plastica, persino la plastica è più consistente. È una città di carta. Guardala, Q: guarda tutti quei viottoli, quelle strade che girano su se stesse, quelle case che sono state costruite per cadere a pezzi. Tutte quelle persone di carta che vivono nelle loro case di carta, che si bruciano il futuro pur di scaldarsi. Tutti quei ragazzini di carta che bevono birra che qualche cretino ha comprato loro in qualche discount di carta. Tutti rimbambiti dalla frenesia di possedere cose. Cose sottili e fragili come carta. E tutti altrettanto sottili e fragili. Ho vissuto qui per diciotto anni e non ho mai incontrato qualcuno che si preoccupasse delle cose che contano davvero.»

«Cercherò di non prenderla sul personale» dissi. Guardammo entrambi l'orizzonte buio come inchiostro, i viottoli, i lotti di terreno. La sua spalla era contro il mio braccio, e i dorsi delle nostre mani si toccavano. E anche se non la guardavo, stare schiacciato contro quel vetro mi dava la sensazione di stare schiacciato contro di lei.

«Scusa» disse. «Forse le cose sarebbero andate diversamente se io avessi continuato a frequentare te, invece di... Dio, mi odio anche solo per essermi lasciata prendere così tanto dai miei "amici". Il punto è, così almeno lo sai, che non sono poi tanto dispiaciuta per Jase. O per Becca. O per Lacey, anche se ci tenevo davvero a lei. È che era l'ultimo filo. Un filo debole, lo so, ma era l'unico che mi fosse rimasto, e ogni ragazza di carta ha bisogno di almeno un filo, no?»

Ed ecco che cosa dissi io a quel punto. Dissi: «Sarai la benvenuta a pranzo con noi domani.»

«Che dolce» ribatté, con un filo di voce. Si voltò verso di me e annuì, piano. Sorrisi. Lei mi sorrise. Credetti a quel sorriso. Raggiungemmo le scale e corremmo giù. Alla fine di ogni rampa, saltavo l'ultimo scalino e battevo i tacchi per farla ridere. E lei rideva. Mi dissi che la stavo tirando su. Pensai che fosse possibile tirarla su. Pensai che se fossi stato sicuro di me, qualcosa tra di noi sarebbe potuto accadere.

Mi sbagliavo.

7.

Eravamo seduti in macchina, con la chiave inserita ma il motore ancora spento, quando Margo mi chiese: «A proposito, a che ora si alzano i tuoi?»

«Non so, tipo le sei e un quarto.» Erano le 3:51. «Mancano più di due ore e abbiamo già portato a termine nove parti.»

«Lo so, ma ho lasciato la più laboriosa per ultima. Vabbe', ce la faremo comunque. Fase Dieci: quella in cui Q sceglie una vittima.»

«Che cosa?»

«Io ho già scelto la punizione. Tocca a te decidere per chi si abbatterà la nostra collera.»

«*Su* chi si abbatterà la nostra collera» la corressi. Lei scosse la testa con disappunto. «E in realtà io non ho nessuno su cui voglio abbattere la mia collera» dissi, ed era vero. Ho sempre pensato che si deve essere importanti per avere dei nemici. Per fare un esempio, la Germania ha storicamente avuto più nemici del Lussemburgo. Margo Roth Spiegelman era la Germania.

E la Gran Bretagna. E gli Stati Uniti. E la Russia zarista. Quanto a me, io sono il Lussemburgo. Me ne sto lì ad allevare pecore e intonare canzoni tirolesi.

«Che ne dici di Chuck?»

«Mmm» feci io. In effetti, prima che qualcuno lo fermasse, Chuck Parson mi aveva tormentato per anni. A parte il disastroso episodio del nastro trasportatore, c'era stata anche la volta in cui, mentre aspettavo l'autobus davanti alla scuola, mi aveva afferrato il braccio e me lo aveva torto intimandomi: "Di' che sei un frocio." Che era il suo insulto-multiuso-visto-che-ho-un-vocabolario-di-sole-dodici-parole-perciò-non-vi-aspettate-una-grande-varietà-di-insulti. E anche se era una cosa ridicola e infantile, alla fine avevo dovuto dire che ero un frocio, fatto che mi seccava molto perché: 1. Penso che nessuno dovrebbe usare quella parola, figuriamoci io, 2. Guarda caso, io non sono gay e, per di più, 3. Chuck Parson voleva far credere che autodefinirsi frocio fosse l'umiliazione peggiore che si possa subire, ma non c'è nulla di imbarazzante nell'essere gay. Che è proprio ciò che tentai di dirgli mentre mi torceva il braccio sempre di più, fin quasi alla scapola, ma lui non faceva che ripetere: "Se ne vai così orgoglioso, perché non ammetti di essere un frocio, frocio?"

È chiaro che in fatto di logica Chuck Parson non era precisamente Aristotele. Ma era alto un metro e novanta e pesava centoventi chili, e tanto bastava.

«In effetti Chuck non è una cattiva idea» concordai.

Feci una curva e tornai a puntare verso la tangenziale. Non sapevo dove eravamo diretti, ma di sicuro non saremmo rimasti in centro.

«Ti ricordi quella volta alla Crown, la scuola di danza?» mi chiese Margo. «Mi è tornata in mente stasera.»

«Mmm, sì.»

«A proposito, mi dispiace. Non so proprio perché gli ho dato retta.»

«Be', non importa» dissi, ma ripensare a quella stramaledetta scuola di danza mi fece girare le scatole, così tagliai corto. «Sì, Chuck Parson. Tu sai dove abita?»

«Sapevo che sarei riuscita a tirar fuori il tuo lato vendicativo. È a College Park. Esci a Princeton.» Presi l'uscita della tangenziale e imboccai la rampa a tutta velocità. «Piano!» gridò Margo. «Non scassare la Chrysler.»

In sesta un gruppo di bambini, tra cui me, Margo e Chuck, fu costretto dai propri genitori a prendere lezioni di danza alla scuola di Umiliazione, Degradazione e Danza Crown. Funzionava così: i ragazzi stavano da un lato e le ragazze dall'altro, e a un segnale dell'insegnante i ragazzi dovevano andare dalle ragazze e chiedere: "Mi concedi questo ballo?" e le ragazze rispondevano: "Con piacere", perché *non era permesso* rifiutare. Un bel giorno però – il giorno del fox-trot – Chuck Parson convinse ogni singola ragazza a dirmi di no. A me, e solo a me, a nessun altro. Così andai da Mary

Beth Shortz e le chiesi: "Mi concedi questo ballo?", e lei mi rispose di no. Provai con un'altra bambina, e un'altra ancora, poi andai da Margo, ma anche lei mi disse di no, provai con un'altra, inutilmente, e alla fine scoppiai a piangere.

L'unica cosa peggiore dell'essere rifiutato alla scuola di danza è piangere per essere stato rifiutato alla scuola di danza, e l'unica cosa peggiore anche di questo è andare dall'insegnante e dirle, singhiozzando: "Le ragazze mi dicono tutte di no ma non *doddovreeebbero.*" E naturalmente io andai a piangere dall'insegnante, per poi passare la maggior parte dei due anni di scuola successivi nel tentativo di cancellare quell'imbarazzante episodio. Così, per farla breve, Chuck Parson mi impedì per sempre di ballare il fox-trot, il che comunque non mi sembra un trattamento particolarmente crudele da infliggere a un undicenne. E di sicuro la cosa non mi turbava più, così come tutto quello che mi aveva fatto da allora in poi. Questo però non significava che mi sarei fatto tanti scrupoli con lui.

«Aspetta un attimo, non saprà che sono stato io, vero?»

«No. Perché?»

«Non voglio che pensi che me ne frega così tanto di lui da dargli una lezione.» Appoggiai una mano sul cruscotto e Margo mi diede un buffetto. «Non preoccuparti, non saprà mai chi gli ha sfrangiato il sopracciglio.»

«Mi sa che hai appena sbagliato a usare una parola, ma non so che cosa vuol dire.»

«Io so una parola che tu non sai» canticchiò Margo. «SONOLANUOVAREGINADELVOCABOLARIO. TI HO DETRONIZZATO!»

«Mmm… Sentiamo: quante z ha *detronizzato*?»

«No, no, non te lo dirò» rispose lei, ridacchiando. «Non rinuncerò alla mia corona per un semplice *detronizzato*. Devi trovare di meglio.»

«E va bene.» Sorrisi.

Attraversammo College Park, un quartiere che taglia il centro storico di Orlando perché la maggior parte delle case è stata costruita più di trent'anni fa. Margo non si ricordava l'indirizzo esatto di Chuck, né com'era fatta la sua casa e nemmeno quale fosse la via ("Sono praticamente sicura al novantacinque per cento che sia sulla Vassar"). Alla fine, dopo aver percorso tre isolati di Vassar Street, indicò una casa alla sua sinistra e disse: «Quella.»

«Sei sicura?» chiesi io.

«Sono sicura al novantasette virgola due per cento. Insomma, sono quasi sicura che la sua camera da letto sia quella» disse, indicando una finestra. «Una volta ha dato una festa, e quando è arrivata la polizia mi sono messa a ballare alla finestra. E sono quasi sicura che la finestra in questione fosse quella.»

«Ho la sensazione che ci ficcheremo nei guai.»

«Ma se la finestra è aperta, non possono accusarci di effrazione. Solo di violazione di proprietà privata. Proprio come al SunTrust, e lì non è successo niente, giusto?»

Scoppiai a ridere. «Mi stai trasformando in un vandalo.»

«L'idea è quella, sì. Ok, vai con gli attrezzi: la crema depilatoria, la vernice, e la vaselina.»

«Ok.» Presi tutto.

«Ora stai calmo e non mi far innervosire, Q. La buona notizia è che Chuck dorme come un orso in letargo: lo so perché l'anno scorso seguivo inglese insieme a lui e non si svegliava neanche quando la Johnson lo schiaffeggiava con *Jane Eyre*. Noi ora ci arrampicheremo fino alla finestra della sua stanza, la apriremo, ci toglieremo le scarpe ed entreremo molto piano. Una volta dentro, io farò uno scherzetto a Chuck, poi ci divideremo e ricopriremo in fretta ogni maniglia di vaselina, così anche se qualcuno si sveglia avrà un bel daffare prima di poterci inseguire. Dopodiché infieriremo su Chuck ancora un po', lasceremo qualche scritta in casa e scapperemo via. Senza mai parlare.»

Mi misi una mano sulla giugulare, ma sorridevo.

Mentre ci allontanavamo insieme dalla macchina, Margo cercò la mia mano, intrecciò le sue dita alle mie e me le strinse. Io feci altrettanto e le lanciai uno sguardo. Lei annuì con aria solenne, io annuii in risposta.

Poi mi lasciò andare. Ci arrampicammo fino alla finestra. Sollevai l'infisso di legno con delicatezza. Scricchiolò un po', ma risalì senza problemi. Guardai dentro: era buio, ma riuscivo a distinguere la sagoma di qualcuno disteso su un letto.

La finestra era un po' alta per Margo, perciò intrecciai le mani, lei ci appoggiò sopra un piede, e io la spinsi su. Entrò così piano da far invidia a un ninja. Io raggiunsi la finestra con un balzo, infilando dentro testa e spalle, e poi cercai di far passare il resto del corpo con una complicata torsione del busto, strisciando come un bruco. Tutto andò bene finché non mi schiacciai le palle sul davanzale e mi lasciai sfuggire un gemito di dolore: un errore piuttosto ragguardevole.

Una lampada si accese. Steso su un letto, c'era un vecchio signore. Decisamente non era Chuck Parson. Aveva gli occhi spalancati per la paura: non disse una parola.

«Mmm» fece Margo. Pensai per un attimo di scappare e correre alla macchina, ma rimasi lì per lei, piegato sulla finestra, la metà superiore di me parallela al pavimento. «Mmm, mi sa che abbiamo sbagliato casa.» Si girò verso di me e mi guardò con aria supplichevole, e solo allora mi resi conto che le stavo impedendo la fuga. Così mi lanciai fuori della finestra, afferrai le mie scarpe e corsi via.

Guidammo fino all'altro lato di College Park, per riprenderci.

«Abbiamo combinato un bel casino, tra tutti e due» disse Margo.

«Tu hai sbagliato casa» protestai io.

«Sì, ma sei *tu* hai fatto rumore.» Restammo in silenzio per un minuto, continuando a girare in tondo, e alla fine dissi: «Dovremmo cercare il suo indirizzo su Internet. Radar ha accesso all'elenco della scuola.»

«Fantastico» commentò Margo.

Così chiamai Radar sul cellulare, ma scattò subito la segreteria. Considerai l'ipotesi di chiamarlo a casa, ma i suoi genitori sono amici dei miei, quindi non era il caso. Alla fine mi venne in mente di provare con Ben. Non era Radar, ma conosceva tutte le sue password. Chiamai. La segreteria scattò, ma solo dopo qualche squillo. Ci riprovai. Di nuovo la segreteria. Chiamai ancora. Segreteria. Margo disse: «Non risponderà» e io, mentre riprovavo: «Sì che risponderà.» E in effetti dopo solo altre quattro chiamate rispose.

«Farai meglio a dirmi che ci sono undici pollastrelle nude a casa tua, tutte ansiose di provare la Sensazione Speciale che solo Il Grande Paparino Ben sa procurare.»

«Ho bisogno che tu ti connetta all'elenco della scuola con lo username di Radar e mi cerchi un indirizzo. Di Chuck Parson.»

«No.»

«Per favore» chiesi.

«No.»

«Sarai felice di averlo fatto, te l'assicuro.»

«Sì, va bene. L'ho già fatto. Lo stavo già facendo mentre ti dicevo di no. Come faccio a non aiutarti? Quattro-due-due, Amherst. Ehi, ma perché vuoi l'indirizzo di casa di Chuck Parson alle quattro e dodici del mattino?»

«Ora dormi, Benners.»

«Farò finta di aver sognato» rispose Ben, e riattaccò.

La Amherst era a soli due isolati più giù. Parcheggiammo di fronte al 418, prendemmo la nostra attrezzatura e attraversammo di corsa il prato di Chuck, con la rugiada del mattino che si scrollava dall'erba e mi bagnava i polpacci.

Mi arrampicai facilmente fino alla finestra di Chuck, che per fortuna era più bassa di quella del Vecchio Chissà Chi, e spinsi dentro Margo. Chuck Parson dormiva nel suo letto. Margo si avvicinò, in punta di piedi, e io mi misi accanto a lei, con il cuore che mi martellava forte nel petto. Se si fosse svegliato, ci avrebbe uccisi tutti e due. Margo si spruzzò sul palmo di una mano una specie di schiuma da barba che poi spalmò ben bene sul sopracciglio destro di Chuck. Lui non mosse neanche un muscolo.

Margo prese la vaselina. Il coperchio si aprì con un assordante *plop*, ma di nuovo Chuck non fece una piega. Margo mi riempì una mano di vaselina e ci dividemmo. Andai prima di tutto alla porta principale e spalmai la maniglia di vaselina, poi passai alla porta aperta di una stanza da letto, unsi la maniglia sul lato interno, dopodiché chiusi la porta, che cigolò appena.

Tornai nella stanza di Chuck. Margo era già lì. Chiudemmo la porta e spalmammo la vaselina sulla maniglia. Riempimmo ogni centimetro della finestra con la vaselina rimasta: sarebbe stato difficile riaprirla una volta che ce la fossimo chiusa alle spalle.

Margo controllò l'orologio e alzò due dita. Aspettammo due minuti, durante i quali ci guardammo e basta, e io fissai l'azzurro dei suoi occhi. Era bello stare lì, intorno solo buio e silenzio e nessun pericolo di dire qualcosa che potesse rovinare tutto, con i suoi occhi che mi guardavano come se davvero ci fosse qualcosa di bello da vedere in me.

Poi mi fece un cenno e mi avvicinai a Chuck. Avvolsi una mano nella mia T-shirt, come lei mi aveva detto di fare, mi sporsi, con delicatezza premetti un dito contro la fronte di Chuck e sfregai via la crema, in fretta. E insieme a quella ogni singolo pelo del suo sopracciglio destro. Ero in piedi davanti a Chuck, con il suo sopracciglio destro nella mia T-shirt, quando lui spalancò gli occhi. Rapidissima, Margo afferrò la trapunta e gliela scagliò addosso. Non feci in tempo a seguirla con lo sguardo che la piccola ninja era già fuori della finestra. La seguii più veloce che potei, mentre Chuck urlava: «MAMMA! PAPÀ! AL LADRO! AL LADRO!»

Avrei voluto dirgli *L'unica cosa che ti abbiamo rubato è il sopracciglio*, ma me ne stetti zitto e mi scaraventai fuori alla cieca. Atterrai praticamente addosso a Margo, che stava tracciando una M su un muro della casa. Afferrammo le scarpe e in un baleno portammo le nostre chiappe sulla Chrysler. Mi voltai a guardare la casa e vidi che le luci erano accese ma nessuno era ancora uscito, a conferma della geniale semplicità del metodo-vaselina. Quando il signor (o la signora, non riuscivo a distinguere) Parson aprì le tende della sala da pranzo e guardò fuori, noi stavamo già tornando in retromarcia verso Princeton Street e la tangenziale.

«Sì!» gridai. «È stato mitico!»

«L'hai visto senza sopracciglio? Gli dà un'aria troppo stupida, da eterno insicuro, del tipo: "Ma davvero? Stai dicendo che ho un solo sopracciglio? Che storia..." Immagina quell'idiota che si chiede: meglio radermi anche il sinistro o disegnarmi il destro? Grandioso! E quando ha chiamato la mammina, quel piccolo coglione lagnoso...»

«Aspetta un attimo: ma perché lo odi?»

«Non ho detto che lo odio, ho solo detto che è un piccolo coglione lagnoso.»

«Ma tu gli sei sempre stata un po' amica» le dissi. Questo almeno era quello che credevo.

«Sì, già, sono sempre stata un po' amica di un sacco di gente» disse Margo. Si allungò dalla mia parte e appoggiò la testa sulla mia spalla ossuta. I suoi capelli mi si sparsero sul collo. «Sono stanca» disse.

«Caffeina» suggerii io. Si sporse dietro e afferrò due

lattine di Mountain Dew. Trangugiai la mia in due lunghi sorsi.

«E ora andiamo al SeaWorld» dichiarò. «Fase Undici.»

«A fare cosa? Liberare Free Willy?»

«No» rispose lei. «Andiamo solo al SeaWorld. È l'unico parco a tema in cui non mi sia ancora introdotta di nascosto.»

«Non possiamo entrare al SeaWorld» dissi, e mi infilai nel parcheggio vuoto di un negozio di mobili. Parcheggiai e spensi il motore.

«Dai, che siamo un po' tirati con i tempi» replicò lei, e si allungò per riavviare l'auto.

Le spinsi via la mano. «Non possiamo entrare nel SeaWorld» ripetei.

«Ancora con questa storia dell'effrazione!» Margo aprì un'altra Mountain Dew. La luce riflessa dalla lattina le illuminò il viso e per un attimo la vidi sorridere al pensiero di quello che stava per dirmi: «Non commetteremo alcuna effrazione. Non pensare che è un'effrazione al SeaWorld: pensa piuttosto che stiamo visitando il SeaWorld di notte e gratis.»

8.

«Allora, per prima cosa ci faremo beccare» dissi. Non avevo riacceso il motore e stavo elencando le ragioni per cui non lo avrei fatto, chiedendomi se Margo riuscisse a vedermi al buio.

«Ovvio che ci beccheranno: qual è il problema?»

«Che non è legale.»

«Q, nel grande schema delle cose che razza di problemi può causarti farti beccare al SeaWorld? Voglio dire, dopo tutto quello che ho fatto per te stanotte, non puoi fare qualcosa tu per me? Non puoi startene tranquillo e smetterla di essere così maledettamente terrorizzato da ogni minimo rischio?» E poi, sottovoce, aggiunse: «Insomma, Dio santo, tira fuori le palle.»

E allora mi arrabbiai. Mi sfilai dalla cintura di sicurezza per sporgermi verso di lei. «Dopo tutto quello che TU hai fatto per ME?» sbottai, quasi urlando. Mi voleva più sicuro di me? Stavo per accontentarla. «Hai chiamato TU il padre della MIA amica, quella che si stava facendo il MIO ragazzo, per non farmi scoprire?

Hai scarrozzato tu il MIO culo in giro per il mondo non perché sei taaanto-importante per me ma semplicemente perché avevo bisogno di un passaggio e tu eri quella più a portata di mano? Sarebbe questo il genere di cose del cazzo che hai fatto stanotte per me?»

Non mi guardò. Rimase a fissare la parete del negozio di mobili davanti a sé. «Pensi che avessi davvero bisogno di te? Non credi che avrei potuto dare a Myrna Mountweazel un Benadryl in modo che dormisse beatamente sotto il letto dei miei e io prendessi indisturbata le chiavi? O che avrei potuto infilarmi nella tua stanza a rubarti le chiavi della macchina mentre dormivi? Non avevo bisogno di te, idiota. Ho *scelto* te. E tu a tua volta hai scelto me.» Ora mi stava guardando. «È come una promessa, per stanotte, perlomeno. In salute e in malattia, nella buona e nella cattiva sorte. In ricchezza e in povertà. Finché l'alba non ci separi.»

Accesi il motore e uscii dal parcheggio, ma anche volendo credere a quella sua storia del lavoro di squadra, continuavo a sentirmi incastrato da lei e volevo avere l'ultima parola. «Ok, ma quando la SeaWorld Incorporated o chi per lei scriverà una lettera alla Duke University dicendo che lo scellerato Quentin Jacobsen si è introdotto nella loro proprietà alle quattro e mezza del mattino in compagnia di una giovane dallo sguardo selvaggio, la Duke University non la prenderà bene. E lo stesso vale per i miei genitori.»

«Q, tu andrai alla Duke. Diventerai un avvocato-oche-so-io di successo, ti sposerai e avrai dei bambini e vivrai la tua piccola vita, e in punto di morte, quando starai per essere soffocato dalla tua stessa bile in una casa di cura, ti dirai: "Be', ho sprecato tutta la mia cavolo di vita, ma almeno l'ultimo anno di scuola mi sono introdotto di nascosto nel SeaWorld con Margo Roth Spiegelman. Ho colto quell'unico attimo, ho avuto il mio carpe diem."»

«*Noctem*» la corressi.

«Ok, sei tornato a essere il Re della Grammatica. Hai riavuto il tuo trono. Ora portami al SeaWorld.»

Mentre percorrevamo in silenzio la I-4, mi ritrovai a pensare a quel tizio morto col completo grigio che avevamo trovato insieme. *Forse è questo il motivo per cui mi ha scelto*, pensai. E fu a quel punto, finalmente, che mi ricordai ciò che Margo aveva detto del tizio e dei fili, e di se stessa e dei fili.

«Margo» dissi, rompendo il silenzio.

«Q» disse lei.

«Tu hai detto... Quando quel tipo è morto, tu hai detto che forse tutti i fili dentro di lui si erano rotti e poi hai detto lo stesso anche di te, che il tuo ultimo filo si era rotto.»

Lei fece un risolino. «Tu ti preoccupi troppo. Non intendo certo farmi trovare da un bambino una domenica mattina al parco Jefferson, ricoperta di mosche.» Aspettò un secondo prima di sfoderare la sua battuta a effetto. «Sono troppo vanitosa per finire così.»

Risi, sollevato, e uscii dalla tangenziale. Prendemmo l'International Drive, la capitale mondiale del turismo. C'erano migliaia di negozi su quella strada e tutti vendevano la stessa identica cosa: merda. Merda sotto forma di conchiglie, portachiavi, tartarughe di vetro, magneti per il frigo a forma di Florida, fenicotteri rosa di plastica e di tutto e di più. In molti negozi si poteva addirittura trovare autentica merda di armadillo. Vera. A 4 dollari e 95 al sacchetto.

Alle 4:50 del mattino, però, i turisti dormivano. La strada era completamente morta, come tutto il resto, mentre la percorrevamo superando prima un negozio, poi un parcheggio, poi un altro negozio, poi un altro parcheggio.

«Il SeaWorld è subito dopo il viale» disse Margo. Era di nuovo sul sedile di dietro e stava rivoltando uno zainetto. «Mi ero scaricata un sacco di mappe dal satellite e avevo tracciato il nostro piano d'attacco, ma non riesco più a trovare niente, porca miseria. Vabbe', comunque gira a destra dopo il viale, e alla tua sinistra dovrebbe esserci un negozio di souvenir.»

«Alla mia sinistra ci sono tipo diciassettemila negozi di souvenir.»

«Sì, va bene, ma dopo il viale ce n'è uno solo.»

E in effetti ce n'era uno soltanto, così mi infilai nel parcheggio vuoto e parcheggiai proprio sotto un lampione, dal momento che sulla I-Drive ci sono sempre un sacco di furti d'auto. E anche se soltanto un ladro terribilmente masochista potrebbe decidere di rubare la nostra Chrysler, non mi esaltava l'idea di dover spiegare a mia madre come e perché la sua automobile era stata trafugata nelle prime ore del mattino di un giorno di scuola.

Scendemmo dall'auto e restammo immobili qualche minuto, appoggiati al retro della macchina. L'aria era così calda e afosa che i vestiti mi si appiccicavano alla pelle. Mi sentivo di nuovo spaventato, come se fossi osservato da persone che non potevo vedere. Era stato buio per così tanto tempo e la pancia mi faceva male per il nervosismo accumulato in tutte quelle ore. Margo aveva trovato le mappe. Tracciò la nostra rotta alla luce del lampione con il dito sporco di vernice blu. «Dovrebbe esserci una recinzione lì» disse, indicando una barra di legno che avevamo intravvisto dopo aver attraversato il viale. «L'ho letto su Internet. L'hanno costruita qualche anno fa, dopo che un tizio ubriaco si è avventurato di notte nel SeaWorld e ha pensato bene di farsi una nuotata con Shamu, che lo ha prontamente ucciso.»

«Stai scherzando?»

«No. Per questo dico che se ce l'ha fatta un ubriaco, a maggior ragione possiamo farcela noi da sobri. Insomma, siamo ninja.»

«*Tu sarai* un ninja, io no» dissi.

«Lo siamo tutti e due. Solo che tu sei un ninja goffo

e molto casinista» disse Margo. Si sistemò i capelli dietro le orecchie, si tirò su il cappuccio e lo chiuse stretto con la cordicella. La luce del lampione le illuminò il viso pallido. Forse eravamo entrambi ninja, ma solo lei aveva il costume giusto.

«Ok» disse. «Memorizza la mappa.» La parte più spaventosa del percorso di quasi-un-chilometro che Margo aveva tracciato per noi era senz'altro il fosso. Il SeaWorld era una specie di triangolo. Un lato era protetto dalla strada e secondo Margo era pattugliato di continuo da guardie notturne. Un altro lato si affacciava su un lago dal diametro di oltre un chilometro. Sul terzo lato c'era un canale di scolo. A giudicare dalla mappa sembrava che fosse largo come una strada a due corsie. E in Florida, dove ci sono canali di scolo pieni d'acqua vicino a un lago quasi sempre ci sono anche alligatori.

Margo mi afferrò per le spalle e mi fece voltare dalla sua parte. «Forse ci beccheranno: in tal caso tu lascia parlare me. Limitati a essere carino e a sfoderare quel tuo magico mix di innocenza e sicurezza, e tutto andrà bene.»

Chiusi l'auto, mi appiattii i capelli gonfi e sussurrai: «Sono un ninja.» Non credevo che Margo mi sentisse, e invece esplose in un: «Cazzo se lo sei! Adesso andiamo!»

Attraversammo la I-Drive di corsa e ci avventurammo in un boschetto di cespugli alti e querce. Iniziai a preoccuparmi per l'edera velenosa, ma i ninja non hanno paura dell'edera velenosa, perciò mi misi ad aprire il sentiero scostando rovi e arbusti con le braccia mentre ci avvicinavamo al canale. Alla fine la vegetazione si diradò e vidi il viale sulla nostra destra e il fosso proprio davanti a noi. Se fossero passate delle macchine qualcuno avrebbe potuto vederci, ma la strada era deserta. Smettemmo di correre nella boscaglia e virammo bruscamente verso il viale. Margo disse: «Adesso, adesso!», e attraversai a tutta velocità le sei corsie. Nonostante fosse vuota, attraversare di corsa una strada così larga mi dava la sensazione di fare qualcosa di elettrizzante e sbagliato allo stesso tempo.

Quando fummo dall'altro lato, ci buttammo in ginocchio sull'erba alta che costeggiava la strada. Margo indicò la fila di alberi schierata tra lo sterminato parcheggio del SeaWorld e la putrida acqua stagnante del canale di scolo. Corremmo lungo la fila di alberi per un po', poi mi tirò per la maglietta e mi disse, piano: «Ora nel fosso.»

«Prima le signore.»

«No, ti prego. Prima tu» ribatté lei.

Non pensai agli alligatori né ai disgustosi ammassi di alghe. Presi la rincorsa e saltai più lontano che potei. Atterrai in un punto in cui l'acqua mi arrivava alla cintola e avanzai a grandi falcate. L'acqua puzzava e me la sentivo viscida sulla pelle, ma almeno nella metà superiore del corpo non ero bagnato. O per lo meno non lo fui finché Margo non si tuffò, travolgendomi con i suoi spruzzi. Mi girai e la schizzai. Fece finta di avere un conato di vomito.

«I ninja non schizzano gli altri ninja» protestò.

«Un vero ninja non schizza neanche quando si tuffa» replicai io.

«Ooh, touché.»

Osservai Margo che riemergeva dal fosso e mi sollevò molto constatare che non c'erano alligatori. Benché sostenuto, il ritmo del mio battito era accettabile. Sotto la felpa, la T-shirt nera bagnata le si era attaccata alla pelle. Per farla breve, tutto sembrava andare piuttosto bene quando con la coda dell'occhio notai un tremolio nell'acqua vicino a Margo. Lei si preparò a uscire, vidi il suo tendine d'Achille tirarsi e non feci in tempo a dire niente prima che un serpente le si avventasse contro e le mordesse la caviglia sinistra, appena sotto l'orlo dei jeans.

«Merda!» esclamò. Abbassò lo sguardo e ripeté: «Merda!» L'animale le stava ancora attaccato. Mi tuffai, lo afferrai per la coda, lo strappai dalla gamba di Margo e lo scaraventai nel fosso. «Oddio! Che cos'era? Un mocassino acquatico?» chiese.

«Non ne ho idea. Giù, giù.» Le afferrai la gamba e le tirai su i jeans. Dai segni del morso scendevano due gocce di sangue. Mi abbassai, mi avvicinai con la bocca alla ferita e succhiai forte, per estrarre tutto il veleno.

Sputai e mi riabbassai sulla gamba di Margo, quando lei mi bloccò dicendo: «Aspetta, rieccolo.» Saltai su, terrorizzato. «No, no, è solo un serpente giarrettiera» disse Margo. Seguii il suo dito e vidi l'animaletto che, nuotando alla luce dei riflettori, sembrava scivolare sulla superficie dell'acqua. Da lontano, non faceva più paura di una lucertolina.

«Grazie a Dio» esclamai. Mi sedetti accanto a Margo e ripresi fiato.

Margo guardò il morso, che aveva smesso di sanguinare. «Com'è stato farsela con la mia gamba?» mi chiese.

«Non male» risposi, ed era la verità. Avvicinò il suo corpo al mio e sentii il suo avambraccio premermi sulle costole.

«Stamattina mi sono depilata apposta. Mi sono detta: "Non si sa mai, metti che qualcuno si avventi sulla mia caviglia per succhiarne via del veleno di serpente."»

Eravamo davanti a una recinzione di rete metallica alta sì e no un metro e ottanta quando Margo commentò: «Prima il serpente giarrettiera e ora questo recinto... I sistemi di sicurezza qui sono un insulto per noi ninja.» Si arrampicò, scavalcò la rete e ridiscese come da una scala. Io riuscii a non cadere.

Attraversammo di corsa un boschetto, stretto tra grossi serbatoi opachi che probabilmente ospitavano gli animali, e finimmo su un sentiero asfaltato da cui riuscii a vedere il grande anfiteatro in cui quando ero piccolo Shamu, l'orca assassina, mi aveva spruzzato acqua addosso. Dagli altoparlanti che costeggiavano il vialetto proveniva una musichetta da ascensore, a basso volume. Forse serviva a tenere buoni gli animali.

«Margo» dissi io, «siamo nel SeaWorld.»

E lei: «Sì, vero» e scappò via. La rincorsi. Ci fermammo davanti alla vasca delle foche, che però sembrava completamente vuota.

«Margo» ripetei, «siamo nel SeaWorld.»

«Goditela» disse lei, quasi senza muovere la bocca. «Perché sta arrivando la sicurezza.» Mi lanciai dentro una macchia di cespugli che mi arrivavano alla vita, ma quando vidi che Margo non si muoveva, mi fermai. Un tizio che indossava la divisa della SEAWORLD SECURITY avanzò verso di noi e ci chiese, con aria disinvolta: «Come andiamo?» Aveva in mano una specie di lattina. Pensai che fosse spray irritante.

Per mantenermi calmo, mi misi a pensare tra me e me: *Avrà manette standard o speciali manette del SeaWorld, tipo a forma di due delfini che saltano insieme?*

«Stavamo per andarcene» disse Margo.

«Be', questo è poco ma sicuro» replicò l'uomo. «Il punto è se ve ne uscite sui vostri piedi o sulla macchina dello sceriffo dell'Orange County.»

«Se per lei è lo stesso» disse Margo, «preferiremmo camminare.» Chiusi gli occhi. Non è il momento delle trovate brillanti, avrei voluto dirle. La guardia invece si mise a ridere.

«Vedi, un paio d'anni fa un uomo è saltato nella vasca grande e ci ha lasciato le penne, e da allora ci hanno detto di non farla passare liscia agli intrusi, anche se si tratta di belle ragazze.» Margo si staccò la maglietta dalla pelle, e solo allora mi resi conto che la guardia stava parlando con le sue tette.

«Be', allora mi sa che ci dovrà arrestare.»

«Già, è questo il punto: sto per smontare, tornarmene a casa, farmi una birra e andarmene a letto, ma se chiamo la polizia so già che loro se la prenderanno comoda. Sto solo pensando ad alta voce» precisò. Margo alzò un sopracciglio in segno d'intesa. Infilò una mano in una tasca fradicia e ne estrasse una banconota da cento dollari zuppa di acqua del fosso.

La guardia disse: «Bene, e adesso farete meglio ad andarvene. Se fossi in voi, eviterei di passare accanto alla vasca della balena. È circondata da telecamere notturne, e noi non vogliamo che qualcuno sappia che eravate qui.»

«Sissignore» disse Margo, tutta seria. L'uomo si allontanò e scomparve nell'oscurità. «Non volevo pagarlo, quel porco» bofonchiò guardandolo andar via, «ma vabbe', i soldi sono fatti per essere spesi.» Quasi non la sentii: l'unica cosa che percepivo erano le ondate di sollievo che mi sommergevano. Un piacere puro che mi risarciva di tutta la precedente angoscia.

«Per fortuna non ci ha denunciati» dissi.

Margo non replicò. Fissava un punto dietro di me,

con gli occhi socchiusi. «È stato così anche quando mi sono infilata negli Universal Studios» disse poi. «Sono belli, per carità, ma non c'è molto da vedere. Non ci sono esibizioni. Tutte le cose divertenti sono sotto chiave. E durante la notte gli animali vengono chiusi in cisterne.» Si voltò a scrutare il SeaWorld davanti a noi. «Forse il piacere vero non è essere qui dentro.»

«E che cos'è allora?» chiesi.

«È pensare di esserci, pianificare. Fare le cose non è mai bello come te lo immagini.»

«A me piace stare qui» ammisi. «Anche se non c'è molto da vedere.» Mi sedetti su una panchina, e lei si mise accanto a me. Guardammo la vasca delle foche, che al momento conteneva solo un'isoletta deserta e finte rocce di plastica. Sentivo vicino il suo profumo, l'odore di sudore e di alghe del fosso, il suo shampoo al lillà e la pelle che sapeva di mandorle tritate.

Per la prima volta quella notte, mi sentii stanco. Immaginai noi due distesi in qualche angolo erboso del SeaWorld, io a pancia in su, lei su un fianco, un braccio su di me, la testa appoggiata alla mia spalla. Senza fare niente, solo distesi a guardare il cielo, in una notte così limpida e luminosa da offuscare le stelle. E forse avrei sentito il suo respiro sulla mia nuca e saremmo rimasti lì fino alla mattina dopo, quando le persone ci sarebbero passate accanto e ci avrebbero scambiati per visitatori del parco e noi saremmo scomparsi in mezzo a loro.

Ma non si poteva. C'era la faccia di Chuck con un solo sopracciglio ad aspettarci, c'era Ben, a cui dovevo raccontare tutta la storia, e poi c'erano le lezioni, l'aula della banda, la Duke, il futuro.

«Q» disse Margo.

La guardai e per un attimo non capii perché aveva pronunciato il mio nome, ma poi finalmente uscii dal mio mezzo sogno e la sentii. Qualcuno aveva alzato il volume degli altoparlanti, e ora non trasmettevano più musica da ascensori: era una canzone vera. Un vecchio pezzo jazz che piace molto a mio padre. Si intitola *Stars fell on Alabama*. Anche attraverso quegli altoparlanti gracchianti, si capiva che chiunque la stesse cantando sarebbe stato capace di intonare tipo mille note tutte insieme.

E avvertii la linea ininterrotta, di me e di lei, che partiva dalle nostre culle e si stendeva oltre il tizio morto, lungo tutti gli anni successivi, fino a quel momento. E avrei voluto dirle che per me il vero piacere non era pianificare, fare o andarmene, il vero piacere per me era stato vedere i nostri fili intrecciarsi, separarsi e ora riannodarsi di nuovo: ma era una cosa troppo melensa da dire, e oltretutto lei si stava già rialzando.

Chiuse e riaprì gli occhi azzurri e in quel momento mi sembrò bella all'inverosimile, con i jeans bagnati che le fasciavano le gambe e il viso che le brillava nella luce grigia della notte.

Mi alzai, le tesi una mano e le chiesi: «Mi concedi

questo ballo?» Margo fece un inchino, mi porse la mano e rispose: «Con piacere», e allora le cinsi la vita e lei mi mise un braccio sulla spalla. E poi via, avanti, avanti, di lato, avanti, avanti, di lato. Ballammo il fox-trot intorno alla vasca delle foche, mentre la canzone andava avanti a parlare di stelle cadenti. «E ora un lento in stile sesta» annunciò Margo e cambiò posizione. Appoggiò le mani sulle mie spalle e io misi le mie sui suoi fianchi, le braccia rigide, a mezzo metro di distanza l'uno dall'altra. Ballammo un altro un po' il fox-trot, poi la canzone finì. Avanzai di un passo e le feci fare un casquét, proprio come ci avevano insegnato alla Scuola di Danza Crown. Margo alzò una gamba e si lasciò andare con tutto il suo peso. Forse si fidava di me, o forse voleva cadere.

9.

Comprammo degli strofinacci da cucina al 7-Eleven sulla I-Drive e facemmo del nostro meglio per toglierci la melma e la puzza del fosso dalla pelle e dai vestiti. Feci benzina per riportare il serbatoio al livello a cui era prima che percorressimo in macchina tutto il perimetro di Orlando. Per l'ora in cui mia madre l'avrebbe presa per portarmi a scuola, i sedili della Chrysler sarebbero stati ancora un po' umidi, ma contavo sul fatto che non ci avrebbe fatto caso, distratta com'era. Tendenzialmente i miei genitori pensavano che io fossi il ragazzo più-equilibrato e meno-propenso-a-introdurmi-di-nascosto-nel-SeaWorld della Terra e che il mio benessere psicologico fosse una prova del loro talento professionale.

Me la presi comoda sulla via del ritorno, scegliendo le stradine laterali invece della tangenziale. Ascoltavamo la radio cercando di capire quale stazione avesse mandato in onda *Stars fell on Alabama*. Poi Margo abbassò il volume e disse: «Alla fine, secondo me è stato un successo.»

«Decisamente» commentai io, ma stavo già pensando a cosa sarebbe accaduto l'indomani. Si sarebbe fatta vedere davanti all'aula della banda prima delle lezioni? Avrebbe pranzato con me e Ben? «Mi chiedo se domani ci sarà qualcosa di diverso» dissi.

«Sì» rispose lei, «anch'io.» Lasciò la cosa sospesa nell'aria, poi aggiunse: «Ehi, a proposito di domani, vorrei darti un piccolo regalo in segno di gratitudine per il tuo duro lavoro e impegno in questa memorabile serata.» Si abbassò per cercare qualcosa tra i piedi e si rialzò mostrando la sua macchina fotografica digitale. «Tieni, e vedi di usare con saggezza il Potere del Piccolo Pendaglio.»

Risi, e mi infilai la macchina in tasca. «Scarico le foto e te la riporto domani a scuola?» le chiesi. Speravo ancora che mi dicesse: *Sì, a scuola, dove le cose saranno completamente diverse e io sarò tua amica in pubblico, oltre che ufficialmente single*, ma lei si limitò a dire: «Sì, poi vediamo.»

Erano le 5:42 quando svoltai in Jefferson Park. Percorremmo Jefferson Drive, poi Jefferson Road e infine sbucammo nella nostra strada, Jefferson Way. Spensi i fanali per l'ultima volta e tenni il motore al minimo. Non sapevo che cosa dire, e Margo se ne stava lì zitta. Riempimmo di spazzatura un sacchetto del 7-Eleven e riordinammo la Chrysler in modo da annullare le sei ore appena trascorse. Margo mi allungò un altro sacchetto con la vaselina avanzata, la vernice spray e l'ultima lattina di Mountain Dew. Il mio cervello lottava contro la stanchezza.

Mi fermai davanti alla macchina con un sacchetto per mano e la guardai. «È stata una grande notte» dissi alla fine.

«Vieni qui» mi disse, e feci un passo avanti. Mi abbracciò. I sacchetti mi impedivano di stringerla come si deve, ma se li avessi lasciati cadere avrei rischiato di svegliare qualcuno. La sentii mettersi in punta di piedi e poi avvicinare la bocca al mio orecchio per dirmi, scandendo bene le parole: «Mi. Mancherà. Andare. In. Giro. Con. Te.»

«Non ce n'è bisogno» ribattei forte, cercando di nascondere il disappunto. «Se gli altri non ti piacciono più, stai con me. I miei amici sono forti, sono simpatici.»

Le sue labbra erano così vicine che le sentii aprirsi in un sorriso. «Temo che non sia possibile» sussurrò. Si staccò e si avviò verso casa, senza smettere di guardarmi, camminando all'indietro, un passo dopo l'altro. Alla fine alzò un sopracciglio e mi sorrise. Credetti a quel sorriso. La vidi arrampicarsi su un albero e poi sul tetto davanti alla finestra della sua stanza, al secondo piano. Aprì la finestra e sgusciò dentro.

Entrai in casa dalla porta d'ingresso, che non era chiusa a chiave, sgattaiolai in punta di piedi dalla cucina alla mia stanza, mi tolsi i jeans e li lanciai in un angolo ai piedi dell'armadio, vicino alla finestra; poi scaricai la foto di Jase e mi misi a letto, con la mente che ribolliva delle cose che le avrei detto a scuola.

SECONDA PARTE

L'ERBA

1.

Alle 6:32, quando la sveglia suonò, mi ero addormentato solo da mezz'ora. Andò avanti a trillare per diciassette minuti senza che io me ne accorgessi, finché non sentii due mani sulle spalle e distinsi in lontananza la voce di mia madre: «Buongiorno, pigrone.»

«Uhhh» mugugnai. Mi sentivo decisamente più stanco di quanto non fossi alle 5:55, e avrei voluto saltare la scuola, ma non avevo mai fatto un'assenza, e anche se sapevo che la cosa non sarebbe stata granché considerata e magari nemmeno minimamente apprezzata, mi dispiaceva spezzare questo andamento positivo. E poi volevo vedere come si sarebbe comportata Margo con me.

Quando entrai in cucina, i miei stavano facendo colazione e papà stava dicendo qualcosa alla mamma. Vedendomi si bloccò e mi chiese: «Come hai dormito?»

«Magnificamente» risposi io. Ed era la verità: avevo dormito poco, ma bene.

Papà sorrise. «Stavo proprio raccontando a tua mamma che ho questo sogno ricorrente e ansiogeno» disse. «Sono al college, a lezione di ebraico, ma il professore non parla ebraico e gli esami non sono in ebraico: sono in una lingua incomprensibile. Tutti però fanno finta che questa lingua inventata con un alfabeto inventato sia ebraico. E così io faccio l'esame e mi tocca scrivere in una lingua che non conosco e in un alfabeto che non so decifrare.»

«Interessante» commentai io, anche se non lo era affatto. Non c'è nulla di più noioso dei sogni degli altri.

«È una metafora dell'adolescenza» se ne uscì mia madre. «Scrivere in un linguaggio – la vita adulta – che non capisci, usando un alfabeto – i modelli di interazione degli adulti – che non riconosci come tuoi.» Mia madre lavorava con adolescenti fuori di testa in centri di detenzione e carceri minorili. Penso che fosse per questo che non si preoccupava mai sul serio per me: finché non cominciavo a decapitare gerbilli o a pisciarmi sulla faccia per qualche strano rito, andava tutto bene.

Una mamma normale avrebbe detto: "Ehi, sembri uscito da un festino a base di anfetamine e puzzi vagamente di alghe. Stavi per caso ballando con Margo Roth Spiegelman e la sua caviglia morsa da un serpente, un paio d'ore fa?" Invece no, loro preferivano i sogni.

Feci una doccia, mi infilai una T-shirt e dei jeans. Ero in ritardo, ma tanto, come ho già detto, ero sempre in ritardo.

«Sei in ritardo» mi disse mia madre quando tornai in cucina. Cercai di spazzare la nebbia che avevo in testa quel tanto che mi consentiva di ricordarmi come si allacciano le scarpe da ginnastica.

«Lo so» dichiarai, intontito.

Mamma mi portò a scuola in macchina. Mi sedetti al posto che era stato di Margo. Mia madre guidava sempre piuttosto piano, il che faceva al caso mio, dal momento che, appoggiato con la testa al finestrino, mi ero già riaddormentato.

Quando ci fermammo davanti alla scuola, notai che il posto che di solito occupava l'auto di Margo nel parcheggio degli studenti dell'ultimo anno era vuoto. Non potevo certo biasimarla perché aveva fatto tardi: il suo gruppo di amici non si incontrava all'alba come il mio.

Mentre mi avvicinavo ai ragazzi della banda, Ben urlò: «Jacobsen, me lo sono sognato o tu...» Gli feci un segno impercettibile con la testa e lui cambiò discorso a metà frase. «... e io ci siamo sparati una bella avventura stanotte tre le isole della Polinesia Centrale a bordo di una barca fatta di banane?»

«Una barca a vela davvero deliziosa» risposi. Radar mi fece un cenno con gli occhi e si avviò pian piano sotto un albero. Lo seguii. «Ho chiesto ad Angela se ha un'amica per Ben, ma niente da fare.» Scoccai un'occhiata a Ben, che parlava animatamente, con una paletta da caffè che gli ballava tra le labbra ogni volta che diceva qualcosa.

«Che palle» dissi. «Ma non importa. Io e Ben ci vedremo e faremo qualcosa, tipo una maratona di Resurrection, per dire.»

A quel punto Ben si avvicinò e disse: «State cercando di essere delicati? Tanto lo so che parlate di quel tragico ballo senza pollastrelle che è la mia vita.» Si voltò ed entrò nella sala. Io e Radar lo seguimmo, continuando a parlare. Passammo accanto agli studenti del primo e del secondo anno. Se ne stavano lì seduti a chiacchierare in mezzo a una montagna di custodie di strumenti.

«Ma perché ci tieni così tanto ad andarci?» gli chiesi.

«Fratello, è il ballo *dell'ultimo anno*. È la mia ultima occasione per diventare il più rovente ricordo delle superiori di qualche adorabile pollastrella.»

La prima campanella suonò: mancavano cinque minuti all'inizio delle lezioni. Tutti cominciarono a correre verso le aule, come cani di Pavlov, intasando i corridoi. Io, Ben e Radar ci fermammo a parlare davanti all'armadietto di Radar. «Insomma, perché mi hai chiamato alle tre del mattino per chiedermi l'indirizzo di Chuck Parson?»

Stavo rimuginando su quale fosse la risposta migliore a quella domanda quando vidi Chuck Parson avanzare verso di noi. Diedi una gomitata a Ben e piantai gli occhi su Chuck. Che, per inciso, aveva deciso che la strategia migliore era radersi anche Sinistro. «Cazzarola!» esclamò Ben.

Un secondo dopo, mi ritrovai Chuck addosso, la fronte meravigliosamente imberbe. Mi addossai all'armadietto. «Che cosa state guardando, coglioni?»

«Niente» rispose Radar. «Di sicuro non le tue sopracciglia.» Chuck lo strattonò, colpì con una manata l'armadietto più vicino a me e se ne andò.

«Sei stato tu?» chiese Ben, incredulo.

«Non ditelo a nessuno» raccomandai, e aggiunsi sottovoce: «Ero con Margo Roth Spiegelman.»

Ben alzò la voce per l'entusiasmo. «Eri con Margo Roth Spiegelman ieri notte? Alle TRE DEL MATTINO?» Annuii. «Soli?» Annuii di nuovo. «Oh, Cristo santo, se te la sei fatta devi raccontarmi ogni singolo particolare. Devi scrivere una tesina sull'aspetto e la consistenza delle tette di Margo Roth Spiegelman. Trenta pagine come minimo!»

«Complete di un disegno molto molto realistico» disse Radar.

«Anche una scultura può andar bene» aggiunse Ben.

Radar alzò una mano e io gli diedi la parola. «Sì, mi chiedevo se tu potessi scrivere una sestina sulle tette di Margo Roth Spiegelman, usando le parole *rosa*, *rotondità*, *sode*, *succulente*, *arrendevoli* e *accoglienti*.»

«Personalmente» incalzò Ben, «penso che una parola dovrebbe essere *brubrubrubru*!»

«Una parola che non credo di conoscere» dissi.

«È il suono che fa la mia bocca quando mi accingo a far provare a una pollastrella il brevettato motoscafo Ben Starlin.» E mimò ciò che avrebbe fatto nell'improbabile eventualità che la sua faccia si infilasse tra le tette di qualcuna.

«In questo momento migliaia di ragazze americane si sono sentite correre lungo la schiena un brivido di terrore e disgusto, senza saperne il perché. Comunque non abbiamo fatto niente, porci.»

«Tipico» disse Ben. «Sono l'unico ragazzo di mia conoscenza che ha le palle per dare alle pollastrelle ciò che vogliono, e l'unico che non ne ha la possibilità.»

«Che incredibile coincidenza» commentai. Era tutto come sempre, ero solo più stanco. Avevo sperato che la notte appena passata mi cambiasse la vita, ma così non era stato. Non ancora, almeno.

La seconda campanella suonò. Ci affrettammo a raggiungere le aule.

Durante la prima ora di lezione di calcolo, mi crollò addosso una terribile stanchezza. Ero stanco già da quando avevo aperto gli occhi, chiaro, ma la combinazione di calcolo e sonno fu letale. Per restare sveglio, buttai giù un messaggio per Margo – nulla che le avrei mai mandato, solo un riepilogo di quelli che consideravo i momenti più belli della notte prima –, ma nemmeno così riuscii a combattere il sonno. A un certo punto la mia penna smise di muoversi, il mio campo visivo iniziò a restringersi e mi ritrovai a chiedermi se guardare diritto davanti a me, come in un tunnel, fosse un sintomo di spossatezza. Decisi di sì, perché c'era solo una cosa che vedevo, di fronte a me: il professor Jiminez alla lavagna. Ed era l'unica cosa che il mio cervello fosse in grado di processare. E quando Jiminez disse: «Quentin?», mi sentii estremamente confuso perché tutto ciò che accadeva nel mio universo era il professor Jiminez che scriveva alla lavagna, e non riuscivo a spiegarmi come lui potesse essere contemporaneamente una presenza visiva e uditiva nella mia vita.

«Sì?» gli chiesi.

«Hai sentito la mia domanda?»

«Sì?» chiesi ancora.

«E hai alzato la mano per rispondere?» Alzai gli occhi e sì, in effetti avevo una mano alzata, ma non avevo la più pallida idea del perché fosse alzata, e mi concentrai per capire come fare ad abbassarla. Con notevoli sforzi, il mio cervello riuscì a comunicare con il mio braccio, il braccio si abbassò e alla fine dissi: «Volevo solo chiedere se posso andare in bagno.»

E lui: «Vai, su.» Qualcun altro alzò la mano e disse qualcosa a proposito di una certa equazione differenziale.

Mi trascinai ai bagni, mi buttai un po' d'acqua sulla faccia e mi sporsi sul lavandino per avvicinarmi allo specchio e guardarmi. Cercai di ridare un aspetto decente ai miei occhi iniettati di sangue, ma non c'era verso. Allora mi venne un'idea geniale. Entrai in un bagno, abbassai il copriwater, mi ci sedetti sopra, mi appoggiai al muro e mi addormentai. Il mio sonno durò più o meno sedici millisecondi prima che la campanella della seconda ora suonasse. Mi alzai e andai a latino, poi a fisica, e infine arrivò la quarta ora. Incontrai Ben in mensa e gli dissi: «Ho bisogno di dormire.»

«Pranziamo con TAPELS» disse lui in risposta.

TAPELS era una Buick di quindici anni che era stata guidata impunemente dai tre fratelli maggiori di Ben. Quando alla fine era passata a lui, era fatta ormai quasi solo di nastro isolante e stucco. Il suo nome completo era Trattami Anche Peggio E Lasciami Sporca, ma noi lo abbreviavamo in TAPELS. Non andava a benzina: era alimentata dall'inesauribile carburante dell'umana speranza. Ti sistemavi sui roventi sedili di vinile e speravi che partisse, poi Ben girava la chiave, e il motore sobbalzava un paio di volte, come un pesce fuori dall'acqua che si contorce nei suoi ultimi, fiacchi spasimi.

Speravi con più forza, e il motore sobbalzava un altro paio di volte. Speravi ancora, e finalmente partiva.

Ben accese TAPELS e mise al massimo il condizionatore. Tre dei quattro finestrini non si aprivano, ma il condizionatore funzionava alla perfezione, sebbene per i primi minuti l'aria che usciva dai bocchettoni fosse calda e rendesse ancora più irrespirabile l'atmosfera nell'abitacolo. Abbassai il sedile per stendermi, e gli raccontai tutto: di Margo alla mia finestra, del Wal-Mart, della vendetta, del SunTrust Building, di quando avevamo sbagliato casa, del SeaWorld, del mi-mancherà-andare-in-giro-con-te.

Non mi interruppe mai – Ben era un buon amico, da questo punto di vista – ma quando finii non perse nemmeno un minuto a chiedermi la cosa che più gli premeva sapere.

«Scusa, ma tornando a Jase Worthington, piccolo quanto?»

«Mah, di sicuro gli si sarà ritirato per l'ansia, date le circostanze, ma hai presente una matita?» Ben annuì. «Ok, e hai presente una gomma per matite?» Annuì di nuovo. «Bene, e hai presente i pezzettini di gomma che restano sulla carta dopo che hai cancellato qualcosa?» Annuì con più vigore. «Direi lungo tre pezzettini e largo uno» dissi. Ben aveva ingoiato un sacco di merda per via di gente tipo Jason Worthington e Chuck Parson, perciò pensavo che avesse diritto a godersela almeno un po'. Non rise nemmeno. Scosse piano la testa, sconvolto.

«Dio, è davvero una con le palle.»

«Già.»

«È il tipo di persona che potrebbe morire tragicamente a ventisette anni, come Jimi Hendrix e Janis Joplin, o diventare adulta e vincere, che so, il primo Nobel per la Figaggine.»

«Eh sì» dissi. Raramente mi stancavo di parlare di Margo Roth Spiegelman, ma raramente ero stanco come in quel momento. Mi buttai indietro sul poggiatesta di vinile crepato e mi addormentai all'istante. Quando mi svegliai, avevo in grembo un hamburger di Wendy con un messaggio: *Vado a lezione, fratello. Ci vediamo dopo le prove.*

Alla fine delle lezioni, mi misi a tradurre Ovidio appoggiato al muro di calcestruzzo fuori dall'aula della banda, cercando di ignorare la lagnosa cacofonia che veniva da lì dentro. Restavo sempre a scuola durante l'ora in più dedicata alle prove, perché andarmene prima di Ben e Radar significava sopportare l'orrenda umiliazione di essere l'unico studente dell'ultimo anno a prendere l'autobus.

Una volta fuori, Ben portò Radar a casa, nel "centro urbano" di Jefferson Park, vicino a casa di Lacey. Poi accompagnò me. Notai che l'auto di Margo non era parcheggiata nemmeno nel vialetto di casa sua. Quindi non aveva saltato la scuola per dormire. Aveva saltato la scuola per un'altra avventura: un'avventura senza-di-me. Forse stava passando la giornata a spalmare crema strappa-capelli sui cuscini di qualche altro suo nemico, o qualcosa del genere. Mi sentii un po' messo da parte, ma lei ovviamente doveva sapere che non l'avrei mai accompagnata: un giorno di scuola era troppo importante per me. E chissà se, trattandosi di Margo, sarebbe stato un giorno solo. Forse era partita per un'altra gita di tre giorni nel Mississippi o si era di nuovo unita al circo per un po'. Nulla di tutto questo, ovviamente. Di sicuro era qualcosa che non immaginavo, qualcosa che non avrei potuto immaginare perché non potevo essere Margo.

Chissà con quali storie sarebbe tornata a casa stavolta. E chissà se me le avrebbe raccontate, seduta al tavolo con me a pranzo. Pensai che forse era questo ciò che intendeva con quel "mi mancherà andare in giro con te". Sapeva che sarebbe andata da qualche parte per un'altra delle sue fughe da Orlando, la città di carta. Ma che cosa sarebbe successo al suo ritorno? Non poteva passare le ultime settimane di scuola con i suoi amici di sempre, quindi forse, tutto considerato, li avrebbe passati con me.

Non era andata via da tanto che già le voci su di lei si rincorrevano. Ben mi chiamò quella sera dopo cena. «Ho sentito dire che non risponde al telefono. Qualcuno su Facebook ha scritto che diceva di volersi rifugiare in una stanza segreta di un magazzino di Tomorrowland, a Disney World.»

«È un'idiozia.»

«Sì, lo so. Insomma Tomorrowland è di gran lunga la più merdosa delle attrazioni di Disney World. Qualcun altro dice che ha incontrato un ragazzo in rete.»

«Ridicolo» dissi.

«Sì, va bene, ma allora dov'è?»

«Da qualche parte, tutta sola, a divertirsi in un modo che possiamo solo immaginare» dissi io.

Ben ridacchiò. «Vuoi dire che se la spassa da sola?»

Mugugnai. «Dai, Ben. Voglio dire che sta vivendo alla Margo. A caccia di storie. In cerca di rivoluzioni.»

Quella notte mi sdraiai su un fianco e rimasi a guardare l'invisibile mondo fuori dalla finestra. Cercai di dormire ma i miei occhi continuavano ad aprirsi, per controllare. Non riuscivo a smettere di sperare che Margo Roth Spiegelman riapparisse dietro la finestra e trascinasse via le mie stanche chiappe, in un'altra notte indimenticabile.

2.

Margo era già sparita troppe volte perché si organizzassero fiaccolate Ritroviamo Margo, ma tutti sentivamo la sua mancanza. La scuola non è una democrazia né una dittatura, e nemmeno, contrariamente a quello che si pensa di solito, uno Stato anarchico. La scuola è una monarchia per diritto divino. E quando la regina va in vacanza, le cose cambiano. In particolare, peggiorano. Era stato durante il viaggio nel Mississippi di Margo, al secondo anno, per esempio, che Becca aveva sbandierato ai quattro venti la storia di Ben il Sanguinolento. E stavolta non era diverso. La ragazzina che tappava la falla nella diga con un dito se n'era andata. L'inondazione era inevitabile.

Quella mattina per una volta ero in orario e mi feci dare un passaggio da Ben. Gli altri erano già tutti davanti alla porta dell'aula della banda e c'era una strana calma.

«Ciao» disse serissimo il nostro amico Frank.

«Che succede?»

«Chuck Parson, Taddy Mac e Clint Bauer sono passati sopra dodici biciclette di gente del primo e secondo anno con la Tahoe di Clint.»

«Merda» dissi, scuotendo la testa.

Ashley aggiunse: «E in più, ieri qualcuno ha appiccicato i nostri numeri di telefono nel bagno dei ragazzi con… hmmm, insomma… con della roba schifosa.»

Scossi di nuovo la testa e mi unii al silenzio generale. Non potevamo fermarli, ci avevamo provato più e più volte anni prima e avevamo sempre e solo peggiorato le cose. Di solito ci toccava aspettare che qualcuno come Margo ricordasse a tutti che razza di coglioni immaturi erano.

Stavolta però Margo mi aveva dato la possibilità di passare al contrattacco. Stavo per dire qualcosa quando, con la coda dell'occhio, vidi un tizio di grossa stazza che correva verso di noi a tutta velocità.

Portava occhiali neri da sci e in mano aveva una grande pistola ad acqua verde. Superandomi, mi urtò una spalla e persi l'equilibrio, cadendo sulla sinistra e atterrando sul cemento. Arrivato davanti alla porta, si voltò e mi gridò: «Mettiti contro di noi e finisci battuto al tappeto.» Non riconobbi la voce.

Ben e un altro nostro amico mi si avvicinarono. La spalla mi faceva male, ma non volevo darlo a vedere massaggiandola. «Tutto bene?» chiese Radar.

«Sì, sto bene.» A quel punto mi massaggiai la spalla dolente.

Radar scosse la testa. «Dovrebbero dirgli che si può essere *battuti* e anche *messi al tappeto*, ma non "battuti al tappeto".» Risi. Qualcuno indicò il parcheggio con un cenno del capo; guardai meglio: due ragazzi del primo anno stavano venendo verso di noi, con le T-shirt bagnate e appiccicate ai toraci magri.

«È piscia» gridò uno. L'altro non disse nulla; teneva le braccia lontane dalla maglietta, cosa pressoché inutile, visti i rivoli di liquido che gli correvano giù dalle maniche fino ai polsi.

«Di uomo o di animale?» domandò qualcuno.

«E io che ne so? Nono sono mica un esperto di piscia» rispose il primo ragazzo.

Mi avvicinai, gli appoggiai una mano sulla testa, che mi sembrava l'unico posto ancora asciutto, e gli dissi: «Sistemeremo tutto.» La seconda campanella suonò, e io e Radar corremmo a calcolo. Infilandomi al mio posto, urtai il braccio sinistro e il dolore si propagò fino alla spalla. Radar scrisse qualcosa sul suo quaderno e lo cerchiò per evidenziarlo:

Fa male?

In un angolo del mio quaderno scrissi: *In confronto a quelle matricole, ho passato la mattina su un prato a raccogliere fiori e giocare con adorabili cagnolini sotto un cielo di arcobaleni.*

Radar rise forte, e si guadagnò un'occhiataccia da parte del professor Jiminez. Scrissi: *Ho un piano, ma dobbiamo capire chi è stato.*

Radar scarabocchiò in risposta: *Jasper Hanson*, e lo cerchiò più e più volte.

Quella sì che era una sorpresa.

Come lo sai?

E Radar: *Non l'hai visto*? *Quel coglione aveva addosso la sua maglietta da football.*

Jasper Hanson era uno del terzo anno. Mi era sempre sembrato innocuo e addirittura quasi simpatico, in un suo modo impacciato. Non di certo il genere di ragazzo che spara geyser di piscia sulle matricole. Nella burocrazia governativa della Winter Park High School, Jasper Hanson era una specie di Vice Assistente del Sottosegretario all'Atletica e alla Cattiva Condotta. E quando un tipo così viene promosso a Vice Presidente Esecutivo dell'Artiglieria Urinaria, bisogna correre ai ripari.

Così, quando rientrai a casa, quel pomeriggio, creai un nuovo account e-mail e scrissi al mio vecchio amico Jason Worthington.

> Da: mavenger@gmail.com
> A: jworthington@yahoo.com
> Oggetto: Lei, io, casa di Becca Arrington, il suo pene ecc.
>
> Gentile signor Worthington,
>
> 1. 200 dollari in contanti dovranno essere

consegnati a ciascuno dei 12 studenti le cui bici sono state distrutte dai suoi colleghi a bordo del Chevy Tahoe. Non dovrebbe essere un problema, vista la sua considerevole ricchezza.

2. Questa faccenda delle scritte nel bagno dei ragazzi deve finire.
3. Pistole ad acqua? Caricate a piscia? Davvero? Mi faccia il favore di crescere.
4. Impari a trattare con rispetto i suoi compagni di scuola, soprattutto quelli socialmente meno fortunati di lei.
5. Insegni ai membri del suo gruppo a fare lo stesso.

Mi rendo conto che soddisfare tutte queste richieste non è facile, ma dopotutto non condividere con il resto del mondo la foto che le allego è almeno altrettanto difficile.

Cordiali saluti.
Con amicizia, la sua Nemesi della porta accanto

La risposta arrivò dodici minuti dopo.

Guarda, Quentin, sì, lo so che sei tu, sai che non sono stato io a sparare piscia su quelle matricole. Mi dispiace, ma non è che ho il controllo sulle azioni degli altri.

La mia risposta:

Signor Worthington,

mi rendo conto che non può controllare Chuck e Jasper. Ma vede, io sono in una situazione analoga: non riesco a controllare il diavoletto che è seduto sulla mia spalla sinistra. Lui non fa che dirmi: "STAMPA LA FOTO STAMPA LA FOTO TAPPEZZA LA SCUOLA FALLO FALLO FALLO."
Sulla mia spalla destra invece c'è un angioletto bianco che mi dice: «Ragazzo, Dio solo sa se spero che quelle matricole abbiano tutto il loro bel denaro sonante lunedì mattina.»
Anch'io, piccolo angelo, anch'io.

Cordiali saluti.
Con amicizia, la sua Nemesi della porta accanto

Non rispose, non ce n'era bisogno. Era già stato detto tutto.

Ben venne da me dopo cena a giocare a Resurrection. Facevamo una pausa ogni mezz'ora per chiamare Radar, che era uscito con Angela. Gli lasciammo undici messaggi, uno più molesto e depravato dell'altro. Erano le nove passate quando il campanello suonò. «Quentin!» gridò mia madre. Convinti che fosse Radar, io e Ben mettemmo in pausa il gioco e andammo ad accoglierlo. Sull'uscio di casa c'erano Chuck Parson e Jason Worthington. Mi avvicinai. Jason mi disse: «Ehi, Quentin», e io gli feci un cenno con la testa. Jason si voltò verso Chuck, che mi guardò e mormorò: «Scusa, Quentin.»

«Per cosa?» domandai.

«Per aver detto a Jasper di sparare piscia su quelle matricole» borbottò.

Fece una pausa, poi aggiunse: «E per le bici.»

Ben spalancò le braccia. «Qua, fratello» disse.

«Qua cosa?»

«Vieni qua» ripeté Ben. Chuck fece un passo avanti. «Più vicino» disse Ben. Ora Chuck era nell'ingresso, a due passi da lui. Tutt'a un tratto, Ben gli sferrò un pugno nello stomaco. Chuck indietreggiò appena, poi scattò subito in avanti, al contrattacco. Jase però gli bloccò il braccio. «Calma, fratello» disse. «Non ti fa veramente male.» Poi si protese per darmi la mano. «Ammetto che hai le palle» mi disse. «Cioè, sei un coglione, ma hai le palle.» Gli diedi anch'io la mano.

Dopodiché si voltarono, si infilarono nella Lexus di

Jase e si avviarono giù per il vialetto. Non appena ebbi chiuso la porta dietro di me, Ben lanciò un urlo possente. «*Ahhhhhhhggg*. Gesù santo, la mia mano.» Provò a chiuderla a pugno e sussultò. «Che cosa si era messo sulla pancia? Un dizionario?»

«Mah, veramente si chiamano addominali» gli dissi.

«Ah, sì. Ne ho sentito parlare.» Gli diedi una pacca sulla spalla e tornammo in camera a giocare a Resurrection. Stavo per far ripartire il gioco, quando Ben disse: «A proposito, hai notato che Jase dice "fratello"? L'ho decisamente fatto tornare di moda. Con la sola forza della mia incredibile figaggine.»

«Sì, certo, stai passando il venerdì sera a giocare e a ciucciarti la mano che ti sei rotto cercando di mettere ko qualcuno. Non mi meraviglia che Jase Worthington abbia deciso di mettersi a parlare come te.»

«Almeno io sono bravo a Resurrection» disse, e mi sparò alla schiena, nonostante fossimo nella modalità a squadre.

Giocammo ancora a lungo, finché Ben non si stese sul pavimento, tenendosi il controller stretto al petto, e si addormentò. Anch'io mi sentivo stanco: era stata una lunga giornata. Immaginavo che Margo non sarebbe tornata prima di lunedì e mi sentivo piuttosto orgoglioso di essere stato quello che, mentre lei non c'era, aveva fermato la marea nera.

3.

Ogni mattina guardavo fuori dalla finestra della mia camera per controllare se c'erano segni di vita nella stanza di Margo. Teneva sempre la tenda di bambù tutta srotolata, ma da quando se n'era andata sua madre o qualcun altro l'aveva tirata su, e adesso intravvedevo un pezzetto della parete blu e del soffitto bianco. Quel sabato mattina, a quarantott'ore dalla sua scomparsa, immaginavo che non fosse ancora tornata, ma ciò non mi impedì di provare comunque un moto di disappunto quando vidi la sua tenda ancora sollevata.

Mi lavai i denti, diedi un calcio a Ben nel vano tentativo di svegliarlo e uscii dalla stanza in boxer e maglietta. C'erano cinque persone sedute al tavolo della sala da pranzo: i miei, i genitori di Margo e un tizio alto e robusto, afroamericano, che indossava un paio di occhiali oversize e un completo grigio. Aveva con sé una cartellina.

«Mmm... Salve» dissi.

«Quentin» mi chiese mia madre, «hai per caso visto Margo mercoledì notte?»

Entrai in sala e mi appoggiai alla parete di fronte allo sconosciuto. Avevo già pensato a come rispondere a quella domanda. «Sì» dissi. «È comparsa alla mia finestra, a mezzanotte, direi, e abbiamo parlato per qualche minuto, poi il signor Spiegelman l'ha chiamata e se n'è tornata a casa.»

«E questo è...? Dopo l'hai rivista?» chiese il signor Spiegelman. Sembrava abbastanza tranquillo.

«No, perché?» domandai io.

Sua moglie rispose in tono petulante: «Pare che Margo sia scappata. Di nuovo.» Sospirò. «Questa sarebbe la... la quarta volta, Josh?»

«Boh, ho perso il conto» rispose lui, seccato.

Il tizio afroamericano disse a voce alta: «È la quinta denuncia che fate.» Poi mi guardò e si presentò. «Detective Otis Warren.»

«Quentin Jacobsen» risposi io.

Mamma si alzò e mise le mani sulle spalle della signora Spiegelman. «Debbie, mi dispiace. È una situazione molto frustrante, lo so.» Conoscevo quel trucco. Era un espediente della psicologia chiamato ascolto empatico. Tu dici ciò che la persona che hai davanti sta provando, così lei si sente compresa. Mia madre con me lo fa sempre.

«Non sono frustrata» rispose la signora Spiegelman. «Sono esausta.»

«Proprio così» commentò il signor Spiegelman. «Oggi pomeriggio verrà un fabbro a cambiare le serrature. Insomma, ha diciotto anni. E il detective ha appena detto che non c'è niente che possiamo fare...»

«Be'» lo interruppe il detective Warren, «non ho detto proprio così, ho detto che non è una *minorenne* e che quindi ha diritto ad andarsene di casa.»

Il papà di Margo continuò a parlare con mia madre. «Noi siamo felici di pagarle il college, ma non possiamo accettare questi... questi colpi di testa. Connie, ha diciotto anni! Ed è ancora così egocentrica. Deve rendersi conto delle conseguenze di quello che fa.»

Mamma si staccò dalla signora Spiegelman e disse: «Io invece direi che deve essere aiutata *con l'amore* a rendersi conto delle conseguenze di quello che fa.»

«Non è tua figlia, Connie. Non ti ha trattato come uno zerbino per anni. Noi abbiamo un'altra bambina a cui pensare.»

«Oltre che noi stessi» aggiunse il signor Spiegelman. Mi guardò. «Quentin, mi dispiace se ha cercato di trascinarti in uno dei suoi giochetti. Puoi immaginare quanto... quanto tutto questo sia imbarazzante per noi. Tu sei un così bravo ragazzo, mentre lei...»

Mi staccai dalla parete e mi raddrizzai. Conoscevo abbastanza i genitori di Margo, ma non li avevo mai visti comportarsi così da stronzi. Non mi meravigliava che mercoledì notte ce l'avesse così tanto con loro.

Guardai il detective. Stava sfogliando qualche pagina nella sua cartellina.

«Di solito lascia dietro di sé una pista, giusto?»

«Indizi» disse la signora Spiegelman, alzandosi. Il detective aveva messo la cartellina sul tavolo, e il papà di Margo si era sporto per leggere insieme a lui. «Indizi dappertutto. Il giorno della fuga in Mississippi aveva mangiato pastina in brodo, quella pasta fatta a forma di lettere dell'alfabeto, e ne aveva lasciate solo quattro nel piatto: una M, una I, una S e una P. Ci è rimasta male quando ha visto che non avevamo colto il suo messaggio, nonostante al suo ritorno io le abbia detto: "Come potevamo ritrovarti quando l'unica cosa che sapevamo era *Mississippi*? È uno Stato enorme, Margo!"»

Il detective si schiarì la voce. «E ha lasciato Minnie sul suo letto quando ha passato un'intera notte a Disney World, no?»

«Sì» disse la signora Spiegelman. «Gli indizi, quegli stupidi indizi. Ma non portano mai da nessuna parte, mi creda.»

Il detective alzò lo sguardo dal taccuino. «Faremo di tutto per ritrovarla, naturalmente, ma non può essere obbligata a tornare a casa. Non dovete aspettarvi di riaverla sotto il vostro tetto da qui a poco.»

«Non la voglio sotto il nostro tetto.» La signora Spiegelman si portò un fazzoletto agli occhi, anche se non stava piangendo. «È terribile, lo so, ma è così.»

«Deb» disse la mamma, nel suo tono da terapeuta.

La madre di Margo scosse appena la testa.

«Che cosa possiamo fare? Abbiamo chiamato il detective, stilato un rapporto. È adulta, Connie.»

«È la *tua* adulta» le disse la mamma, sempre calma.

«Dai, Connie. Pensaci, non è una cosa malata che io mi auguri che non torni più a casa? Sì che lo è. Ma lei è la malattia della nostra famiglia. Come puoi star dietro a qualcuno che dichiara di non voler essere trovato, ti lascia indizi che non portano da nessuna parte e scappa di continuo? Non puoi!»

Mamma e papà si scambiarono uno sguardo. Il detective si rivolse a me: «Figliolo, mi stavo chiedendo se possiamo parlare in privato.» Annuii. Finimmo in camera dei miei, lui su una poltrona, io su un angolo del letto.

«Ragazzino» mi disse, dopo essersi accomodato, «fatti dare un consiglio: non lavorare mai per il governo. Perché quando lavori per il governo, lavori per le persone. E quando lavori per le persone, devi avere a che fare con le persone, e magari anche con gli Spiegelman.» Scoppiai a ridere.

«Ti dirò la verità: questi sanno fare i genitori come io so mettermi a dieta. Ho già lavorato con loro e non mi piacciono. Non mi interessa se non dici a loro dov'è la figlia, ma sarei contento se lo dicessi a me.»

«Non lo so» dissi. «Davvero, non lo so.»

«Sai, ho riflettuto su questa ragazza. Tutte le cose che combina, tipo entrare di nascosto a Disney World, andare in Mississippi e lasciare lettere nel brodo, organizzare una megacampagna per avvolgere di carta igienica le case…»

«Come fa a *saperlo*?» Due anni prima, Margo aveva guidato la fasciatura di duecento case in una sola notte. Non c'è bisogno di dire che non ero stato invitato a prender parte all'avventura.

«Ho già lavorato a questo caso. Ed ecco perché ho bisogno di te, ragazzino. Chi pianifica tutto? Chi c'è dietro queste assurde trovate? Insomma, lei è l'esecutrice, quella matta abbastanza da realizzarle, ma chi le inventa? Chi se ne sta seduto a riempire quaderni di diagrammi per capire quanta carta igienica serve per avvolgere decine e decine di case?»

«Credo che faccia tutto lei.»

«Ma deve avere un complice, qualcuno che la aiuti in queste imprese folli. E magari questa persona misteriosa non è la più ovvia, non è la sua migliore amica o il suo ragazzo. Magari è qualcuno a cui non penseresti mai» disse. Inspirò e fece per aggiungere qualcosa, ma io lo bloccai.

«Non so dov'è. Lo giuro su Dio…»

«Sto solo chiedendo, ragazzino. Comunque qualcosa sai, vero? Cominciamo da lì.» Gli raccontai tutto. Mi fidavo di lui. Prese qualche appunto, ma niente di molto dettagliato. E qualcosa del mio racconto, del suo scarabocchiare sul taccuino, degli insopportabili Spiegelman, qualcosa in tutto ciò mi fece per la prima volta balenare la possibilità che quella di Margo sarebbe stata una lunga assenza. Quando smisi di parlare, sentii l'ansia salirmi alla gola. Il detective non disse nulla per un bel po'. Si sporse dalla poltrona e mi trapassò con lo sguardo finché non trovò dentro di me ciò che stava cercando, qualsiasi cosa fosse, e a quel punto disse:

«Ascoltami, ragazzino, ti dico io come funziona: ci sono persone – ragazze, di solito – dallo spirito libero, che non vanno d'accordo con i propri genitori. Sono come palloncini: tirano e tirano il filo, finché non accade qualcosa per cui quello si spezza e loro volano via. E forse il tuo palloncino non lo rivedrai più. Forse atterrerà in Canada o da qualche altra parte, troverà un lavoro in un ristorante e prima ancora che se ne renda conto avrà versato caffè nella stessa tavola calda agli stessi bastardi infelici per trent'anni. O magari fra tre o quattro anni, o anche solo fra tre o quattro giorni, un vento forte riporterà il palloncino a casa, perché gli servono soldi o perché è rinsavito oppure perché gli manca il fratellino. Ma stammi a sentire, ragazzino: quel filo rimarrà rotto per sempre.»

«Sì, ma...»

«Aspetta, non ho finito. Il punto è che di questi palloncini ce ne sono tantissimi. Il cielo è pieno zeppo di maledetti palloncini che fluttuando di qua e di là si urtano gli uni con gli altri e in qualche modo finiscono tutti sulla mia scrivania. E dopo un po' uno si perde d'animo. Palloncini dappertutto, e tutti con una madre o un padre, o, Dio ce ne scampi e liberi, entrambi. E a un certo punto non riesci più a considerarli singolarmente. Quando li guardi in cielo, li vedi tutti insieme, ma non li distingui l'uno dall'altro.» Si fermò e inspirò profondamente, come se avesse appena capito qualcosa. «Ma poi di tanto in tanto ti capita di parlare con un ragazzo fornito di occhi grandi e troppi capelli in testa a cui preferiresti mentire perché ha l'aria di essere un bravo ragazzo. E ti dispiace per lui, perché l'unica cosa peggiore del cielo tappezzato di palloncini che vedi *tu* è ciò che vede lui: una giornata azzurra e limpida, macchiata solo da quel palloncino. Il fatto però è che una volta che il filo si è spezzato, non puoi rimetterlo insieme. Capisci cosa intendo?»

Annuii, benché non fossi *affatto* sicuro di aver capito. «Credo che tornerà presto, ragazzo. Se ti fa stare meglio.»

L'immagine di Margo come un palloncino mi piaceva, ma nella sua smania di poesia il detective mi aveva visto più angosciato di quanto non fossi davvero. Sapevo che sarebbe tornata. Si sarebbe sgonfiata e sarebbe tornata indietro fluttuando fino a Jefferson Park. L'aveva sempre fatto.

Rientrai in sala da pranzo insieme al detective, e lui disse che voleva tornare a casa degli Spiegelman e farsi un giro nella stanza di Margo. La signora Spiegelman mi abbracciò e mi disse: «Sei sempre stato un bravo ragazzo. Mi dispiace che lei ti abbia coinvolto in questa pagliacciata.» Il signor Spiegelman mi diede la mano, poi se ne andarono. Nell'attimo in cui la porta si chiuse dietro di loro, papà esclamò: «Caspita.»

«Caspita» gli fece eco la mamma.

Papà mi passò un braccio intorno alle spalle. «Queste sì che sono dinamiche problematiche, eh, figliolo?»

«Sono due stronzi» dissi io. Ai miei piaceva che parlassi in modo sboccato con loro: glielo leggevo in faccia. Voleva dire che mi fidavo di loro, che ero me stesso in loro presenza. Però mi sembrarono tristi.

«Ogni volta che Margo ne fa una, i suoi genitori subiscono una ferita narcisistica» mi spiegò papà.

«E questo non consente loro di comportarsi efficacemente come genitori» aggiunse la mamma.

«Che stronzi» ripetei.

«Forse hanno ragione. Forse ha bisogno di attenzione. E Dio solo sa chi non ne avrebbe, con due genitori così» disse papà.

«Al suo ritorno riceverà una bella batosta» continuò la mamma. «Abbandonata in quel modo! Chiusa fuori, quando tutto ciò che vorrebbe è essere amata.»

«Forse potrebbe venire a stare qui, quando torna» proposi, e nel dirlo capii che si trattava di un'idea grandiosa, fantasticamente grandiosa. Gli occhi della mamma si accesero, ma poi intercettò qualcosa nell'espressione di papà e mi rispose nel suo tipico modo ponderato.

«Be', certo, sarebbe la benvenuta, ma ci sarebbero non pochi problemi, visto che abitiamo accanto agli Spiegelman. Quando tornerà a scuola, dille che saremmo contenti di ospitarla e che nel caso non voglia venire a stare qui ci sono a disposizione molte altre sistemazioni che potremmo considerare insieme.»

A quel punto comparve Ben. I suoi capelli impazziti erano una sfida alla nostra conoscenza di base della forza di gravità. «Signori Jacobsen, è sempre un piacere.»

«Buongiorno, Ben. Non sapevo che fossi rimasto a dormire qui.»

«Neanche io, in realtà» disse lui. «È successo qualcosa?»

Gli raccontai del detective, degli Spiegelman, del fatto che Margo era tecnicamente un'adulta scomparsa. Alla fine del mio discorso, Ben annuì e disse: «Forse dovremmo parlarne davanti a una infuocata sessione di Resurrection.» Sorrisi e lo seguii nella mia stanza. Radar si unì poco dopo, e non impiegarono molto a sbattermi fuori dalla squadra. Era una missione difficile, e io non ero granché a Resurrection, pur essendo il solo di noi tre a possedere il gioco. Li guardai avventurarsi in una stazione spaziale infestata dai ghoul. Ben disse: «Il goblin, Radar, il goblin.»

«L'ho visto.»

«Vieni qui, piccolo bastardo» continuò Ben, con il

controller che gli vibrava nelle mani. «Ora papà ti mette su una bella barchetta e ti spedisce sullo Stige.»

«Ehi, da quando ricorri ai miti greci per insultare il nemico?»

Radar scoppiò a ridere. Ben si mise a prendere a pugni i bottoni e a urlare: «Prendi questo, goblin. Mangialo, come Zeus mangiò Meti.»

«Penso che per lunedì tornerà» dissi. «Nessuno si può permettere di perdere troppi giorni di scuola, neanche Margo Roth Spiegelman. Magari potrebbe venire a stare qui fino al diploma.»

Radar mi rispose nel modo sconnesso di chi nel frattempo sta giocando a Resurrection. «Io non ho neanche capito perché se n'è andata, soltanto *un demone a ore sei, no, amico, usa il fucile a raggi* perché ha rotto con Jason? Credevo che fosse *quale cripta a sinistra?* superiore a questo genere di cose.»

«No» dissi io, «non è per quello. Non credo. Non solo per quello, almeno. Odia Orlando: dice che è una città di carta, che le sembra tutto finto e inconsistente. Secondo me voleva solo prendersi una vacanza da tutto.»

Guardai per caso fuori dalla finestra e notai subito che qualcuno – forse il detective – aveva srotolato la tenda nella stanza di Margo. C'era un poster in bianco e nero attaccato sul retro della tenda. Era la fotografia di un uomo che guardava diritto davanti a sé, le spalle leggermente piegate. Una sigaretta gli pendeva dalla bocca e aveva una chitarra a tracolla con scritto: THIS MACHINE KILLS FASCISTS.

«C'è qualcosa alla finestra di Margo.» La musica del gioco si bloccò, e Radar e Ben si inginocchiarono accanto a me.

«Perché, prima non c'era?»

«Avrò guardato il retro di quella tenda almeno un milione di volte, ma non l'ho mai visto, quel poster» risposi io.

«Strano» fece Ben.

«Stamattina i suoi hanno detto che ogni tanto lascia qualche indizio, però non sono mai vere tracce che consentano di ritrovarla» dissi io.

Radar aveva già preso il suo palmare e stava cercando su Omnictionary la frase scritta sulla chitarra. «È il ritratto di Woody Guthrie» dichiarò. «Cantante folk, nato nel 1912 e morto nel 1967. Cantava la classe operaia. *This land is your land*. Un mezzo comunista. Mmm, ha ispirato Bob Dylan.» Radar fece partire un suo pezzo. Una voce potente e graffiata attaccò a cantare. Era una canzone sui sindacati.

«Scriverò un'e-mail al tizio che ha compilato questa pagina per vedere se ci sono connessioni evidenti tra Woody Guthrie e Margo» disse Radar.

«Non avrei detto che le piacesse questo genere di musica» dissi.

«Andiamo» disse Ben, «questo tizio sembra una specie di Kermit la Rana alcolizzata e con un cancro alla gola.»

Radar aprì la finestra e si affacciò per guardarsi attorno. «Sembra proprio che l'abbia lasciato per te, Q. Insomma, Margo conosce qualcun altro che riesce a vedere la sua finestra?» Scossi la testa.

Un attimo dopo, Ben disse: «Ci guarda in un modo, come se volesse dire "a me gli occhi". E la testa inclinata così... Non è come se stesse su un palcoscenico, è come se fosse su una soglia o qualcosa del genere.»

«Ci sta invitando a entrare, secondo me» dissi io.

4.

Dalla mia stanza non si riesce a vedere la porta d'ingresso né il garage degli Spiegelman, e così io e Radar andammo in salotto con la scusa di guardare la tivù, mentre Ben rimase a giocare a Resurrection. Tenevamo d'occhio la porta d'ingresso degli Spiegelman da una finestra, aspettando che i genitori di Margo uscissero. La Crown Victoria nera del detective Warren era ancora parcheggiata nel vialetto.

Warren uscì circa quindici minuti dopo. Per l'ora successiva né la porta di casa né quella del garage degli Spiegelman si aprirono. Io e Radar stavamo guardando una commedia divertente ma non troppo su HBO. Proprio quando il film stava iniziando a prendermi, Radar disse: «La porta del garage.» Saltai giù dal divano e mi avvicinai alla finestra per vedere chi c'era in macchina: il signore e la signora Spiegelman. Ruthie era rimasta a casa. «Ben!» gridai. Ben scese in un lampo, e nell'istante in cui l'auto degli

Spiegelman svoltò in Jefferson Road uscimmo di casa, nell'afa del mattino.

Attraversammo il prato davanti a casa di Margo. Suonai il campanello e sentii le zampette di Myrna Mountweazel correre sul parquet. Quando ci vide attraverso la porta a vetro si mise ad abbaiare come una pazza. Ruthie ci aprì. Era una ragazzina dolce, sugli undici anni.

«Ciao, Ruthie.»

«Ciao, Quentin.»

«I tuoi sono in casa?»

«Sono appena usciti» rispose. «Sono andati da Target.» Aveva gli stessi occhi grandi di Margo, solo che i suoi erano nocciola. Mi guardò, le labbra contratte per la preoccupazione. «Hai parlato con il poliziotto?» mi chiese.

«Sì» risposi, «sembra simpatico.»

«La mamma dice che è come se Margo fosse andata al college in anticipo.»

«Ah» feci io, riflettendo sul fatto che il modo più semplice di risolvere un mistero fosse decidere che non c'era alcun mistero da risolvere. Io, dalla mia, ero sempre più convinto che Margo avesse lasciato dietro di sé tracce misteriose.

«Senti, Ruthie, dobbiamo dare un'occhiata nella stanza di Margo» le dissi. «Ma tu devi… È come quando Margo ti chiede di fare qualcosa di nascosto. È lo stesso.»

«Margo non lascia entrare nessuno in camera sua. Tranne me. E la mamma, qualche volta.»

«Ma noi siamo suoi amici.»

«Lei non lascia entrare gli amici in camera sua» insistette Ruthie.

Mi chinai. «Ruthie, per favore.»

«E non vuoi che lo dica a mamma e papà, giusto?»

«Giusto.»

«Cinque dollari» disse. Stavo per trattare, quando Radar tirò fuori cinque dollari e glieli allungò. «Se vedo entrare la macchina nel vialetto, vi avviso» disse Ruthie, con aria cospiratrice.

Mi inginocchiai per accarezzare l'invecchiata-ma-sempre-allegra Myrna Mountweazel, poi corremmo su nella stanza di Margo. Quando misi la mano sul pomello, mi resi conto che non vedevo la camera di Margo tutta intera da quando avevo suppergiù dieci anni.

Entrai. Era più ordinato di quanto mi aspettassi, ma probabilmente sua madre aveva appena rimesso a posto. Alla mia destra c'era un armadio pieno fino a scoppiare, dietro la porta una scarpiera con un paio di decine di scarpe di ogni tipo: col tacco e il cinturino, scarpette da ballo e innumerevoli altre. Non sembrava che mancassero molte cose.

«Sono al computer» disse Radar. Ben stava armeggiando con la tenda. «Il poster è attaccato con lo scotch. Semplicemente» disse.

La sorpresa più grande fu la parete vicina alla scrivania con il computer: c'erano scaffali alti come me e larghi il doppio pieni zeppi di vinili. *Centinaia* di vinili. «Sul piatto c'è *A love supreme* di John Coltrane» disse Ben.

«Grande. Cavolo, quello sì che è un album» commentò Radar senza staccare gli occhi dal computer. «La ragazza ha gusto.» Guardai Ben, confuso, e lui mi disse: «Era un sassofonista.» Annuii.

Continuando a battere sulla tastiera, Radar borbottò: «Non posso credere che Q non abbia mai sentito parlare di Coltrane. La musica di Trane è la prova più convincente dell'esistenza di Dio che io conosca.»

Mi misi a guardare i dischi. Erano divisi per artista, in ordine alfabetico. Cercai la G. Dizzy Gillespie, Jimmie Dale Gilmore, Green Day, Guided by Voices, George Harrison. «Praticamente ha tutti i cantanti del mondo *tranne* Woody Guthrie» commentai. Tornai indietro e ripartii dalla A.

Sentii Ben dire: «Tutti i suoi libri di scuola sono ancora qui. E ci sono altri libri sul comodino. Nessun diario.»

Io ero totalmente catturato dalla sua collezione di dischi. Le piaceva di tutto. Non riuscivo a immaginarla lì ad ascoltare quella vecchia musica. L'avevo vista correre con gli auricolari, però mai avrei sospettato che si trattasse di una specie di ossessione. Non conoscevo la maggior parte dei gruppi che ascoltava, e mi sorprese scoprire che esistevano versioni in vinile anche di album molto recenti.

Continuai a cercare tra i dischi delle sezioni A e B, scorrendo album dei Beatles, dei Blind Boys of Alabama e di Blondie, poi mi misi a frugare più veloce, tanto da non vedere il retro della copertina di *Mermaid Avenue* di Billy Bragg. La notai quando ero già ai Buzzcocks. Mi fermai, tornai indietro e tirai fuori il disco. La copertina era la foto di una fila di case, ma sul retro c'era Woody Guthrie che mi guardava, con una sigaretta che gli pendeva dalla bocca e una chitarra che diceva: THIS MACHINE KILLS FASCISTS.

«Ehi» dissi. Ben si voltò a guardarmi. «Cazzo. Questa sì che è una scoperta!»

Radar si girò sulla sedia e commentò: «Notevole. Chissà che cosa c'è dentro.»

Purtroppo c'era dentro solo un disco. Un disco che aveva tutta l'aria di essere un disco e basta. Lo misi sul piatto e dopo un po' riuscii a capire come farlo partire e dove appoggiare la puntina. Un tizio cantava vecchi successi di Woody Guthrie. E li cantava meglio di Woody Guthrie.

«Che cos'è, solo un'assurda coincidenza?»

Ben aveva in mano la copertina dell'album. «Guardate» disse, indicando l'elenco delle canzoni. Il titolo *La nipote di Walt Whitman* era cerchiato a penna, con un sottile tratto nero.

«Interessante» commentai. La mamma di Margo aveva detto che i suoi indizi non portavano mai da nessuna parte, ma ora sapevo che Margo aveva costruito una catena di indizi. E a quanto sembrava l'aveva costruita per me. La rividi quella sera sul SunTrust Building mentre mi diceva che ero molto meglio quando ero sicuro di me. Cambiai canzone. *La nipote di Walt Whitman* era il primo pezzo del lato B. Niente male, a dir la verità.

Ruthie apparve sulla porta. Mi guardò. «Puoi darci qualche indizio, Ruthie?» La bambina scosse la testa. «Ho già dato un'occhiata in giro» disse, sconsolata. Radar mi guardò e indicò Ruthie con un cenno.

«Puoi, per favore, controllare se arriva la tua mamma?» le chiesi. Annuì e se ne andò. Chiusi la porta.

«Che cosa c'è?» domandai a Radar. Ci fece segno di avvicinarci al computer. «Nell'ultima settimana in cui era qui, Margo è andata spesso su Omnictionary. Lo vedo dai minuti di navigazione con il suo username, che ha tenuto, pur cambiando spesso la password. Siccome però ha cancellato la cronologia del browser, non posso sapere che cosa stava guardando.»

«Ehi, Radar, controlla un po' chi era questo Walt Whitman» disse Ben.

«Un poeta» dissi io. «Dell'Ottocento.»

«Poesia, che sballo!» commentò Ben, roteando gli occhi.

«Che cosa c'è che non va?» chiesi.

«La poesia è così emo» disse. «Dolore. Dolore. Piove sempre. Nella mia anima.»

«Immagino che questo sia Shakespeare» lo liquidai.

«Whitman aveva nipoti?» chiesi a Radar, che era già sulla pagina di Whitman in Omnictionary. Era un tizio grande e grosso con la barba. Non avevo mai letto niente di suo, ma *aveva l'aria* di essere un bravo poeta.

«Mmm, nessuno di noto. Dice che aveva due fratelli, ma non parla dei loro eventuali figli. Se vuoi, forse riesco a trovare qualcosa di più approfondito.» Scossi la testa. Non mi sembrava il caso. Continuai a guardarmi intorno. Sullo scaffale più basso della collezione di dischi di Margo c'erano alcuni libri – annuari scolastici e una copia malridotta di *The Outsiders* – oltre a vecchi numeri di riviste per ragazzine. Niente che avesse a che fare con una nipote di Walt Whitman, di sicuro.

Guardai i libri sul comodino. Nulla di interessante. «Avrebbe senso se ci fosse un libro di poesie di questo Whitman, ma non ne vedo» osservai.

«E invece c'è!» esclamò Ben, eccitato. Mi inginocchiai davanti agli scaffali accanto a lui e questa volta lo vidi. Avevo liquidato troppo in fretta il volumetto sull'ultima mensola, incastrato tra due annuari scolastici. *Foglie d'erba*, di Walt Whitman. Lo tirai fuori. Sulla copertina c'era una foto di Whitman. Mi fissava con i suoi occhi chiari.

«Niente male» dissi a Ben.

Lui annuì. «Già. E ora ce ne possiamo andare da qui? Dimmi pure che sono vecchio stile, ma preferirei non esserci quando i genitori di Margo rientreranno.»

«C'è qualcos'altro che ci serve sapere?» chiesi.

Radar si alzò. «Dà l'idea che stesse tracciando un percorso molto lineare. In quel libro c'è di sicuro qualcosa. Però è strano... Senza offesa, ma se ha sempre lasciato indizi per i suoi genitori, perché stavolta dovrebbe averne lasciati per te?»

Mi strinsi nelle spalle. Non avevo idea della risposta, ma ovviamente avevo le mie speranze: che Margo volesse mettere alla prova la mia fiducia; che magari stavolta volesse davvero farsi trovare, e farsi trovare da *me*; che magari, dopo avermi scelto per quella notte infinita, mi avesse scelto di nuovo. E che ci sarebbero state ricchezze inenarrabili in premio per chi l'avesse ritrovata.

Quando tornammo a casa mia, Radar e Ben diedero un'occhiata al libro e, appurato che non c'erano indizi evidenti, se ne andarono. Presi delle lasagne fredde dal frigo e tornai nella mia stanza insieme a Walt. Era la riproduzione della prima edizione di *Foglie d'erba* della collana dei Penguin Classics. Lessi un po' dell'introduzione, poi sfogliai il volume. C'erano molti versi evidenziati in blu, tutti tratti da *Io canto di me stesso*, una poesia di una lunghezza epica. Due versi, sempre della stessa poesia, erano invece evidenziati in verde:

Svitate i chiavistelli delle porte!
Le porte stesse, scardinate dagli stipiti!

Passai gran parte del pomeriggio a cercare di capire il senso di quella citazione, ipotizzando che potesse essere il modo di Margo di dirmi di smetterla di essere una mezza sega. Lessi e rilessi anche le citazioni in blu:

Non prenderai più le cose di seconda o terza mano,
né guarderai con gli occhi dei morti, né ti nutrirai
di fantasmi libreschi.

Sono perennemente in viaggio

Tutto continua e tutto si estende, niente si annienta,
E il morire è diverso da ciò che tutti suppongono, e
ben più fortunato.

Se nessun altro al mondo è consapevole, io mi contento,
Se ognuno e tutti sono consapevoli, resto ugualmente
contento.

Anche le ultime tre strofe erano evidenziate:

Lascio me stesso alla terra per nascere dall'erba che amo,
Se ancora mi vuoi cercami sotto le suole delle scarpe.

Difficilmente saprai chi io sia o che cosa significhi,
E tuttavia sarò per te salutare,
E filtrerò e darò forza al tuo sangue.

Se non mi trovi subito non scoraggiarti,
Se non mi trovi in un posto cerca in un altro,
Da qualche parte starò fermo ad aspettare te.

Fu un weekend di lettura, in cui cercai di trovare pezzetti di lei nella poesia che mi aveva lasciato. Quei versi non mi dicevano nulla, ma continuai a pensarci: non volevo deluderla. Voleva che riavvolgessi il filo, che trovassi il luogo in cui si era fermata e dove mi stava aspettando,. che seguissi la pista delle briciole di pane. Tutta, fino a lei.

5.

Il lunedì mattina avvenne una cosa straordinaria. Feci tardi, il che era normale; mia madre mi accompagnò a scuola, il che era normale; rimasi fuori a parlare con gli altri per un po', il che era normale; poi io e Ben entrammo, il che era normale. Non appena aprimmo il portone, però, sulla faccia di Ben si disegnò un misto di eccitazione e panico, come se fosse appena stato pescato da un mago tra il pubblico per il numero della Sega-taglia-persone.

Minigonna di jeans. T-shirt bianca attillata. Scollatura. Pelle meravigliosamente olivastra. Gambe da sogno. Capelli ricci castani scolpiti. Una spilletta laminata con la scritta LA REGINA DEL BALLO SONO IO. Lacey Pemberton. Che veniva verso di noi. Verso l'aula della banda.

«*Lacey Pemberton*» mormorò Ben, nonostante lei fosse a neanche mezzo metro da noi e lo sentisse chiaramente. E infatti nell'udire il suo nome sparò un sorriso fintamente imbarazzato.

«Quentin» mi disse. Più di qualunque altra cosa, trovai incredibile che sapesse come mi chiamo. Mi fece segno di seguirla e andammo verso l'aula della banda, superando una fila di armadietti. Ben mi camminava accanto.

«Ciao, Lacey» le dissi quando si fermò. Sentii il suo profumo, mi ricordai di averlo sentito anche nel SUV e ripensai al rumore disgustoso di quando io e Margo avevamo schiacciato il pesce gatto buttando giù il sedile.

«Ho sentito che eri con Margo.»

La guardai senza dire niente.

«Quella notte, la notte del pesce. Nella mia macchina. Nell'armadio di Becca. Dalla finestra di Jase... Ti dice niente?»

Continuai a guardarla; non sapevo che cosa dire. Un uomo può vivere una vita lunga e avventurosa senza parlare mai con Lacey Pemberton, e se quella rarissima opportunità gli si presenta, vorrebbe evitare di dire qualcosa di sbagliato. Così fu Ben a rispondere per me. «Sì, erano usciti insieme» disse, dando a intendere che io e Margo fossimo intimi.

«Era arrabbiata con me?» chiese Lacey un istante dopo. Guardò in basso: le vidi l'ombretto marrone.

«Scusa?»

Parlò piano, la voce che quasi le si rompeva, e tutt'a un tratto Lacey Pemberton non era più Lacey Pemberton. Era semplicemente... come dire? Una persona. «Ce l'aveva... insomma, ce l'aveva con me per qualcosa?»

Pensai per un attimo a come rispondere a quella domanda. «Be', era un po' seccata che non le avessi detto niente di Jase e Becca. Ma sai com'è Margo. Le passerà, vedrai.»

Lacey si mise a camminare nella sala. Io e Ben restammo dov'eravamo, ma poi lei rallentò. Voleva che la seguissimo, così ci mettemmo a camminare insieme a lei. «Nemmeno lo sapevo di Jase e Becca, è questo il problema. Dio, spero di poterglielo spiegare presto. All'inizio ero preoccupata che se ne fosse andata sul serio, ma poi ho aperto il suo armadietto, perché so la combinazione, e ho visto che ci sono ancora le foto e le altre cose. E anche tutti i libri.»

«Ottimo» commentai.

«Sì, ma sono passati quattro giorni. Quasi un record per lei. E io sono in una situazione di merda: Craig lo sapeva e io mi sono arrabbiata un casino perché non me l'ha detto e l'ho mollato. Fatto sta che ora non ho un ragazzo per il ballo e la mia migliore amica se n'è andata, forse a New York o chissà dove, convinta che io le abbia fatto qualcosa che non le ho MAI fatto.» Scoccai un'occhiata a Ben. Lui ne scoccò una a me.

«Devo andare a lezione» dissi. «Perché dici che è a New York?»

«Mi pare che avesse detto a Jase tipo due giorni prima di andarsene che New York è il solo posto in America in cui una persona può vivere in modo semi-decente. Ma forse lo diceva così per dire. Non ne ho idea.»

«Ok, ora devo proprio andare» dissi.

Sapevo che Ben non avrebbe mai convinto Lacey ad andare al ballo con lui, ma pensai che meritasse almeno un'opportunità. Corsi fuori, al mio armadietto. Passai accanto a Radar, e gli scompigliai i capelli. Stava parlando con Angela e con una ragazza del primo anno che suonava nella banda. «Non ringraziare me, ringrazia Q» lo sentii dire alla tipa. Lei allora strillò: «Grazie per i duecento dollari!» Senza girarmi a guardarla, gridai in risposta: «Non ringraziare me, ringrazia Margo Roth Spiegelman!», perché, era evidente, era stata lei a darmi gli strumenti necessari per quell'impresa.

Aprii l'armadietto e tirai fuori il mio quaderno di calcolo, ma poi mi bloccai e rimasi lì fermo in mezzo al corridoio anche dopo la seconda campanella, mentre gli altri mi passavano accanto in entrambe le direzioni, come se io fossi lo spartitraffico della loro autostrada. Un altro ragazzino mi ringraziò per i duecento dollari. Gli sorrisi. In tutti quegli anni, la scuola non mi era mai sembrata tanto *mia*. Avevamo fatto giustizia agli sfigati senza bicicletta. Lacey Pemberton mi aveva rivolto la parola. Chuck Parson si era scusato.

Conoscevo quelle aule alla perfezione e alla fine sembrava che anche loro conoscessero me. Rimasi lì in piedi anche quando la campanella suonò per la terza volta e la folla defluì. Solo a quel punto andai a calcolo. Quando presi posto, il professor Jiminez aveva già cominciato una delle sue interminabili lezioni.

Mi ero portato la copia di Margo di *Foglie d'erba*. Ricominciai a leggere le parti evidenziate di *Io canto di me stesso*, tenendo il libro sotto il banco, mentre Jiminez cancellava alla lavagna. Niente collegamenti diretti con New York. Qualche minuto dopo, passai il volume a Radar. Lui lo guardò per un po' prima di scrivere sul suo quaderno, nell'angolo più vicino a me: *Le parti evidenziate devono significare qualcosa. Voleva che tu aprissi la porta della tua mente?* Mi strinsi nelle spalle e scrissi in risposta: *Forse ha semplicemente letto la poesia in due giorni diversi e ha usato due evidenziatori diversi.*

Qualche minuto dopo, alzando gli occhi verso l'orologio per la trentasettesima volta soltanto, vidi Ben Starling fuori dalla porta dell'aula, con la tessera della scuola in una mano, che ballava una nervosissima giga.

Quando suonò la campanella della pausa pranzo, corsi al mio armadietto, ma chissà come Ben mi aveva preceduto e, chissà come, stava parlando con Lacey Pemberton. Le stava molto vicino, leggermente chinato in avanti, in modo da guardarla diritto in faccia. E dire che parlare con Ben a volte faceva sentire claustrofobico me, e io non ero una ragazza supersexy!

«Ehi, ragazzi!» dissi, quando fui di fronte a loro.

«Ciao» rispose Lacey, tirandosi un po' indietro da Ben. «Ben mi stava aggiornando su Margo. Nessuno è mai stato nella sua stanza, sapete? I suoi non le permettono di far salire i suoi amici.»

«Davvero?» Lacey annuì. «Tu lo sapevi che Margo ha tipo... mille dischi?»

Lacey alzò le mani. «No, me lo stava dicendo Ben! Margo non mi ha mai parlato di musica. Sì, insomma, ci stava che mi dicesse che le piaceva qualcosa alla radio o roba del genere. E invece no. È così strana.»

Scrollai le spalle. Forse era strana, o forse eravamo noi a essere strani. Lacey riprese a parlare. «Stavamo proprio dicendo che Walt Whitman era di New York.»

«E stando a quanto dice Omnictionary, Woody Guthrie ci ha vissuto a lungo» aggiunse Ben.

Annuii. «Ce la vedo benissimo a New York. Credo che dovremmo cercare l'indizio successivo. Non ne vengo a capo con il libro. Dev'esserci qualche codice segreto nei versi evidenziati che non capisco.»

«Mmm, posso dargli un'occhiata durante la pausa pranzo?»

«Sì. Oppure posso fotocopiartelo in biblioteca, se vuoi.»

«No, lo leggiucchio soltanto. Insomma, non so un cavolo di poesia. A proposito: ho una cugina al college, alla NYU. Le ho mandato un volantino da stampare. Potrei dirle di appenderlo nei negozi di dischi. Ce ne sono un sacco a New York.»

«Ottima idea» commentai. Si avviarono verso la mensa e io li seguii.

«Ehi, di che colore hai il vestito?» chiese Ben a Lacey.

«Mmm, è una specie di zaffiro. Perché?»

«Volevo essere sicuro che si abbinasse al mio smoking» rispose Ben. Non avevo mai visto Ben sorridere in modo così rinco-ridicolo, e ho detto tutto, dato che lui è per l'appunto un tipo rinco-ridicolo.

Lacey fece cenno di sì con la testa. «Sì, ma noi non vogliamo essere troppo super-abbinati. Che fai, ti butti sul tradizionale, smoking nero e pantaloni neri?»

«Niente fascia, sei d'accordo?»

«Mah, la fascia ci può anche stare. Non a pieghe, però.»

Continuarono a parlare – pare che la giusta misura delle pieghe sia un argomento degno di ore e ore di conversazione – ma io ormai non li ascoltavo più; mi misi in fila al Pizza Hut. Ben aveva trovato una ragazza per il ballo, Lacey aveva trovato un ragazzo disposto a parlare per ore del ballo. Ora tutti avevano trovato qualcuno con cui fare coppia... tutti tranne me, che al ballo non sarei andato. L'unica ragazza che avrei voluto invitare stava vagabondando in una specie di viaggio perenne.

Quando ci sedemmo, Lacey cominciò a leggere *Io canto di me stesso* e anche lei trovò che non ci fosse nulla di significativo. Di sicuro nulla che facesse pensare a Margo. Continuavamo a non avere idea di ciò che Margo stesse cercando di dirci. Lacey mi restituì il libro e ricominciò a parlare del ballo con Ben.

Per tutto il pomeriggio continuai a pensare che arrovellarmi sui versi evidenziati non serviva a niente, ma poi mi annoiavo, riprendevo il libro dallo zaino, me lo mettevo sulle gambe e ricominciavo a leggerlo. Avevo inglese all'ultima ora. Avevamo appena iniziato a leggere *Moby Dick,* così la professoressa Holden si dilungò un bel po' sulla pesca nel diciannovesimo secolo. Io tenevo *Moby Dick* sulla scrivania e Whitman in grembo, ma nemmeno leggerlo lì, durante la lezione di inglese, mi aiutò. Per una volta riuscii a non guardare l'orologio per diversi minuti e mi stupii quando la campanella suonò. Fui l'ultimo a finire di prepararmi. Mi buttai lo zaino sulle spalle e feci per andarmene, quando la Holden mi sorrise e mi disse: «Walt Whitman, eh?»

Annuii, imbarazzato.

«Buona scelta» disse. «Così buona che sono quasi d'accordo che tu lo legga in classe. Quasi, però.» Mormorai un *mi scusi* e mi avviai verso il parcheggio degli studenti dell'ultimo anno.

Mentre Ben e Radar erano alle prove, mi rifugiai dentro TAPELS lasciando le portiere aperte per godermi la brezza fresca e leggera. Mi misi a leggere le *Carte Federaliste* per prepararmi all'interrogazione di educazione civica del giorno dopo, ma la mia mente continuava a tornare sempre alle stesse cose: Guthrie e Whitman e New York e Margo. Era andata a New York per fare un'immersione nella musica folk? Aveva un musicista folk come amante segreto e io non ne sapevo niente? Stava nell'appartamento in cui aveva vissuto uno dei due? E perché voleva farlo sapere a me?

Dallo specchietto retrovisore vidi Ben e Radar avvicinarsi. Radar camminava veloce, dondolando la custodia del sax. Si lanciarono dentro dagli sportelli aperti. Ben girò la chiave e TAPELS scoppiettò, sperammo tutti e scoppiettò ancora, sperammo un po' di più e alla fine tornò gorgogliando alla vita. Ben uscì tutto sparato dal parcheggio e quando ci lasciammo il campus alle spalle, mi gridò: «MA TI RENDI CONTO, CAZZO?» Non riusciva a contenere la felicità.

Picchiò sul clacson, che naturalmente non funzionava, e allora si mise soltanto a urlare ogni volta che lo spingeva: «BIIP! BIIP! BIIP! AL BALLO CON LACEY PEMBERTON, LA REGINA DELLE POLLASTRELLE. SUONA, BELLO, SUONA!»

Ben non riuscì a smettere di parlare per tutto il tragitto. «Tu hai idea di come una cosa del genere sia potuta succedere? Disperazione a parte, dico. Credo che lei e Becca Arrington abbiano litigato perché Becca, lo sai anche tu, è una bugiarda, e credo che Lacey adesso si senta in colpa per quella storia di Ben il Sanguinolento. Non l'ha *detto*, ma l'ha *fatto capire*. Perciò, alla fine, guarda un po', Ben il Sanguinolento mi farà guadagnare il pa-ra-di-so.» Ero contento per lui, ma avrei preferito concentrarmi sulla caccia a Margo.

«Ragazzi, avete qualche idea?»

Ci fu un attimo di silenzio, poi Radar mi guardò dallo specchietto retrovisore e disse: «Il pezzo sulle porte è l'unico segnato in modo diverso dagli altri ed è anche quello meno legato al resto. Sono sicuro che l'indizio è lì. Ripetimelo un po'.»

«"Svitate i chiavistelli delle porte! / Le porte stesse, scardinate dagli stipiti!"» recitai.

«Bisogna ammettere che Jefferson Park non è esattamente il posto migliore in cui svitare le porte dell'ottusità dai loro cardini» concordò Radar. «Forse è questo che sta dicendo. Come quando ha detto che Orlando è una città di carta, no? Forse sta dicendo che è per questo che se n'è andata.»

Ben rallentò a un semaforo e si girò verso Radar. «Fratello, mi sa che stai dando un po' troppo credito alla pollastrella Margo.»

«Che vuoi dire?»

«Svitate i chiavistelli delle porte» disse Ben. «Le porte stesse, scardinate dagli stipiti.»

«Sì, ok» ribattei. Il semaforo diventò verde e Ben sgasò. TAPELS sussultò come se fosse lì lì per esplodere, ma poi si mosse.

«Non è *poesia*. Non è una metafora. Sono istruzioni. Dobbiamo andare nella stanza di Margo, svitare i chiavistelli della porta e scardinare la porta stessa dagli stipiti.»

Radar mi guardò dallo specchietto e io ricambiai lo sguardo. «A volte è così scemo da essere quasi geniale» mi disse.

6.

Dopo aver parcheggiato nel vialetto, attraversammo la striscia d'erba che separa la casa di Margo dalla mia, proprio come avevamo fatto sabato. Ruthie ci aprì la porta annunciando che i suoi genitori non sarebbero rientrati prima delle sei. Myrna Mountweazel si mise a correre in cerchio attorno a noi, eccitata. Salimmo al piano di sopra. Ruthie ci portò una cassetta degli attrezzi dal garage, e noi rimanemmo a guardare la porta della stanza di Margo per un po'. Non eravamo portati per il fai-da-te.

«Che cosa diavolo dovremmo fare?» chiese Ben.

«Non usare quella parola davanti a Ruthie» lo rimproverai.

«Ruthie, ti disturba se dico diavolo?»

«Noi non crediamo al diavolo» disse lei per tutta risposta.

Radar ci interruppe. «Su, ragazzi, la porta.» Tirò fuori dalla cassetta un cacciavite a stella, si inginocchiò e si mise a svitare la maniglia. Presi un cacciavite più grande e mi avventai sul cardine, ma non sembravano esserci viti. Osservai meglio la porta. Ruthie, annoiata, scese a guardare la tivù.

Quando la maniglia si staccò, scrutammo a turno il legno grezzo e non verniciato che circondava il buco. Nessun messaggio. Nessuna scritta. Seccato, armeggiai ancora sui cardini, poi spalancai la porta per studiare come funzionavano. «Quella poesia è così maledettamente lunga» dissi. «Il vecchio Walt avrebbe potuto tenersi da parte uno o due versi per spiegarci come si stacca una porta dai cardini.»

Fu Radar a rispondermi, e solo allora mi accorsi che si era messo al computer di Margo. «Secondo Omnictionary, quel tipo di cardine è fissato con un chiodo che si può far saltare usando il cacciavite come leva. E poi qualche vandalo ha aggiunto che quei cardini funzionano bene perché sono saldati con le scorregge. Oh, mio Omnictionary. Riuscirai mai a mostrarti irreprensibile?»

Ora che Omnictionary ci aveva spiegato come fare, smontare la porta fu sorprendentemente facile. Feci saltare i chiodi dai tre cardini e Ben staccò la porta. Analizzai i cardini e il legno non lavorato dell'uscio. Niente.

«Non c'è niente» annunciò Ben. Rimettemmo la porta a posto, mentre Radar infilava i chiodi martellandoli con la maniglia del cacciavite.

Ci spostammo tutti a casa di Ben, che era una copia esatta della mia, per giocare ad Arctic Fury. Era una specie di gioco-nel-gioco ambientato su un ghiacciaio, in cui ci si sparava proiettili di vernice colorata. Se centravi il tuo avversario alle palle, guadagnavi punti extra. Un gioco molto sofisticato. «Fratello, è a New York. Sicuro» disse Ben. Vidi spuntare la canna del suo fucile da un angolo. Mi colpì in mezzo alle gambe prima ancora che riuscissi a muovermi. «Merda» bofonchiai.

Radar disse: «In passato ha lasciato indizi che portavano in un posto. Ha detto a Jase di New York e ha lasciato tracce di due persone che hanno vissuto lì a lungo. Tutto torna.»

E Ben: «Ma sì, è questo che vuole.» E proprio mentre lo stavo prendendo di mira, mise la partita in pausa. «Vuole che tu vada a New York. Insomma, pensa se avesse pianificato il tutto in modo che l'unica maniera per ritrovarla sia andare fisicamente lì.»

«Che cosa? New York ha più di dodici milioni di abitanti.»

«Magari ha una talpa qui, che le riferisce i tuoi movimenti» suggerì Radar.

«Lacey» esclamò Ben. «Sì, è per forza Lacey! Devi prendere il primo aereo per New York. Lacey lo scoprirà, e Margo verrà a prenderti all'aeroporto. Sì, fratello. Ora ti accompagno a casa, tu fai i bagagli, io scarrozzo le tue chiappe fino all'aeroporto, tu compri un biglietto con la tua carta di credito solo-per-leemergenze, e a quel punto, quando Margo scoprirà che figlio di buona donna sei, il genere di figlio di buona donna che Jase Worthington si *sogna* di essere, andremo tutti e *tre* al ballo con le nostre ciccine da sballo.»

Non avevo dubbi che ci fosse un aereo per New York in partenza di lì a poco. Da Orlando c'è sempre un aereo in partenza per *qualunque* destinazione. Era tutto il resto che mi lasciava perplesso. «E se tu chiamassi Lacey...» dissi.

«Non confesserebbe mai!» disse Ben. «Pensa a tutte le informazioni fuorvianti che ti hanno dato. Secondo me hanno fatto finta di aver litigato per allontanare i sospetti da Lacey.»

«Non lo so, non mi torna molto» commentò Radar. Borbottò qualcos'altro, ma io non lo ascoltavo quasi più. Con lo sguardo fisso sullo schermo in stand-by, rimuginavo: se Margo e Lacey avevano litigato per finta, anche Lacey e il suo ragazzo avevano rotto per finta? E il suo interesse, era finto anche quello? Lacey mi aveva mandato decine di e-mail – nessuna particolarmente significativa – a proposito dei volantini che sua cugina aveva piazzato nei negozi di dischi di New York. Non era una talpa di Margo, e il piano di Ben era una stupidaggine. Ma la sola idea di avere un piano mi attirava. Mancavano poco più di due settimane alla fine della scuola e avrei perso almeno due giorni per andare a New York, senza considerare che i miei mi avrebbero ammazzato una volta scoperto che avevo usato la carta di credito per comprare un biglietto. Più ci pensavo, più mi sembrava un'idiozia. Eppure l'idea di poterla vedere il giorno dopo…

Invece no. «Non posso saltare la scuola» dissi alla fine e feci ripartire la partita. «Domani ho l'interrogazione di francese.»

«Sai, Q, il tuo romanticismo è una vera fonte di ispirazione» disse Ben.

Giocai per qualche altro minuto, poi me ne tornai a casa, passando per il parco Jefferson.

Una volta mia madre mi raccontò di un ragazzino problematico che stava seguendo. Fino all'età di nove anni, quando suo padre era morto, non aveva avuto alcun disturbo. E lo so che ci sono un sacco di bambini che a nove anni perdono il papà, e non per questo impazziscono, ma quel bambino forse era un'eccezione.

Ecco che cosa aveva fatto: aveva preso una matita e un compasso e aveva cominciato a tracciare cerchi su un pezzo di carta, ognuno del diametro di cinque centimetri esatti. E aveva continuato finché l'intera superficie non era diventata completamente nera; a quel punto aveva preso un altro foglio e aveva ricominciato, ed era andato avanti per tutto il giorno, tutti i giorni; a scuola non ascoltava più, riempiva i compiti di cerchi e secondo mia madre si era creato una routine per affrontare la perdita che aveva subito, solo che poi quella routine era diventata distruttiva. Alla fine, comunque, la mamma è riuscita a farlo piangere per la morte del suo papà, e lui ha smesso di disegnare cerchi e da allora in poi, presumibilmente, è vissuto felice e contento. Spesso però ripenso a quel bambino dei cerchi, perché lo sento in qualche modo affine. La routine mi è sempre piaciuta. Non ho mai trovato la noia troppo noiosa. Non avrei potuto spiegarlo a persone come Margo, ma disegnare cerchi per tutta la vita mi sembrava una forma ragionevole di pazzia.

Ed è per questo che il pensiero di non andare a New York mi rasserenò: era un'idea sciocca, dopotutto. Poi però, quando quella notte e il giorno dopo a scuola tornai alla mia routine, mi sentii soffocare, come se fosse la routine stessa a impedirmi di ricongiungermi con Margo.

7.

Martedì sera, quando erano passati ormai sei giorni dalla mattina in cui Margo era scomparsa, parlai con i miei. Non presi la decisione di parlargliene, lo feci e basta. Ero seduto sul banco di lavoro, in cucina; papà affettava le verdure e la mamma faceva rosolare l'arrosto in un tegame. Papà mi prendeva in giro su quanto tempo ci stavo mettendo a leggere un libro così breve. Io dissi: «In realtà non è per inglese. A quanto pare Margo ha lasciato questo libro per me.» Si zittirono, e allora raccontai loro di Woody Guthrie e di Whitman.

«È chiaro che le piace, questo gioco delle informazioni incomplete» commentò papà.

«Non la biasimo per la sua ricerca di attenzioni» disse la mamma. Poi, rivolta a me: «Ma questo non significa che tu debba essere responsabile della sua felicità.»

Papà mescolò il trito di carote e cipolle nel tegame. «Sì, è vero. Nessuno di noi può fare un'indagine accurata a distanza, ma io credo che tornerà presto.»

«Non dovremmo fare congetture» gli disse la mamma, a bassa voce, come se io non la sentissi. Papà fece per rispondere, ma lo bloccai.

«E allora cosa dovrei fare?»

«Diplomarti» rispose mamma. «E avere fiducia nel fatto che Margo sa prendersi cura di se stessa, come ha ampiamente dimostrato.»

«Sono d'accordo» disse papà. Dopo cena, tuttavia, quando tornai nella mia stanza e mi misi giocare a Resurrection con l'audio in off, sentii che parlavano sottovoce. Non capivo le parole, ma la loro preoccupazione si coglieva benissimo.

Più tardi, Ben mi chiamò sul cellulare.

«Ehi» dissi.

«Fratello» fece lui.

«Sì» replicai io.

«Sto andando a caccia di scarpe con Lacey.»

«Scarpe?»

«Eh già. Dalle dieci a mezzanotte è tutto scontato al trenta. Vuole che la aiuti a scegliere le scarpe per il ballo. Cioè, ne ha comprate un paio, ma ieri sono andato da lei e abbiamo deciso che non erano... sai com'è, ci vogliono le scarpe *perfette* per il ballo. Perciò le riporteremo indietro, poi andremo da Burdines e poi magari da...»

«Ben» dissi.

«Sì?»

«Non ho nessuna voglia di parlare delle scarpe di Lacey, amico. E ti dirò perché: ho una cosa che mi toglie qualunque interesse per le scarpette da ballo. Si chiama pene.»

«Sono super nervoso. Non riesco a smettere di pensare che mi piace un casino, e non solo nel senso che è la-ragazza-più-sexy-della-scuola, ma nel senso che è davvero-davvero-carina-e-vorrei-passare-tutto-il-mio-tempo-con-lei. E magari al ballo, che so, magari ci baceremo nel bel mezzo della sala e tutti gli altri creperanno d'invidia e quello che hanno sempre pensato di me farà un bel volo dalla finestra.»

«Ben» dissi io. «Smettila di farfugliare come un cretino e andrà tutto bene.» Continuò a parlare per un po' prima che riuscissi a riattaccare.

Mi distesi sul letto e mi venne un po' di tristezza per il ballo. Mi rifiutavo di sentirmi depresso perché non ci andavo, ma la verità – stupida e imbarazzante – era che avevo davvero pensato che avrei trovato Margo e l'avrei riportata a casa in tempo per il ballo, tipo la notte di sabato, e che saremmo entrati nella sala da ballo dell'Hilton indossando jeans e T-shirt sdrucite, proprio sull'ultimo pezzo, e avremmo ballato con tutti che ci indicavano, stupiti dal ritorno di Margo, e poi li avremmo mollati lì e ce ne saremmo usciti a passo di fox-trot e saremmo andati a prenderci un gelato da Friendly's.

Quindi, sì, anche io, come Ben, fantasticavo sul ballo. Ma almeno non lo facevo ad alta voce.

A volte Ben era proprio un idiota egocentrico, e dovevo ripetermi le ragioni per cui ero ancora suo amico. Se non altro, aveva spesso idee sorprendentemente brillanti. L'idea della porta era stata buona. Non aveva funzionato, ma era stata buona. E chiaramente Margo aveva voluto dirmi qualcos'altro.

A me.

L'indizio era *mio*. La porta era la mia!

Per andare in garage dovetti attraversare il salotto, dove i miei stavano guardando la tivù. «Ti unisci a noi?» mi chiese la mamma. «Sono quasi alla soluzione del mistero.» Era uno di quei telefilm polizieschi del genere trova-l'assassino.

«No, grazie» risposi, attraversai veloce il salotto e la cucina, e mi infilai in garage.

Cercai il cacciavite grande e me lo infilai sotto la cintura dei bermuda, e la strinsi per bene. In cucina afferrai al volo un biscotto, riattraversai il salotto, muovendomi in modo un po' goffo ma neanche tanto, e mentre i miei si godevano la rivelazione del mistero rimossi i tre chiodi della porta della mia stanza. Quando feci saltare l'ultimo, la porta cigolò e cominciò a cadere, quindi la spalancai completamente e la appoggiai alla parete, e in quel momento un pezzettino di carta, grande quanto l'unghia del mio pollice, volò giù dal cardine più alto. Tipico di Margo. Perché nascondere qualcosa nella sua stanza quando poteva nasconderlo nella mia? Mi domandai quando e come era entrata. Non potei fare a meno di sorridere.

Era un ritaglio dell'*Orlando Sentinel*, con un bordo strappato. Avevo capito che si trattava del *Sentinel* perché su un angolo lacerato c'era scritto: "*do Sentinel* 6 maggio, 2". Il giorno in cui se n'era andata. Il messaggio era chiaramente suo. Riconobbi la calligrafia.

8328, bartlesville Avenue

Non potevo mettere a posto la porta senza martellare i chiodi con il cacciavite, cosa che avrebbe definitivamente attirato l'attenzione dei miei, perciò mi limitai a rimontarla sui cardini e la lasciai aperta. Mi infilai i chiodi in tasca e mi misi al computer per cercare su una mappa il numero 8328 di Bartlesville Avenue. Non avevo mai sentito nominare quella strada.

Era a 55,3 chilometri da Jefferson Park, un bel pezzo oltre Colonial Drive, quasi nel comune di Christmas, in Florida. Ingrandii l'immagine satellitare dell'edificio: un rettangolo nero, con la facciata argento opaco, e un prato tutto intorno. Una casa mobile? Non riuscivo a capire quanto fosse grande perché c'era troppo verde intorno.

Chiamai Ben e gli raccontai tutto. «Quindi avevo ragione!» esclamò. «Non vedo l'ora di dirlo a Lacey:

anche lei era convinta che fosse una buona idea!»

Lasciai cadere il riferimento a Lacey. «Credo che ci andrò» dissi.

«Chiaro che ci devi andare. Vengo anch'io. Partiamo domenica mattina. Sarò un po' stanco per la notte di bagordi, ma non importa.»

«No, sto dicendo che voglio partire adesso.»

«Ma è buio, fratello! Non puoi metterti in viaggio verso un oscuro edificio dall'indirizzo misterioso al buio. Non hai mai visto un film horror?»

«Margo potrebbe essere lì» dissi.

«Sì, e magari è insieme a un demonio che si nutre solo di pancreas di giovincelli. Cristo, Q, aspetta almeno domani. Anche se io dopo le prove dovrei andare a ordinare il bouquet di Lacey. E poi tornare a casa per vedere se mi ha cercato in chat. Sai, ci scriviamo un sacco...»

Tagliai corto. «No, stanotte e basta. Voglio vederla.» Sentivo che il cerchio si stava chiudendo. Se mi sbrigavo, entro un'ora sarei stato di nuovo insieme a lei.

«Fratello, non ti permetterò di andare in un luogo imprecisato nel bel mezzo della notte. A costo di gonfiarti di mazzate.»

«Domattina» dissi, più che altro a me stesso. Ero stufo di fare lo studente modello che non salta mai la scuola. «Ci andrò domattina.» Ben si calmò. Lo sentii sibilare tra i denti.

«Mi sa che mi sta venendo qualcosa» dichiarò.

«Febbre. Tosse. Dolori.» Sorrisi. Riattaccai e chiamai Radar.

«Sono sull'altra linea con Ben. Ti richiamo subito» mi disse.

Mi chiamò un minuto dopo. Non mi lasciò neanche il tempo di salutarlo. «Q, ho un terribile mal di testa. Non credo proprio che domani potrò andare a scuola.» Mi misi a ridere.

Riattaccai, mi spogliai e restai in T-shirt e boxer. Svuotai il cestino della spazzatura in un cassetto e me lo piazzai vicino al letto. Misi la sveglia all'assurda ora delle sei del mattino e passai il tempo che rimaneva a cercare di addormentarmi, senza riuscirci.

8.

La mattina dopo, la mamma entrò nella mia stanza e mi disse: «Non hai nemmeno chiuso la porta ieri sera, dormiglione.» Io aprii gli occhi, farfugliai: «Mi sono beccato qualcosa allo stomaco» e mi voltai a guardare il vomito nel cestino.

«Quentin! Oddio! Quando è successo?»

«Verso le sei» dissi, ed era la verità.

«Perché non sei venuto a chiamarci?»

«Ero troppo stanco.» Anche questo era vero.

«Ti sei svegliato perché stavi male?» mi chiese.

«Eh, sì» risposi, e stavolta non era vero. Mi ero svegliato perché la mia sveglia aveva suonato alle sei, poi ero sgattaiolato in cucina e avevo mangiato una barretta di muesli e bevuto succo d'arancia. Dieci minuti dopo, mi ero messo due dita in gola. Avevo evitato di farlo la sera prima perché non volevo che la stanza andasse avanti a puzzare per tutta la notte. Vomitare era stato uno schifo, ma almeno era durato poco.

Mamma prese il cestino e la sentii che lo lavava in

cucina. Lo riportò pulito. Aveva le labbra imbronciate per la preoccupazione. «Mmm, mi sa che farei meglio a stare a casa, almeno per oggi…» cominciò a dire, ma io la interruppi subito.

«Sto bene, davvero. Sono solo un po' sottosopra. Deve essere per via di qualcosa che ho mangiato» dissi.

«Sei sicuro?»

«Se peggiora ti chiamo» le dissi. Mi diede un bacio sulla fronte. Sentii il suo rossetto appiccicoso sulla pelle. Non ero davvero malato, ma quel bacio mi fece sentire comunque meglio.

«Vuoi che la chiuda?» mi domandò con una mano già sulla porta, che si reggeva a malapena sui cardini.

«No no no» risposi, forse un po' troppo nervoso.

«Va bene. Chiamerò la scuola mentre vado al lavoro. Fammi sapere se ti serve qualcosa. Qualunque cosa. O dimmi se vuoi che torni a casa. Puoi anche chiamare papà. Ti faccio uno squillo nel pomeriggio, ok?»

Annuii e mi tirai le coperte fin sopra il mento. Anche se ora il secchio era pulito, sentivo la puzza del vomito sotto l'odore del detersivo, il che mi faceva tornare in mente il momento in cui avevo vomitato e a quel punto mi veniva di nuovo da vomitare. Mi sforzai di non pensarci e presi a respirare dalla bocca, finché non sentii la Chrysler uscire dal vialetto. Erano le 7:32. Per una volta sarei arrivato in orario. Non a scuola, d'accordo, ma comunque in orario.

Mi feci una doccia, mi lavai i denti e mi infilai un

paio di jeans scuri e una T-shirt nera. Mi ficcai in tasca il pezzo di giornale di Margo. Martellai i chiodi nei cardini e poi mi misi a fare i bagagli. Non avevo idea di che cosa mettere nello zaino. Alla fine presi il cacciavite staccamontanti, una stampata della mappa, le indicazioni stradali, una bottiglia d'acqua e Whitman, nel caso che lei fosse stata davvero lì. Volevo farle un po' di domande su quel libro.

Ben e Radar si presentarono alle otto in punto. Salii dietro. Cantavano a squarciagola su una canzone dei Mountain Goats.

Ben si voltò e mi offrì il pugno. Gli diedi un colpetto in risposta. Detestavo quel saluto. «Q!» gridò per farsi sentire sopra la musica. «Ma che figata è?»

Capivo perfettamente che cosa intendeva: ascoltare i Mountain Goats con i tuoi amici in una macchina che un mercoledì mattina di maggio sfreccia con destinazione Margo, disposti a pagare qualunque Margosissimo prezzo pur di ritrovarla. «Molto meglio di calcolo» risposi. Non riuscivamo a parlare, con la musica così alta. Quando fummo fuori da Jefferson Park, abbassammo l'unico finestrino che funzionava, così tutto il mondo avrebbe saputo che avevamo ottimi gusti in fatto di musica.

Facemmo tutta Colonial Drive, lasciandoci alle spalle i cinema e le librerie che frequentavo di solito e tutta la mia vita passata. Ma quel giro in macchina era diverso dagli altri, migliore, perché era l'ora di calcolo, perché ero con Ben e Radar, perché stavamo andando dove credevo che l'avrei ritrovata. Trenta chilometri dopo, Orlando cedette finalmente il passo agli ultimi aranceti e all'aperta campagna: pianure infinite coperte da una fitta boscaglia e il muschio spagnolo che pendeva dai rami delle querce, immobile nella calura senza vento. Questa era la Florida in cui avevo passato notti a farmi pungere dalle zanzare e a dare la caccia agli armadilli, quando ero boy scout. Ora la strada era un viavai di pick-up, e più o meno ogni due chilometri passavi accanto a un quartiere edificato. I vialetti si avviluppavano come serpentelli attorno alle case che sembravano spuntate dal nulla, come un vulcano dalle pareti di gomma.

Più avanti incrociammo un'insegna di legno marcio con su scritto GROVEPOINT ACRES. Una stradina tutta dissestata lunga meno di dieci metri sbucava in uno spiazzo di fanghiglia grigia, a dimostrazione che Grovepoint Acres era una di quelle zone che mia madre chiamava pseudoquartieri: un complesso residenziale abbandonato prima ancora che avessero finito di costruirlo. Avevo già incontrato un paio di pseudoquartieri viaggiando con i miei, ma nessuno così desolato.

Eravamo a circa otto chilometri da Grovepoint Acres quando Radar abbassò la musica e dichiarò: «Dovremmo quasi esserci.»

Feci un lungo respiro. L'eccitazione di non essere a scuola stava calando. Quello non mi sembrava un posto in cui Margo si sarebbe potuta rifugiare o in cui avrebbe voluto anche solo fare un giro. Era tutt'altra cosa rispetto a New York. Era la Florida che vista dall'alto, magari da un aereo, ti spingeva a chiederti come fosse possibile che le persone avessero anche solo deciso di popolarla. Guardai la distesa d'asfalto sgombra, la visione distorta dal calore. In lontananza spuntava la sagoma tremolante di un centro commerciale.

«Sarà quello?» chiesi a Radar e Ben, indicando l'edificio.

«Dovrebbe» rispose Radar.

Ben spense la radio e in silenzio ci infilammo nel parcheggio da molto tempo abbandonato alla fanghiglia grigia. Doveva esserci stata un'insegna a indicare le quattro vetrine sulla facciata. Su un lato della strada c'era un palo arrugginito, alto circa due metri e mezzo. L'insegna però non c'era più, portata via forse da un uragano o dall'accumulo di ruggine. I negozi non erano messi molto meglio. Era un edificio a un solo piano, con il tetto piatto e i mattoni scrostati qui e là. Pezzi di intonaco si erano in parte staccati dalle pareti, come insetti che fino all'ultimo restano aggrappati al loro nido. Le macchie di umidità componevano figure astratte marroni attorno alle finestre, che erano sbarrate da assi di compensato deformate. Fui assalito da un pensiero spaventoso, il genere di pensiero che una volta che affiora alla coscienza non si può più scacciare: mi sembrava che quello non fosse un posto in cui si va a vivere. Era un posto in cui si va a morire.

Non appena l'auto si fermò, mi sentii invadere bocca e naso dall'odore rancido della morte. Dovetti reprimere un conato di vomito che mi stava salendo su fino alla gola. Solo allora, dopo aver perso tutto quel tempo, mi resi conto di quanto tragicamente avessi frainteso il suo gioco e la posta in palio.

Scendo dalla macchina, Ben mi si mette accanto e Radar accanto a lui. E all'improvviso capisco che non c'è nulla di divertente, che è tutt'altra cosa rispetto al dimostrami-che-sei-degno-di-uscire-con-me che mi sono immaginato. Risento la voce di Margo la notte in cui guidavo per le strade di Orlando. Risento le sue parole: "Non intendo certo farmi trovare da un bambino una domenica mattina al parco Jefferson, ricoperta di mosche." Non voler essere ritrovata da un bambino nel parco Jefferson non significava non voler morire.

Non ci sono prove che qualcuno sia stato qui di recente, a parte l'odore, quel tanfo aspro e malsano che distingue i morti dai vivi. Mi dico che lei non può avere quell'odore, ma naturalmente invece può. Tutti noi possiamo. Mi porto l'avambraccio al naso: so di sudore e pelle, di tutto tranne che di morte.

«MARGO?» chiama Radar. Un tordo che si è posato sulla grondaia arrugginita dell'edificio lancia un suono a due sillabe in risposta. «MARGO!» urla di nuovo Radar. Niente. Disegna una parabola con un piede nella sabbia e sospira. «Merda.»

Davanti a quell'edificio imparo qualcosa sulla paura. Imparo che non sono le vuote fantasie di chi vuole che gli succeda qualcosa di importante, fosse anche una cosa orribile. Non è il senso di disgusto che si prova di fronte al cadavere di uno sconosciuto, e nemmeno il respiro che si spezza al rumore di uno sparo davanti alla casa di Becca Arrington. Questa paura qui non può essere domata con esercizi respiratori. Questa paura qui non assomiglia per niente alle paure che ho provato prima. È la base di tutte le emozioni, il sentimento che ci ha accompagnato prima che venissimo al mondo, prima che questo edificio fosse costruito, prima che la Terra nascesse. È la paura che fa strisciare i pesci fuori dall'acqua e li porta a sviluppare i polmoni, la paura che ci insegna a correre e ci fa sotterrare i nostri morti.

Quell'odore mi getta in un panico disperato: non il panico di quando non hai aria nei polmoni, ma il panico di quando non c'è proprio aria nell'atmosfera. Penso che forse il motivo per cui ho passato gran parte della mia vita ad avere paura è che ho cercato di prepararmi, di allenare il corpo a fronteggiare il terrore vero, quando questo fosse arrivato. Ma non sono affatto preparato.

«Fratello, dobbiamo andarcene» dice Ben. «Dobbiamo chiamare la polizia.» Non ci siamo ancora guardati. Stiamo ancora fissando l'edificio, quella struttura abbandonata da tempo che non può contenere altro che cadaveri.

«No» dice Radar. «No no no no no. La chiamiamo se c'è un motivo per chiamarla. Margo ha lasciato l'indirizzo di questo posto a Q, non alla polizia. Dobbiamo cercare lì dentro.»

«Lì dentro?» chiede Ben, dubbioso.

Gli do una pacca sulla spalla e per la prima volta, oggi, noi tre ci guardiamo negli occhi. Questo rende tutto più sopportabile. Per qualche motivo guardare loro mi fa sentire che lei non è morta finché non l'avremo ritrovata. «Sì, proprio lì dentro» dico.

Non so più chi è o chi è stata, ma devo trovarla.

9.

Sul retro troviamo quattro porte d'acciaio chiuse e nient'altro che terra e foglie di palme che punteggiano una distesa d'erba quasi secca. L'odore qui è anche peggio, e ho paura ad andare avanti. Ben e Radar mi seguono, uno alla mia destra, l'altro alla mia sinistra: formiamo un triangolo. Camminiamo piano, perlustrando la zona.

«È un procione!» grida Ben. «Oh, grazie a Dio. È un procione, Cristo santo.» Io e Radar lo raggiungiamo vicino a un basso canale di scolo poco lontano dall'edificio. E lì, morto, c'è un procione, grosso e gonfio, con i peli arruffati. Non ha segni di trauma, il pelo gli sta venendo via e ha una costola scarnificata. Radar si volta e ha un conato di vomito. Io mi avvicino e gli appoggio un braccio tra le scapole. Ricomincia a respirare e dice: «Cazzo, sono troppo felice di vedere quel cazzo di procione morto.»

Io però non riesco ancora a immaginarla viva. Mi viene in mente che la poesia di Whitman potrebbe essere interpretata come l'ultimo messaggio lasciato da qualcuno che si vuole suicidare. Ripenso ai versi che ha evidenziato: "E il morire è diverso da ciò che tutti suppongono, e ben più fortunato." "Lascio me stesso alla terra per nascere dalla terra che amo. / Se ancora mi vuoi cercami sotto la suola delle scarpe." Ripenso all'ultimo verso: "Da qualche parte starò fermo ad aspettare te", e provo un barlume di speranza prima di capire che il soggetto della frase non deve necessariamente essere una persona. Può anche essere un corpo.

Radar si è allontanato dal procione e sta armeggiando con la maniglia di una delle porte chiuse. Sento di dover pregare per il morto, di dover recitare il Kaddish per quel procione, se solo sapessi come si fa. Mi dispiace per lui e mi dispiace per la gioia che ho provato nel vederlo morto.

«Si muove un po'» mi grida Radar. «Vieni ad aiutarmi.»

Io e Ben ci mettiamo dietro Radar, gli cingiamo le spalle, e tiriamo. Radar appoggia un piede contro la parete per far leva e tirare più forte, e di colpo tutti e due mi cadono addosso e mi ritrovo con la T-shirt di Radar zuppa di sudore schiacciata sulla faccia. Per un attimo esulto, pensando che siamo riusciti a entrare. Poi però vedo che Radar ha in mano la maniglia. Mi alzo e guardo la porta. Chiusa.

«Pezzo di merda di una stramaledetta vecchia maniglia» esclama Radar. Non l'ho mai sentito parlare così.

«Non è un problema. Ci sarà un altro modo per entrare. Ci deve essere» dico.

Ritorniamo sul davanti dell'edificio. Non ci sono porte né aperture né si intravvedono punti in cui infilarsi. Io però devo entrare. Radar e Ben cercano di staccare le assi di compensato. Niente da fare: sono inchiodate. Radar le prende a calci, ma non serve a nulla. Ben mi dice: «Dietro queste assi non ci sono vetri» e si allontana correndo. Le sue scarpe da ginnastica affondano nella sabbia.

Lo guardo perplesso. «Mi butto e le sfondo» annuncia.

«No, non farlo!» Ben è il più piccolo di noi tre. Se proprio qualcuno deve sfondare le assi fissate alle finestre, quello sono io.

Chiude le mani a pugno e poi le riapre. Mi avvicino e comincia a dirmi: «In terza, mia madre mi iscrisse a un corso di tae kwon do. Voleva che imparassi a difendermi, a non farmi picchiare. Sarò andato sì e no a tre lezioni e ho imparato una cosa sola, una cosa che ogni tanto mi torna utile. Una volta il maestro di tae kwon do spezzò una grossa asse di legno e tutti noi pensammo cavoli, come ha fatto, e lui ci spiegò che se ti comporti come se la tua mano dovesse spezzare il legno, e ti convinci che la tua mano spezzerà il legno, allora ce la farai.»

Faccio per controbattere a quel ragionamento idiota quando lui schizza via, superandomi come una furia. Più si avvicina alle finestre, più accelera, finché, quando alla parete dell'edificio manca ormai pochissimo, balza senza il minimo accenno di esitazione, porta la spalla in avanti per far fronte all'impatto violento, e si scaraventa contro il legno. Mi aspetto quasi che ci passi attraverso, lasciando una sagoma ritagliata a forma di Ben, come nei cartoni animati. Invece rimbalza e atterra con il culo su un isolotto d'erba in mezzo a un mare di sabbia sporca. Si volta su un lato, strofinandosi la spalla, e annuncia: «Si è rotta.»

Corro verso Ben, dando per scontato che si riferisca alla sua spalla. Invece lui si alza, e io mi ritrovo a guardare la crepa-alta-come-Ben che si è aperta nel compensato. Comincio a prendere a calci il legno, e si apre un'altra crepa, questa volta orizzontale. Io e Radar ci infiliamo le dita e ci mettiamo a tirare. Strizzo gli occhi per evitare che il sudore me li inondi e tiro avanti e indietro con tutta la mia forza, finché il buco non comincia ad allargarsi. Continuiamo così senza parlare. Radar ha bisogno di una pausa e si fa sostituire da Ben. Alla fine riusciamo a far cadere un grosso pezzo di legno all'interno dell'edificio. Mi calo, appoggiando i piedi con prudenza su qualcosa che sembra un cumulo di carta.

Il buco che abbiamo ricavato lascia entrare un po' di luce, ma non riesco comunque a capire quanto sia grossa la stanza, né a vederne il soffitto. L'aria è così calda e viziata che inspirare ed espirare sono la stessa cosa.

Mi volto e urto la fronte di Ben con il mento. Sussurro, anche se non ce n'è motivo: «Hai una...?»

«No» bisbiglia lui in risposta prima ancora che io

finisca la frase. «Radar, hai portato una torcia?»

Sento Radar entrare dal buco. «Ne ho una nel portachiavi, ma è piccola.»

Accende la lucina, ma continuo a non vederci granché. Capisco che siamo finiti in una grande sala piena di scaffali di metallo. I fogli sparsi sul pavimento sono pagine di un vecchio calendario. I giorni sono disseminati ovunque, ingialliti e rosicchiati dai topi. Mi domando se prima fosse una piccola libreria, anche se è chiaro che quegli scaffali non contengono nulla da decenni, polvere a parte.

Procediamo in fila indiana, Radar in testa. Sentiamo uno scricchiolio sopra di noi e ci blocchiamo. Cerco di soffocare il panico. Riesco a distinguere ogni singolo respiro di Radar e di Ben e i loro passi trascinati. Voglio andarmene, ma per quel che ne so quello scricchiolio potrebbe essere stato causato da Margo. O da qualche drogato.

«Semplici assestamenti» mormora Radar, ma in tono meno sicuro del solito. Io sto fermo lì, incapace di muovermi. Un attimo dopo sento la voce di Ben. «L'ultima volta che mi sono spaventato così me la sono fatta sotto.»

«L'ultima volta che mi sono spaventato così è stato quando ho affrontato un Oscuro Signore per salvare l'ordine dei maghi» incalza Radar.

Faccio un debole tentativo. «L'ultima volta che mi sono spaventato così ho dovuto dormire con mia madre.»

Ben ridacchia. «Q, se fossi in te, mi spaventerei così Ogni. Singola. Notte.»

Non riesco a ridere, ma loro sì, e questo basta a farmi sembrare quel posto un po' meno pericoloso. Ci mettiamo a esplorare la sala. Perlustriamo ogni fila di scaffali. Tutto ciò che troviamo sono poche copie del *Reader's Digest* degli anni Settanta sul pavimento. Dopo un po' i miei occhi si abituano all'oscurità. Cominciamo a muoverci in direzioni diverse e a velocità diverse nella luce grigia.

«Nessuno esce da qui se non insieme agli altri due» dico a bassa voce, e loro sussurrano: «Ok.» Mi avvicino alla parete e trovo la prima prova che qualcuno è passato di qui dopo che hanno sgombrato l'edificio. Nella parete è stato scavato un tunnel semicircolare, dai contorni tutti irregolari, che in altezza mi arriva più o meno alla cintola. Sopra il buco, qualcuno ha scritto con la vernice spray arancione TUNNEL DEI TROLL, e sotto ha disegnato una freccia che indica l'imboccatura del tunnel. «Ragazzi» dice Radar a voce alta, rompendo per un attimo l'incantesimo. Seguo la sua voce e lo trovo davanti alla parete opposta, mentre con la piccola torcia illumina un altro Tunnel dei Troll. Non sembra la calligrafia di Margo, ma non ne sono sicuro. L'ho vista scrivere con la vernice spray un'unica lettera.

Radar illumina il buco mentre io mi abbasso e mi infilo dentro. La stanza dall'altra parte è completamente vuota, tranne che per un tappeto arrotolato in un angolo. Quando la luce illumina il pavimento, intravvedo macchie di colla sull'area che prima era coperta dal tappeto. In tutta la stanza trovo un solo altro buco in una parete, senza scritte, stavolta.

Striscio dentro quel Tunnel dei Troll e mi ritrovo in una stanza piena di appendiabiti. I pali d'acciaio sono ancora in perfetto stato, e fissati alle pareti coperte di macchie d'umido violacee. In questa stanza c'è più luce, e ci metto un attimo a capirne la ragione: il soffitto è pieno di buchi. Dal tetto piovono pezzi di intonaco, e ci sono angoli in cui il soffitto si è incurvato, e ora spinge sulle travi d'acciaio.

«Un negozio di souvenir» sussurra Ben, di fronte a me. Capisco subito che ha ragione.

Al centro della stanza cinque vetrinette formano un pentagono. Il vetro che un tempo separava i turisti dalle loro stronzate da turisti è distrutto in mille piccoli pezzi ora disseminati attorno alle vetrinette. La vernice grigia delle pareti è venuta via in parte, e così sul muro si sono formate figure originali e graziose; ogni poligono grigio è un fiocco di neve in un mondo in rovina.

Stranamente però ci sono ancora alcuni oggetti. C'è un telefono di Topolino che un po' mi ricordo dalla mia infanzia. Ci sono anche delle T-shirt con scritto SUNNY ORLANDO, divorate dalle tarme ma ancora ben ripiegate, tutte coperte di pezzi di vetro. Sotto le vetrinette, Radar trova una scatola piena di mappe e opuscoli pubblicitari di Gator World, Crystal Gardens e altri parchi dei divertimenti che non esistono più. Ben mi fa un cenno e indica in silenzio l'alligatore giocattolo di vetro verde che campeggia da solo in una vetrinetta, sepolto dalla polvere. Ecco il valore dei nostri souvenir, mi viene da pensare: non c'è modo di disfarsi di quella merda.

Torniamo nella stanza vuota e poi in quella con gli scaffali, per strisciare infine attraverso l'ultimo Tunnel dei Troll. Questa stanza sembra un ufficio, se non fosse che non ci sono computer, e dà l'impressione di essere stata evacuata all'improvviso, come se tutti gli impiegati fossero stati risucchiati nello spazio da un fascio di luce. Le venti scrivanie sono divise in quattro file. Su alcune ci sono ancora le penne, e su ognuna sono appoggiati dei calendari formato gigante, tutti fermi al febbraio 1986. Ben spinge una sedia rivestita in pelle, che prende a girare e a scricchiolare ritmicamente. Accanto a una scrivania qualcuno ha impilato in una piramide pericolante migliaia di post-it sponsorizzati dalla Mutui Marting-Gale Corporation. E poi ci sono alcuni scatoloni aperti, con dentro cataste di vecchi fogli stampati che registrano le spese e i ricavi della Mutui Marting-Gale Corporation. Su una delle scrivanie qualcuno ha ammucchiato gli opuscoli dei diversi quartieri, formando un unico grande castello di carta. Lo smonto sparpagliando gli opuscoli, nella speranza di trovare qualche indizio, ma non c'è niente.

Anche Radar cerca tra i fogli e osserva a bassa voce:

«Niente che risalga a dopo il 1986.» Comincio a rovistare nei cassetti della scrivania. Trovo spillette e cotton fioc. Penne e matite in pacchi da dodici. Tovaglioli. E un paio di guanti da golf.

«Ragazzi, vedete qualcosa che vi faccia pensare che qualcuno è stato qui negli ultimi, che so, vent'anni?» domando.

«Niente, a parte i Tunnel dei Troll» risponde Ben. Sembra di essere in una tomba: è tutto avvolto nella polvere.

«E allora perché ci ha fatto venire qui?» chiede Radar. Abbiamo ricominciato a parlare.

«Non so» rispondo. È chiaro che lei non è qui.

«In alcuni angoli la polvere non c'è. Nella stanza vuota c'è un rettangolo pulito, come se fosse stato spostato qualcosa. Ma niente di più» dice Radar.

«E poi c'è quella striscia di vernice» dice Ben, indicando qualcosa che Radar illumina con la torcia. Sulla parete più lontana c'è un'area coperta di vernice bianca, come se qualcuno avesse deciso di dare un'imbiancata alla stanza per poi cambiare idea dopo mezz'ora. Mi avvicino alla parete e mi accorgo che sotto la vernice bianca c'è una scritta rossa. Non si vede bene, però, e non riesco a capire che cosa dice. C'è un barattolo di vernice aperto appoggiato vicino alla parete. Mi inginocchio e ci infilo un dito. La superficie è dura, ma si rompe facilmente e, quando lo tiro fuori, il dito è completamente bianco. Non faccio commenti mentre la vernice mi cola dal dito, perché siamo tutti arrivati alla stessa conclusione, e cioè che qualcuno è davvero stato qui di recente. L'edificio scricchiola di nuovo, Radar fa cadere la torcia e impreca.

«È inquietante» dice.

«Ragazzi» dice Ben. La torcia è ancora per terra, io faccio un passo indietro per raccoglierla, ma poi vedo che Ben sta indicando qualcosa. La parete. La luce indiretta ha in qualche modo fatto emergere le lettere scritte a mano sotto la vernice bianca. Riconosco la calligrafia all'istante: quelle parole tetre come spettri le ha scritte Margo.

ANDRAI NELLE CITTÀ DI CARTA
E NON TORNERAI PIÙ INDIETRO

Prendo la torcia e la punto contro la vernice. Il messaggio scompare, ma quando illumino gli altri angoli della parete, diventa di nuovo leggibile. «Merda» esclama Radar, sottovoce.

«Fratelli, ce ne possiamo andare adesso? Perché l'ultima volta che mi sono spaventato così... Basta. Non c'è niente di divertente in questa merda» dice Ben.

Non c'è niente di divertente in questa merda è quanto di più vicino Ben possa provare al terrore che sento io. E per quanto mi riguarda è vicino abbastanza. Mi affretto a tornare al Tunnel dei Troll. Sento le pareti che ci si chiudono addosso.

10.

Ben e Radar mi riportarono a casa. Avevano saltato la scuola, ma non potevano sopportare di saltare le prove della banda. Rimasi seduto a lungo da solo con *Io canto di me stesso* e per la decima volta provai a leggere tutta la poesia dall'inizio, ma è lunga circa ottanta pagine, oscura e piena di ripetizioni, e anche se capivo tutte le parole, non riuscivo a comprenderne il senso generale. Sapevo che le parti evidenziate erano probabilmente le uniche importanti, ma volevo capire se la poesia era davvero una specie di ultimo messaggio lasciato da una persona che ha deciso di suicidarsi. Non ne venivo a capo.

Arrivato alla decima, incomprensibile pagina, mi sentii impazzire e decisi di chiamare il detective. Tirai fuori il suo biglietto da visita dalla tasca di un paio di pantaloni ammucchiati nel cesto della biancheria. Mi rispose al secondo squillo.

«Warren.»

«Sì, salve, sono Quentin Jacobsen, un amico di Margo Roth Spiegelman.»

«Ehi, ragazzino, mi ricordo di te. Che succede?»

Gli dissi degli indizi, del centro commerciale, delle città di carta, di quando lei aveva definito Orlando una città di carta dalla cima del SunTrust Building, ma non ne aveva parlato al plurale, di quando mi aveva detto che non voleva essere trovata e dell'indicazione di cercarla sotto le suole delle nostre scarpe. Non mi fece notare che non avrei dovuto introdurmi in un edificio abbandonato né mi chiese che cosa ci facevo in un posto simile alle dieci del mattino di un giorno di scuola. Si limitò ad aspettare che finissi di parlare e mi disse: «Cristo, ragazzino, sei quasi un detective. Ti mancano solo una pistola, un po' di pelo sullo stomaco e tre ex mogli.»

«Ho paura che... insomma, che possa essersi uccisa.»

«Non mi è mai passato per la testa che quella ragazza abbia fatto qualcosa di più che scappare di casa. Capisco le tue preoccupazioni, ragazzino, ma ricordati che l'ha già fatto. Ha già lasciato indizi qua e là. Per dare maggiore drammaticità alla sua impresa. Credimi, ragazzino, se lei avesse voluto che tu la trovassi, viva o morta, ci saresti già riuscito.»

«Ma lei non...?»

«Il problema è che è adulta e dotata di libero arbitrio, capisci? Fatti dare un consiglio: aspetta che sia lei a tornare. Insomma, smettila di guardare il cielo, altrimenti uno di questi giorni abbasserai gli occhi e ti accorgerai che sei volato via anche tu.»

Riattaccai con un brutto sapore in bocca: di sicuro non sarebbe stata la vena poetica di Warren a portarmi da Margo. Continuai a pensare a quei versi finali che lei aveva evidenziato: "Lascio me stesso alla terra per nascere dalla terra che amo. / Se ancora mi vuoi cercami sotto la suola delle scarpe." L'erba, dice Whitman nei primi versi, è "la bella capigliatura delle tombe". Ma dov'erano le tombe? Dov'erano le città di carta?

Entrai in Omnictionary per vedere se c'era qualcosa in più sull'espressione "città di carta" di quanto ne sapessi io. Trovai un intervento utile e ragionato di un certo skunkbutt: "Una città di carta è una città dotata di una cartiera." Questo è il difetto di Omnictionary: la roba scritta da Radar era accurata ed estremamente utile; i contributi non filtrati di un qualunque skunkbutt lasciavano molto a desiderare. Poi però cercai sul web e trovai qualcosa di interessante in un forum sugli immobili in Kansas, sepolto sotto quaranta altri interventi.

> Sembra che il complesso residenziale Madison non verrà più costruito. Io e mio marito abbiamo comprato una proprietà lì, ma questa settimana ci hanno chiamato per dirci che ci ridaranno la caparra perché non hanno venduto abbastanza case per finanziare il progetto. Un'altra città di carta in Kansas! – Marge, Cawker, KS

Uno pseudoquartiere! Andrai negli pseudoquartieri e non tornerai più indietro. Presi un lungo respiro e rimasi a guardare lo schermo per un bel pezzo.

La conclusione sembrava inevitabile. Anche se dentro di lei tutto era rotto e deciso, non poteva permettersi di scomparire davvero. Per questo aveva deciso di lasciare il suo corpo – di lasciarlo a me – in una specie di versione fantasma del nostro quartiere, quello in cui i suoi primi fili si erano spezzati. Aveva detto che non voleva che venisse ritrovato da qualche bambino a caso, e ci stava che, tra tutte le persone che conosceva, avesse scelto me per questo compito. Non mi avrebbe sconvolto. Mi era già successo. Avevo esperienza in quel campo.

Vidi che Radar era online e stavo per contattarlo in chat, quando un suo messaggio mi anticipò.

> **OMNYCTIONARIAN96:** Ehi.
> **QTHERESURRECTION:** Città di carta = pseudoquartieri. Credo che voglia che sia io a ritrovare il suo corpo. Pensa che possa sopportarlo, visto che da bambini abbiamo trovato quel tizio morto insieme.

Gli mandai il link.

> **OMNYCTIONARIAN96:** Aspetta un attimo. Fammi dare un'occhiata.

QTHERESURRECTION: K.
OMNYCTIONARIAN96: Ok, ci sono. Sei morboso, smettila. Non c'è nulla di certo. Io credo che stia bene.
QTHERESURRECTION: No, non è vero che credi che stia bene.
OMNYCTIONARIAN96: Ok, no. Ma non possiamo fasciarci la testa così.
QTHERESURRECTION: Sì, forse hai ragione. Vado a dormire. I miei staranno per tornare.

Non riuscivo a calmarmi, così chiamai Ben dal letto e gli raccontai la mia teoria.

«Merda, è un tantino morboso, fratello. Però Margo sta bene, vedrai. Fa solo parte del suo gioco.»

«La stai mettendo giù piuttosto dura.»

Sospirò. «Be', di certo è un po' scortese da parte sua boicottare le ultime settimane di scuola in questo modo, no? Sta mettendo ansia sia a te che a Lacey e il ballo è fra tre giorni, ricordi? Non potremmo godercelo e basta?»

«Stai dicendo sul serio? Potrebbe essere *morta*, Ben.»

«Non è morta. Fa la primadonna. Vuole attenzione. Insomma, i suoi sono due stronzi, ok, ma la conoscono comunque meglio di noi, giusto? E loro pensano la stessa cosa.»

«Certe volte sei proprio un cazzone» dissi.

«Vabbe', fratello, abbiamo avuto tutti e due una giornata pesante. Troppe emozioni. Ti richiamo ASAP.» Volevo prenderlo in giro per il suo linguaggio da chat, ma non ne avevo le forze.

Dopo che ebbi riappeso, tornai a navigare sul web alla ricerca di una lista completa degli pseudoquartieri della Florida. Non riuscii a trovarne, ma utilizzando come chiavi di ricerca "quartieri abbandonati" e "Grovepoint Acres", dopo un po' riuscii a mettere insieme un elenco di cinque posti nel raggio di tre ore di macchina da Jefferson Park. Mi stampai una mappa della Florida centrale, l'attaccai alla parete sopra il computer ed evidenziai le cinque località con altrettante puntine da disegno. Non riuscivo a individuare un percorso che unisse quei luoghi. Erano distribuiti a caso tra i sobborghi più lontani e mi ci sarebbe voluta almeno una settimana per raggiungerli tutti. Perché non mi aveva lasciato un'indicazione precisa? Tutti quegli indizi oscuri-come-le-tenebre. Tutti quei segnali di tragedia. Ma nessun *luogo*. Niente a cui aggrapparsi. Era come scalare una montagna di ghiaia.

Ben mi diede il permesso di prendere TAPELS il giorno dopo, visto che loro sarebbero andati in giro a fare spese per il ballo con il SUV di Lacey. Così per una volta non dovetti restare ad aspettare davanti all'aula della banda. Quando la campanella della settima ora suonò, corsi alla macchina. Non ero bravo quanto Ben a far accendere TAPELS, così fui uno dei primi studenti ad arrivare al parcheggio e l'ultimo ad andarsene. Alla fine però il motore partì e mi avviai verso Grovepoint Acres.

Uscii dalla città e presi la Colonial. Guidavo piano, stando attento a notare gli eventuali pseudoquartieri che non avevo trovato online. Dietro di me si era formata una lunga fila di macchine: mi innervosiva il fatto di rallentarle così. Non capivo perché riuscisse ancora a turbarmi una cosa insignificante e merdosa come ciò che pensava il tizio sul SUV dietro di me della mia guida eccessivamente prudente. Avevo sperato che la scomparsa di Margo mi cambiasse, ma così non era stato.

Mentre le auto dietro di me mi seguivano come in un funerale a cui fossero costrette a partecipare, mi ritrovai a parlarle ad alta voce. *Seguirò il filo. Non tradirò la tua fiducia. Ti troverò.*

Quelle parole mi calmarono, stranamente. Mi impedirono di immaginare gli scenari possibili. Tornai davanti all'insegna di legno deformata di Grovepoint Acres. Riuscii quasi a sentire i sospiri di sollievo alle mie spalle quando svoltai a destra nella stradina asfaltata senza uscita. Sembrava un vialetto d'accesso, ma non portava a nessuna casa. Scesi dalla macchina lasciando il motore acceso. A guardarmi in giro ora, mi resi conto che i lavori a Grovepoint Acres erano più avanti di quanto non mi fossero sembrati all'inizio. Due strade senza uscita erano state tracciate nel terreno polveroso, ma ormai erano così rovinate che le distinguevo a fatica. Le percorsi comunque avanti e indietro tutte e due; riuscivo quasi a sentirmi il caldo torrido nelle narici. Il calore del sole rendeva ogni movimento più faticoso, ma io avevo dalla mia una meravigliosa benché malsana verità: la puzza dei cadaveri aumenta con il caldo, e non si sentivano odori strani in quel luogo, tranne quelli dell'aria afosa che respiravo e dello scarico della macchina, tutte esalazioni che a causa dell'umidità restavano basse, vicine al terreno.

Cercai qualche prova di un suo recente passaggio: orme, una scritta nella polvere o un oggetto lasciato in ricordo. Niente di niente: sembrava proprio che io fossi la prima persona a percorrere quelle strade dopo molti anni. Il terreno era pianeggiante e la vegetazione non era ricresciuta granché, perciò riuscivo a vedere lontano in tutte le direzioni. Niente tende. Niente fuochi di bivacco. Niente Margo.

Mi rimisi in macchina e presi la I-4, in direzione nordest, verso una località che si chiamava Holly Meadows. La superai tre volte prima di trovarla: c'erano solo querce e terreno incolto e nessuna insegna, il che non aiutava certo. Ma mi bastò inoltrarmi per qualche metro in una stradina sterrata per rendermi conto di essere in un luogo desolato non meno di Grovepoint Acres. La strada principale sfumava lentamente in un campo fangoso. Non vedevo altre vie, ma girovagando incrociai alcuni pali di legno verniciati abbandonati per terra. Pensai che dovessero servire a segnalare i confini dei lotti. Non fiutai né vidi nulla di sospetto, ma sentii lo stesso la paura premermi sul petto. All'inizio non capii perché, poi però la vidi: l'area da edificare era stata totalmente ripulita e la vegetazione rasa al suolo, tranne che per una quercia che si stagliava solitaria in fondo al campo. E quell'albero nodoso con i rami dalla spessa corteccia mi ricordò così tanto quello accanto a cui avevamo trovato Robert Joyner, nel parco Jefferson, che a un tratto fui sicuro che lei fosse lì, dietro la quercia.

E per la prima volta me la immaginai: Margo Roth Spiegelman appoggiata all'albero, gli occhi spenti, il sangue scuro che le usciva dalla bocca e il corpo gonfio e stravolto perché io ci avevo messo troppo tempo a ritrovarla. Si era fidata di me e aveva contato sul fatto che l'avrei trovata prima. Si era fidata di me dopo quella sua ultima notte. E avevo fallito. E anche se l'aria aveva solo un odore di più-tardi-forse-pioverà, ero sicuro che lei fosse lì.

E invece no. Era solo un albero solitario nella distesa grigia. Mi sedetti sotto la quercia e ripresi a respirare. Odiavo essere lì da solo. Odiavo tutto. Se lei pensava che Robert Joyner mi avesse preparato a una cosa del genere, si sbagliava. Io non conoscevo Robert Joyner. Non amavo Robert Joyner.

Presi a pugni il terreno, sempre più forte, sollevando la sabbia, fino a quando mi ritrovai a colpire le radici nude dell'albero. Continuai a colpire, mentre il dolore si estendeva dalle mani ai polsi. Non avevo mai pianto per Margo prima, ma alla fine mi ritrovai a farlo. Colpivo il terreno e urlavo, tanto nessuno poteva sentirmi: mi mancava mi mancava mi mancava mi manca.

Alla fine, anche dopo che le braccia cedettero per la stanchezza e le lacrime si furono asciugate, rimasi lì, seduto a pensare a lei finché la luce non si fece grigia.

11.

La mattina dopo, a scuola, trovai Ben fuori dell'aula della banda che parlava con Lacey, Radar e Angela all'ombra di un albero dai rami pendenti. Era dura sentirli parlare del ballo, della rivalità tra Lacey e Becca e storie simili. Stavo aspettando l'occasione per raccontare quello che avevo visto, ma quando riuscii a infilarmi nel discorso, quando alla fine dissi: «Ho esaminato con attenzione due pseudoquartieri, ma non ho trovato nulla», mi resi conto che in realtà non c'era niente di nuovo da dire.

Nessuno sembrava particolarmente interessato alla cosa, tranne Lacey. Scrollò la testa quando citai gli pseudoquartieri, e disse: «Ieri notte leggevo che spesso le persone che si suicidano escono da storie finite male. E che danno via le proprie cose. Margo mi aveva dato cinque paia di jeans la settimana scorsa dicendo che a me sarebbero stati meglio, il che non è affatto vero, perché lei è più... formosa, ecco.» Lacey mi è simpatica, ma in quel momento capii che cosa intendeva Margo quando diceva che la sminuiva.

Qualcosa di quel racconto le fece venire da piangere. Ben l'abbracciò, e lei nascose la testa contro la sua spalla, con tutte le complicazioni del caso, visto che con i tacchi Lacey era più alta di Ben.

«Lacey, dobbiamo trovare un posto. Insomma, parlane con i vostri amici in comune. Ha mai nominato le città di carta? Ha mai parlato di un posto in particolare? C'era un quartiere da qualche parte che aveva per lei un significato speciale?» Lacey scrollò la testa contro la spalla di Ben.

«Fratello, non strapazzarla» intervenne Ben. Io sospirai, ma non dissi nulla.

«Per quanto riguarda il web, Margo non è mai entrata in Omnictionary con il suo username da quando è scomparsa» disse Radar.

E poi, da un momento all'altro, si rimisero a parlare del ballo. Lacey emerse dalla spalla di Ben con l'aria ancora triste e assorta, ma quando Radar e Ben cominciarono a raccontare le loro avventure per l'acquisto dei bouquet abbozzò un sorriso.

Quel giorno trascorse come tutti gli altri: al rallentatore, scandito da migliaia di occhiate afflitte all'orologio. A me però sembrava più insopportabile del solito: ogni minuto che perdevo a scuola era un altro minuto in cui non ero riuscito a trovarla.

L'unica lezione che vagamente mi interessò fu quella d'inglese, durante la quale la professoressa Holden mi rovinò completamente la lettura di *Moby Dick* dando per scontato che l'avessimo già letto tutti e dilungandosi sull'ossessione del capitano Achab: trovare e uccidere quella balena bianca. Guardar crescere la sua eccitazione però fu divertente. «Achab è un pazzo che si scaglia contro le leggi del destino. In tutto il romanzo non desidera mai nient'altro, giusto? Ha un'unica e sola ossessione. E dal momento che è il capitano della nave, nessuno può fermarlo. Potreste concludere – e anzi, forse lo farete, se deciderete di scrivere il vostro elaborato finale su di lui – che è la sua ossessione a farlo uscire di testa. Ma potreste anche dedurre che c'è qualcosa di tragicamente eroico nel suo portare avanti una battaglia che è destinato a perdere. La speranza di Achab è una forma di pazzia o è la definizione stessa dell'essere umani?» Presi più appunti che potei, perché mi dissi che probabilmente avrei potuto scrivere la mia tesina senza leggere il libro. Sentendola parlare, mi resi conto che la Holden era straordinariamente brava a interpretare quello che leggeva. E aveva detto che le piaceva Whitman. Così, quando la campanella suonò, presi *Foglie d'erba* dallo zaino, che richiusi lentamente mentre tutti gli altri correvano a casa o verso le loro attività extracurricolari, e aspettai il mio turno dopo un mio compagno che stava chiedendo un po' di tempo in più per la consegna di un lavoro per cui era già in ritardo.

«Il mio lettore di Whitman preferito» mi disse vedendomi.

Mi sforzai di sorridere. «Lei conosce Margo Roth Spiegelman?» le chiesi. Si sedette alla sua scrivania e mi fece segno di sedermi davanti a lei. «Non è mai stata mia alunna, ma naturalmente ho sentito parlare di lei. So che è scappata.»

«Diciamo che mi ha lasciato questo libro di poesie prima di, ehm, scomparire.» Le passai il volume e lei cominciò a sfogliarlo lentamente. Le dissi: «Ho pensato moltissimo alle parti evidenziate. Se va a vedere la fine di *Io canto di me stesso* vedrà che ha segnato un pezzo sulla morte. Una cosa tipo: "Se ancora mi vuoi cercami sotto le suole delle scarpe."»

«Lo ha lasciato a te, quindi» disse calma la Holden.

«Eh sì» risposi.

Andò alle ultime pagine e batté con un'unghia sulla citazione evidenziata in verde. «E questa parte sugli stipiti delle porte? È un momento cruciale della poesia, in cui Whitman... Non lo senti mentre ti urla: "Aprite le porte! Anzi, rimuovete le porte!"?»

«In effetti lei mi ha lasciato una cosa nello stipite della mia porta.»

La professoressa Holden rise. «Be', astuta. Però è un poema così bello: non può essere ridotto al suo significato letterale. E sembra che lei l'abbia interpretato in modo molto cupo, mentre in fondo la poesia vuole essere ottimista. Parla del fatto che siamo connessi gli uni agli altri: ognuno di noi condivide lo stesso sistema di radici, come le foglie d'erba.»

«Sì, ma da quello che ha evidenziato Margo sembra quasi una specie di messaggio di una persona che sta pensando di suicidarsi» dissi io. La Holden rilesse le ultime strofe e mi guardò.

«Che errore, leggere questa poesia come un appello disperato. Spero che non sia questo il caso, Quentin. Se la leggi tutta, non puoi non arrivare alla conclusione che la vita è sacra e preziosa. Ma chi lo sa. Può darsi che Margo abbia preso solo ciò che cercava. Spesso leggiamo le poesie in questo modo. Se è così, però, ha completamente frainteso ciò che Whitman le stava chiedendo.»

«E cioè?»

Chiuse il libro e mi guardò diritto negli occhi. Non riuscii a sostenere il suo sguardo. «Tu che ne dici?»

«Non lo so» dissi, fissando un mucchio di compiti già corretti sulla sua scrivania. «Ho provato a leggerlo tutto un sacco di volte, ma non sono andato molto lontano. Perlopiù ho letto e riletto le parti evidenziate. Cercavo di capire qualcosa di Margo, non di Whitman.»

Lei prese una matita e scrisse qualcosa sul retro di una busta. «Aspetta un attimo, lo sto scrivendo.»

«Che cosa?»

«Quello che hai appena detto» mi spiegò.

«E perché?»

«Perché penso che sia esattamente ciò che Whitman avrebbe voluto: che *Io canto di me stesso* fosse letto non solo come una poesia, ma come un modo per comprendere gli altri. Forse però è il caso che tu lo legga proprio come una poesia, invece di concentrarti solo sugli indizi e le citazioni. Credo davvero che ci siano connessioni interessanti tra il poeta di *Io canto di me stesso* e Margo Spiegelman: il carisma selvaggio, lo spirito vagabondo. Una poesia però non può far sentire la propria voce se se ne legge solo qualche frammento qua e là.»

«Ok, grazie» dissi. Presi il libro e mi alzai. Non mi sentivo molto meglio.

Nel pomeriggio mi feci dare un passaggio da Ben e rimasi a casa sua finché lui non andò a prendere Radar per una festa pre-ballo a casa del nostro amico Jake, visto che i suoi erano fuori città. Ben mi aveva proposto di unirmi a loro, ma non ne avevo voglia.

Tornai a casa a piedi, attraversando il parco in cui io e Margo avevamo trovato il tizio morto. Mi ricordai di quella mattina e mi sentii una morsa allo stomaco, non per il tipo morto, ma perché era stata lei a trovarlo per prima. Persino nel campetto vicino a casa mia non ero stato capace di trovare un corpo per conto mio: come diavolo potevo riuscirci adesso?

La sera provai a rileggere *Io canto di me stesso*, ma, nonostante i consigli della Holden, continuava a sembrarmi un'accozzaglia di parole senza senso.

La mattina dopo mi svegliai presto, poco dopo le otto, e mi misi al computer. Ben era online, lo contattai subito.

QTHERESURRECTION: Com'era la festa?
ERASOLOUNINFEZIONERENALE: Una cagata. Come tutte le feste a cui vado.
QTHERESURRECTION: Peccato che me la sia persa. Sei già sveglio. Vieni a giocare a Resurrection?
ERASOLOUNINFEZIONERENALE: Stai scherzando?
QTHERESURRECTION: Mmm... no?
ERASOLOUNINFEZIONERENALE: Sai che giorno è oggi?
QTHERESURRECTION: Sabato 15 maggio?
ERASOLOUNINFEZIONERENALE: Fratello, il ballo è tra undici ore e quattordici minuti. Tra meno di nove ore dovrò andare a prendere Lacey. Non ho ancora lavato e tirato a lucido TAPELS, che tu, tra l'altro, hai provveduto a sporcare alla grande. E poi dovrò lavarmi, rasarmi e tagliarmi i peli del naso, insomma, tirarmi a lucido anch'io. Cavoli, non ho ancora cominciato. Ho un sacco di cose da fare. Senti, ti richiamo più tardi, se ce la faccio.

Anche Radar era online. Gli scrissi subito.

QTHERESURRECTION: Qual è il problema di Ben?

OMNICTIONARIAN96: Ehi, calma, bello.

QTHERESURRECTION: Scusa, è solo che mi rompe troppo sentirlo tutto così esiste-solo-il-ballo!

OMNICTIONARIAN96: Be', ti romperà ancora di più sapere che l'unica ragione per cui sono in piedi a quest'ora del mattino è che devo uscire per andare a ritirare il mio smoking.

QTHERESURRECTION: Cristo santo. Dici sul serio?

OMNICTIONARIAN96: Q, sarò contento di aiutarti nelle tue indagini, domani, dopodomani, il giorno dopo ancora e tutti gli altri giorni della mia vita. Ma ho una ragazza. Lei vuole divertirsi al ballo. E io anche. Non è colpa mia se Margo Roth Spiegelman ha deciso di rovinarci la festa.

Non sapevo che cosa dire. Forse Radar aveva ragione. Forse lei si meritava di essere dimenticata. In ogni caso io non potevo dimenticarla.

Mamma e papà erano ancora a letto a guardare un vecchio film alla tivù.

«Posso prendere la macchina?» chiesi.

«Certo, come mai?»

«Ho deciso di andare al ballo» risposi in fretta. La bugia mi era venuta in mente mentre la dicevo. «Devo prendere in prestito uno smoking e poi andare da Ben. Siamo tutti e due senza ragazza.» Mia madre si tirò su a sedere e mi sorrise.

«Mi sembra fantastico, tesoro. Vedrai, sarà bellissimo. Torni prima di andare al ballo, così facciamo qualche foto?»

«Mamma, vuoi davvero fotografarmi mentre sto andando al ballo da solo? Insomma, la mia vita non è già abbastanza umiliante?» Scoppiò a ridere.

«Chiama prima del coprifuoco» disse papà. Il coprifuoco era a mezzanotte.

«Sì, certo» risposi. Mentire ai miei era così facile che mi ritrovai a chiedermi come mai non l'avessi fatto regolarmente prima della notte con Margo.

Presi la I-4 direzione ovest, verso Kissimmee e i parchi a tema, attraversai l'I-Drive, quella che avevo percorso con Margo per andare al SeaWorld, e poi imboccai l'autostrada 27 verso sud, in direzione Haines City. È una zona di laghi, quella, e in Florida dove ci sono laghi ci sono anche le case dei ricchi, quindi sembrava improbabile poter trovare degli pseudoquartieri lì. Il sito web però era stato molto preciso su questo grande appezzamento blindato su cui nessuno era riuscito a costruire. Riconobbi il luogo all'istante, perché mentre tutti gli altri quartieri avevano un muro di cinta, a indicare Quail Hollow c'era solo un palo di plastica piantato nel terreno. Svoltai nel vialetto d'accesso e lessi i piccoli cartelli di plastica: IN VENDITA, POSIZIONE PRESTIGIOSA, GRANDI OPPORTUNITÀ D'INVE$TIMENTO.

A differenza degli altri pseudoquartieri, era evidente che c'era qualcuno che si prendeva cura di Quail Hollow. Non c'erano case, ma i lotti erano tutti separati da appositi paletti e l'erba era stata falciata di recente. Tutte le strade erano asfaltate e complete di targa con il nome. Al centro esatto del quartiere avevano scavato un lago perfettamente circolare che poi, per qualche motivo, era stato prosciugato. Mentre mi avvicinavo con la macchina, notai che era profondo circa tre metri e largo molte decine. Un tubo spuntava al centro del cratere, e sopra era stata montata una fontana di acciaio e alluminio che saliva fino ad altezza d'uomo. Ringraziai il cielo che il lago fosse vuoto, così non sarei dovuto rimanere a fissare l'acqua chiedendomi se lei era lì sotto in attesa che mi calassi in tenuta da sommozzatore per recuperarla.

Mi convinsi che Margo non poteva essere a Quail Hollow: confinava con troppi quartieri per poter essere un buon nascondiglio, sia per un vivo che per un morto. Però continuai a guardarmi intorno, e mentre vagavo per quelle strade a bordo della Chrysler fui travolto da un'ondata di disperazione. Avrei voluto sentirmi felice perché lei non era lì. Ma se non era a Quail Hollow, forse sarebbe stata nel posto dopo, o in quello dopo, o in quello dopo ancora. O forse non l'avrei mai trovata. Ed era quella la prospettiva migliore?

Finii i miei giri senza aver concluso nulla e mi riavviai verso l'autostrada. Presi qualcosa al drive-thru e mangiai guidando verso est, lungo la strada che portava al centro commerciale abbandonato.

12.

Entrando nel parcheggio, notai che qualcuno aveva sigillato con un nastro blu il buco nelle assi di compensato che avevamo aperto noi. Mi chiesi chi poteva essere entrato lì dopo che ci eravamo stati noi.

Andai sul retro e parcheggiai la macchina vicino a un bidone della spazzatura che non doveva aver visto un camion dei rifiuti da anni. Mi dissi che volendo avrei potuto strappare il nastro, e stavo per fare il giro dell'edificio quando notai che delle porte d'acciaio sul retro non si vedevano i cardini.

Grazie a Margo avevo imparato un paio di cosette sui cardini, e capii il motivo per cui noi tre non eravamo riusciti ad aprire le porte: bisognava spingerle, non tirarle. Raggiunsi la porta dell'ufficio della Mutui Martin Gale Corporation e la spinsi. Si aprì senza opporre resistenza. Dio, che idioti eravamo stati. Di sicuro chi si occupava dell'edificio sapeva che le porte non erano chiuse, il che rendeva la presenza del nastro ancora più incomprensibile.

Rovistai nello zainetto che avevo preparato al mattino e tirai fuori la potente torcia di mio padre, con la quale illuminai la stanza. Qualcosa di abbastanza grande sfrecciò a tutta velocità sulle travi del tetto. Rabbrividii. Alcune lucertole attraversarono di corsa il cono di luce.

Un raggio di sole entrava da un buco nel soffitto rischiarando l'angolo opposto della stanza. Anche attraverso il compensato filtrava un po' di luce naturale, ma io mi affidai alla torcia. Percorsi le file di scrivanie avanti e indietro, osservando gli oggetti che avevamo trovato nei cassetti e che avevamo lasciato lì. Era inquietante vedere su tutte le scrivanie, una dopo l'altra, lo stesso calendario fermo alla stessa data. Febbraio 1986. Febbraio 1986. Febbraio 1986. Giugno 1986. Febbraio 1986. Mi voltai e feci luce su una scrivania al centro della stanza. Il calendario era stato spostato a giugno. Mi avvicinai e osservai il blocchetto di carta, nella speranza di trovare il segno degli strappi là dove i mesi precedenti erano stati staccati o i leggeri solchi che la pressione di una penna poteva aver lasciato sulla carta, ma non c'era niente di diverso dagli altri calendari. Niente, a parte la data.

Tenendo la torcia tra collo e spalla, cominciai a rovistare di nuovo tra i cassetti delle scrivanie, facendo particolare attenzione a quello della scrivania datata giugno. C'erano fazzoletti, matite ancora appuntite, conti indirizzati a un tale Dennis McMahon, un pacchetto vuoto di Marlboro e una bottiglietta di smalto rosso quasi piena.

Presi la torcia in una mano e la bottiglietta nell'altra, e iniziai a esaminare lo smalto con attenzione. Il rosso era così scuro da sembrare nero. Avevo già visto quel colore. Era sul cruscotto della macchina di mia madre quella notte. All'improvviso i passetti sulle travi e gli scricchiolii dell'edificio diventarono irrilevanti. Mi sentii invadere da un'euforia perversa. Non potevo essere sicuro che fosse la stessa bottiglietta, naturalmente, ma di certo il colore era quello.

La girai: era macchiata di vernice blu. Innegabile. Veniva dalle sue dita, ormai ne ero sicuro. Era stata qui dopo che ci eravamo separati, quella mattina. E forse era ancora qui. Forse usciva allo scoperto solo di notte. Forse era stata lei a usare il nastro per difendere la sua privacy.

Decisi di restare fino alla mattina dopo. Se Margo aveva dormito lì, potevo farlo anch'io. E fu così che cominciai una breve conversazione con me stesso.

Io: Ma i topi.

Io: Sì, ma stanno sul soffitto.

Io: Ma le lucertole.

Io: Oh, dai. Quando eri piccolo, alle lucertole strappavi la coda di continuo. Non ti fanno davvero paura.

Io: Ma i *topi*.

Io: I topi non possono farti male. E hanno più paura loro di te che tu di loro.

Io: Va bene, ma come la mettiamo con i topi?

Io: Smettila.

Alla fine i topi non furono un vero problema. Ciò che contava era che mi trovavo in un luogo in cui Margo era stata viva. Un posto che l'aveva vista dopo di me, e il calore di quel pensiero mi fece stare quasi bene tra quelle mura. Cioè, non è che mi sentissi come un bambino tra le braccia della mamma, ma almeno il mio cuore aveva smesso di battere all'impazzata ogni volta che sentivo un rumore. E più mi sentivo a mio agio, più diventava facile andare in giro a esplorare. Sapevo che c'erano ancora molte cose da scoprire e mi sentivo pronto a trovarle.

Uscii dall'ufficio e mi infilai in un Tunnel dei Troll da cui arrivai nella stanza del labirinto di scaffali. Camminai tra le corsie per un po', poi entrai nel Tunnel seguente e finii nella stanza vuota. Mi sedetti sul tappeto arrotolato contro la parete di fondo. L'intonaco crepato si sbriciolò quando ci appoggiai la schiena. Rimasi lì per un po', abbastanza da riuscire a veder avanzare di qualche centimetro sul pavimento il raggio di sole tremolante che filtrava da un buco sul soffitto, mentre cominciavo ad abituarmi ai rumori del posto.

Poi mi stufai e strisciai nel negozio di souvenir attraverso l'ultimo Tunnel dei Troll. Frugai tra le T-shirt, tirai fuori dalla vetrinetta la scatola degli opuscoli turistici e li sfogliai, alla ricerca di qualche messaggio scarabocchiato da Margo, ma non trovai nulla.

Ritornai nella stanza che avevo cominciato a definire la biblioteca. Sfogliai le copie del *Reader's Digest* e trovai anche una collezione del *National Geographic* degli anni Sessanta, ma la scatola in cui li avevano conservati era coperta da un tale strato di polvere che decisi che Margo non poteva averla aperta.

Trovai qualche segno di presenza umana solo quando tornai nella stanza vuota. Sulla parete a cui era appoggiato il tappeto c'erano alcuni buchi, lasciati da puntine da disegno sull'intonaco crepato, in un punto in cui era venuta via la vernice. Quattro di questi formavano un quadrato più o meno regolare, all'interno del quale erano stati fatti altri cinque buchi. Ipotizzai che Margo potesse essere rimasta lì abbastanza a lungo da voler appendere qualche poster alla parete, anche se non mi era sembrato che ne mancassero dalla sua stanza quando l'avevamo passata al setaccio.

Cominciai a srotolare il tappeto e trovai subito qualcos'altro: una scatola vuota e schiacciata che in origine conteneva ventiquattro barrette energetiche. Mi ritrovai a immaginare Margo qui, appoggiata alla parete, seduta su quel tappeto pieno di muffa, che sgranocchia una barretta. Tutta sola, con nient'altro da mangiare. Una volta al giorno, forse, guida fino a un discount e si compra un panino e qualche lattina di Mountain Dew, ma per il resto passa tutto il giorno qui, su questo tappeto o negli immediati paraggi. Quell'immagine mi parve troppo triste per essere vera, così solitaria e così *poco* alla Margo. E tuttavia i fatti degli ultimi dieci giorni portavano tutti a una conclusione scioccante: Margo stessa, o almeno una parte di lei, era molto poco alla Margo.

Srotolai ancora il tappeto e trovai una coperta blu di maglia sottile come un giornale. La avvicinai al viso e... Dio, sì. Il suo profumo. Lo shampoo al lillà e la crema per il corpo alle mandorle, e sotto, lontana, la dolcezza leggera della sua pelle.

E a quel punto me la immagino di nuovo, mentre ogni sera srotola un po' il tappeto in modo da non stare sul cemento nudo quando si stende su un fianco. Poi striscia sotto la coperta, usa il resto del tappeto come cuscino e si addormenta. Ma perché proprio lì? Perché è meglio di casa sua? E se è davvero un gran posto dove stare, perché andarsene? Erano queste le cose non riuscivo a capire, e mi resi conto che non le capivo perché non conoscevo Margo. Conoscevo il suo profumo e sapevo come si comportava con me e come si comportava con gli altri, sapevo che le piacevano la Mountain Dew, le avventure e i gesti teatrali, e sapevo che era divertente e brillante e che in generale era più avanti di noi altri. Ma non sapevo che cosa l'avesse portata lì, che cosa l'avesse trattenuta e che cosa l'avesse fatta andare via. Non sapevo perché aveva migliaia di dischi ma non aveva mai rivelato a nessuno la sua passione per la musica. Non sapevo che cosa faceva di notte, con la tenda abbassata, la porta chiusa, nella privacy impenetrabile della sua stanza.

E forse era questo che dovevo fare più di ogni altra cosa: scoprire chi era Margo quando non era Margo.

Rimasi steso lì a guardare il soffitto per un po', con la coperta che sapeva di lei. Attraverso una crepa del soffitto si intravvedeva un frammento di cielo del tardo pomeriggio: sembrava una tela frastagliata dipinta di azzurro. Era un posto perfetto per dormire: di notte vedevi le stelle senza rischiare di beccarti la pioggia.

Chiamai i miei, come d'accordo. Mi rispose papà. Gli dissi che eravamo in macchina e che stavamo andando a prendere Radar e Angela e che avrei dormito da Ben. Mi raccomandò di non bere, io lo rassicurai e lui mi disse che era orgoglioso del fatto che stavo andando al ballo. E io mi chiesi se lo sarebbe stato altrettanto per quello che stavo facendo veramente.

Quel posto era noioso. Insomma, una volta affrontati i roditori e quei misteriosi scricchiolii alle pareti del tipo l'edificio-sta-crollando, non c'era altro da *fare*. Niente Internet, niente tivù, niente musica. Persino io mi stavo annoiando, il che rendeva ancora più strano il fatto che lei avesse scelto di stare lì. Margo mi era sempre sembrata una persona molto poco tollerante nei confronti della noia. Le piaceva l'idea di stare in un tugurio? Improbabile. Si era messa i jeans firmati per intrufolarsi nel SeaWorld.

Fu la mancanza di altri stimoli a farmi tornare a *Io canto di me stesso*, l'unico regalo certo che Margo mi avesse mai fatto. Mi sedetti a gambe incrociate sul pavimento, in un angolo con una macchia di umidità, proprio sotto il buco nel soffitto, e mi sistemai in modo che la luce battesse sul libro. E per qualche strana ragione, riuscii finalmente a leggerlo.

Il problema è che la poesia parte molto lentamente, con una specie di lunga introduzione, e solo intorno al novantesimo verso Whitman comincia a raccontare un po' la storia, ed è stato lì che la lettura ha iniziato a prendermi. Dunque, Whitman è sull'erba (a oziare, come dice lui) e:

Che cos'è l'erba? Mi chiese un bambino,
portandomene a piene mani;
Come potevo rispondergli? Non so meglio di lui che cosa sia.
Suppongo che sia lo stendardo della mia vocazione,
fatto col verde tessuto della speranza.

Ecco la speranza di cui mi aveva parlato la professoressa Holden: l'erba come metafora della speranza. Ma non solo. Continuava così:

O forse è il fazzoletto del Signore,
Un ricordo profumato lasciato cadere di proposito,

Sembrava che fosse anche una metafora della grandezza di Dio, o qualcosa del genere…

O forse l'erba stessa è un bambino,

E anche, poco dopo:

O un geroglifico uniforme,
Che voglia dire, crescendo tanto in ampi spazi che in strette fasce di terra,
Fra bianchi e gente di colore,

Quindi forse l'erba era una metafora del nostro essere tutti uguali e tutti connessi, come aveva detto la Holden. E per finire Whitman diceva:

E ora mi appare come la bella capigliatura delle tombe.

L'erba allora è anche la morte, perché cresce sui nostri corpi sepolti. Era stupefacente, quante cose fosse allo stesso tempo: metafora della vita, della morte, dell'uguaglianza, dei legami, dei bambini, di Dio e della speranza.

Non riuscivo a capire quale di queste idee fosse quella di fondo della poesia, se mai ce n'era una. Pensare all'erba e ai diversi modi in cui la si può vedere mi fece riflettere su tutti i modi in cui avevo visto e non visto Margo. Erano una marea. Mi ero perlopiù concentrato su quello che le era successo, ma ora, mentre cercavo di afferrare a pieno i tanti significati dell'erba, con ancora in bocca l'odore di Margo che impregnava la coperta, mi rendevo conto che la domanda più importante che dovevo farmi era *chi* stavo cercando. Se "Che cos'è l'erba" era una questione così problematica, "Chi è Margo Roth Spiegelman?" non poteva non esserlo altrettanto. Come in una metafora incomprensibile perché piena di applicazioni, tra le cose che mi aveva lasciato c'era abbastanza materiale per spaziare con l'immaginazione all'infinito, per concepire un numero illimitato di Margo.

Dovevo restringere il campo. Decisi che dovevano esserci cose in quel luogo che avevo frainteso o che non avevo proprio visto. Avrei voluto scoperchiare il tetto e fare luce sull'intero edificio in modo da poterlo vedere tutto insieme, e non un angolo illuminato alla volta. Lasciai andare la coperta di Margo e urlai, abbastanza forte perché tutti i topi mi sentissero: «Io Troverò Qualcosa Qui!»

Ricontrollai le scrivanie dell'ufficio, ma era sempre più chiaro che Margo aveva usato solo quella con lo smalto nel cassetto e il calendario datato giugno.

Mi infilai in un Tunnel dei Troll e tornai nella biblioteca, dove ripercorsi di nuovo le corsie degli scaffali abbandonati, alla ricerca di zone prive di polvere che mi indicassero che Margo aveva usato quegli spazi per qualche motivo. Non ne trovai. A quel punto, però, la mia torcia intercettò qualcosa su una mensola in alto, in un angolo della stanza, vicino alla finestra sbarrata che dava sulla facciata dell'edificio. Era il dorso di un libro.

Il titolo era *Strade d'America. La tua guida di viaggio*

e il libro era stato pubblicato nel 1998, *dopo* che il posto era stato abbandonato. Lo sfogliai incastrando la torcia tra spalla e collo. C'erano centinaia di attrazioni da visitare, dalla palla di spago più grande del mondo a Darwin, nel Minnesota, alla palla di francobolli più grande del mondo a Omaha, nel Nebraska. Qualcuno aveva piegato gli angoli di molte pagine in apparenza pescate a caso. Il libro non era troppo impolverato. Forse il SeaWorld era solo la prima fermata di un viaggio avventuroso che l'avrebbe fatta girare come una trottola. Sì, questo era possibile. Questa era Margo. Doveva essere capitata lì in qualche modo, ci era tornata e aveva portato man mano ciò che le serviva, ci aveva dormito per una notte o due e poi si era rimessa in strada. Me la vedevo benissimo a rimbalzare come una pallina da flipper fra le trappole per turisti.

Mentre l'ultima luce del giorno filtrava dai buchi del soffitto, trovai altri libri sugli scaffali. *Avventura in Nepal*; *I grandi panorami del Canada*; *L'America in automobile*; *Alla scoperta delle Bahamas*; *Andiamo in Bhutan*. Non sembrava che ci fossero connessioni evidenti tra quei libri, a parte il fatto che erano tutte guide di viaggio e che erano stati pubblicati dopo che il centro commerciale era stato sgombrato. Misi la torcia sotto il mento, impilai i volumi formando una colonna che dalla vita mi arrivava al petto e li portai nella stanza vuota che ormai consideravo la camera da letto.

Alla fine passai davvero la sera del ballo insieme a Margo, anche se non andò proprio come avevo sognato. Invece di piombare con lei nel bel mezzo della festa, mi sedetti sul tappeto arrotolato con la sua copertina logora sulle ginocchia e alternai i momenti in cui leggevo le guide alla luce della torcia a quelli in cui me ne stavo immobile ad ascoltare il ronzio delle cicale sopra e intorno a me.

Forse seduta lì, in quell'oscurità fragorosa, era stata assalita dalla disperazione e le era stato impossibile non pensare alla morte. Certo, me la vedevo.

Mi vedevo però anche questo: Margo in giro per mercatini dell'usato, che comprava tutte le guide a meno di un quarto di dollaro che le capitavano sotto gli occhi. E poi veniva qui – anche prima della sua fuga – a leggerle, lontana da occhi impiccioni. E le studiava per decidere le sue destinazioni. Sì. Si sarebbe messa in cammino, via da tutto, un palloncino che fluttuava nel cielo, divorando centinaia di chilometri al giorno, sempre in favore di vento. Era viva in questa ipotesi. Mi aveva fatto venire qui per darmi gli indizi utili a mettere insieme un itinerario? Forse. Io naturalmente ero molto lontano dall'aver scoperto un qualunque percorso. A giudicare da quei libri, poteva essere in Jamaica o in Namibia, a Topeka o a Pechino. Ma avevo appena cominciato a cercare.

13.

Nel sogno eravamo distesi su un angolo del tappeto; lei aveva la testa appoggiata alla mia spalla e teneva un braccio sul mio torace. Sdraiati a dormire, nient'altro. Che Dio mi aiuti. Sono l'unico adolescente americano che sogna di andare a letto con una ragazza e dormire. Fu allora che il mio cellulare squillò. Ci vollero altri due squilli prima che, annaspando, trovassi il telefono sul tappeto srotolato. Le 3:18 del mattino. Era Ben.

«Buongiorno, Ben» lo salutai.

«SÌÌÌ!!!!!» urlò lui, e capii che non era proprio il momento di raccontargli quello che avevo imparato e immaginato di Margo. Mi sembrava quasi di sentire la puzza di alcol attraverso il telefono. Quella singola parola, urlata così, aveva più punti esclamativi di qualunque cosa Ben mi avesse mai detto in tutta la sua vita.

«Direi che il ballo sta andando bene…»

«SÌÌÌ! Quentin Jacobsen! The Q! Il più grande Quentin d'America! SÌ!» La sua voce si fece più lontana, ma lo sentivo ancora. «Ehi, voi, zitti, aspetta un attimo, state zitti. È QUENTIN JACOBSEN! AL MIO TELEFONO!» Un grido di approvazione, poi Ben tornò a parlarmi: «SÌ, Quentin! SÌ! Fratello, devi venire qui.»

«Qui dove?» chiesi.

«A casa di Becca! Sai dov'è?»

Certo, sapevo benissimo dov'era. Ero stato nel suo seminterrato. «Sì, lo so, ma è notte fonda, Ben. E io sono...»

«SÌÌÌ!!! Devi venire. Subito!»

«Ben, ci sono altre cose più importanti in corso» dissi.

«L'AUTISTA DESIGNATO!»

«Cosa?»

«Sei il mio autista designato! SÌ! Super designato! Grande ad aver risposto! Grande! Devo rientrare per le sei. E ho scelto te per riaccompagnarmi a casa. SÌÌÌ!»

«Non puoi fermarti a dormire lì?»

«NOOO! Buuu. Buu a Quentin. Ehi, tutti insieme! Buuu, Quentin!» E tutti mi fecero buuu. «Sono tutti ubriachi. Ben è ubriaco. Lacey è ubriaca. Radar è ubriaco. Nessuno può guidare. A casa entro le sei. Promesso alla mamma. Buuu a Quentin il dormiglione! Sì a Quentin l'autista designato! SÌÌÌ!»

Feci un lungo respiro. Se Margo si fosse davvero manifestata, per le tre sarebbe già dovuta arrivare. «Dammi mezz'ora.»

«SÌ SÌ SÌ SÌ SÌ SÌ SÌ SÌ SÌ SÌ SÌ SÌ SÌ SÌÌÌÌÌ!!! SÌ! SÌ!»

Ben stava ancora urlando il suo *SÌ* quando riappesi. Rimasi disteso un altro minuto, per convincermi ad alzarmi, e poi mi tirai su. Ancora mezzo addormentato, attraversai i Tunnel dei Troll, superai la biblioteca e l'ufficio, poi uscii dalla porta sul retro e mi infilai nella Chrysler.

Arrivai nel quartiere di Becca Arrington poco prima delle quattro. C'erano decine di auto parcheggiate su entrambi i lati della strada e sapevo che le persone dentro erano molte di più, perché tante erano arrivate in limousine. Trovai posto a un paio di auto di distanza da TAPELS.

Non avevo mai visto Ben ubriaco. In decima, una volta avevo mandato giù un'intera bottiglia di una specie di vino rosa a una festa della banda. Aveva un sapore terribile, sia mentre lo bevevo sia quando mi tornò su. Ben mi si era seduto accanto nel bagno tutto Winnie-the-Pooh di Cassie Fuk mentre vomitavo a ripetizione una poltiglia rosa su un disegno di Ih Oh. Penso che fosse stata quell'esperienza a tenerci entrambi lontani da altre avventure alcoliche. Almeno fino a quella notte.

Avevo capito che Ben era andato, si sentiva già al telefono. Nessuna persona sobria ripete "sì" così tante volte al minuto. Ma quando aprii la porta di casa di Becca, dopo aver superato alcuni ragazzi che fumavano in cortile, non mi aspettavo di vedere Jase Worthington e altri due giocatori di baseball sorreggere un elegantissimo Ben a testa in giù sopra un barilotto di birra. Ben aveva il beccuccio in bocca e gli occhi dell'intera stanza addosso. Cantavano tutti insieme: «Diciotto, diciannove, venti» e per un attimo pensai che Ben fosse vittima di una tortura o qualcosa del genere. Mi sbagliavo: poppava da quel beccuccio come da un seno materno e la birra gli sbordava ai lati della bocca perché sorrideva. «Ventitré, ventiquattro, venticinque» urlavano tutti, eccitatissimi. Stavo assistendo a un grande evento, a quanto pareva.

Mi sembrava tutto così stupido e imbarazzante. Ragazzi di carta con il loro divertimento di carta. Mi feci strada tra la folla per raggiungere Ben e mi imbattei a sorpresa in Radar e Angela.

«Che cazzo succede?» chiesi.

Radar smise di contare e mi guardò. «SÌ!» esclamò. «L'Autista Designato. È giunto. SÌ!»

«Perché stanotte dicono tutti sempre "sì"?»

«Bella domanda» mi urlò Angela. Gonfiò le guance e sbuffò. Sembrava irritata quanto me.

«Sì, cavoli, è proprio una bella domanda» disse Radar, con due bicchieroni di plastica rossa stracolmi di birra, uno per mano.

«Sono tutti e due suoi» mi spiegò calma Angela.

«Perché non sei tu l'autista designato?» le chiesi.

«Vogliono te» rispose lei. «Volevano farti venire qui, credo.» Roteai gli occhi. Lei fece lo stesso, in segno di solidarietà.

«Deve piacerti proprio» dissi io, indicando Radar, che si era unito alla conta tenendo in alto entrambe le birre. Tutti parevano fieri di saper contare.

«Anche in questo momento lo trovo adorabile» disse lei.

«Disgustoso» commentai.

Radar mi diede un colpetto con un bicchiere. «Guarda il nostro Ben! Sembra una specie di fenomeno autistico delle gare di giù-nel-fusto. Dicono che sta, tipo, stabilendo un record mondiale.»

«Che cos'è una gara di giù-nel-fusto?

Angela indicò Ben. «Quello.»

«Oh» feci io. «Be', è... Voglio dire, quanto faticoso può essere stare appesi così a testa in giù?»

«Pare che il record di giù-nel-fusto della storia di Winter Park sia di sessantadue secondi» mi spiegò Angela. «Appartiene a Tony Yorrick.» Che sarebbe un ragazzo mastodontico che si era diplomato quando noi eravamo in prima e che al momento giocava nella squadra di football della University of Florida.

Ovviamente tifavo anch'io per Ben, ma non riuscivo a unirmi agli altri che urlavano: «Cinquantotto, cinquantanove, sessanta, sessantuno, sessantadue, sessantatré.» Ben si staccò dal beccuccio e gridò: «SÌÌÌ! SONO IL MIGLIORE! SONO IL RE DEL MONDO!» Jase e alcuni giocatori di baseball lo raddrizzarono e se lo presero sulle spalle. E a quel punto Ben gettò un'occhiata nella mia direzione, mi indicò e urlò il più alto e appassionato «SÌÌÌ!!!» che avessi mai sentito. Neanche i giocatori di calcio che vincono la Coppa del Mondo si esaltano così.

Ben saltò giù dalle spalle degli atleti, atterrò goffamente, poi si rimise in piedi barcollando un po'. Mi gettò le braccia al collo e urlò di nuovo: «Sì! Quentin è qui. Il Grande Uomo! Tutti per Quentin, il miglior amico del fottuto detentore del record mondiale di giù-nel-fusto!» Jase mi strofinò le nocche sulla testa e mi disse: «È il tuo momento, Q!» Sentii Radar sussurrarmi in un orecchio: «Capisci? Per questa gente siamo dei miti. Io e Angela abbiamo interrotto il nostro dopo-party per venire qui dopo che Ben mi ha detto che sarei stato accolto come un re. E in effetti stavano cantando il mio nome. Sembra che tutti qui pensino che Ben sia uno spasso, e di conseguenza anche noi siamo diventati molto popolari.»

«Wow» dissi a Radar e a tutti gli altri.

Ben si staccò da noi per buttarsi su Cassie Fuk. Le posò le mani sulle spalle e lei fece altrettanto. Ben disse: «La ragazza che ho portato al ballo stava per essere eletta reginetta» e Cassie: «Sì, lo so. Grande», e Ben: «Ogni singolo giorno degli ultimi tre anni ho sognato di baciarti», e Cassie: «Penso che dovresti farlo», e Ben: «Sì! Che figata!» Ma non baciò Cassie. Si voltò verso di me e mi disse: «Cassie vuole baciarmi!» E io: «Mmm, sì», e lui: «È una figata.» Un attimo dopo sembrava che si fosse dimenticato sia di me che di Cassie, come se l'idea di baciare Cassie Fuk fosse meglio che baciarla davvero.

Cassie mi disse: «Che festa pazzesca, no?» e io: «Mmm, sì», e lei: «Tutt'altra cosa rispetto alle feste della banda, no?» E io: «Mmm, sì», e lei: «Ben è completamente fuori, ma io lo adoro.» E io: «Mmm, sì.» «E poi ha gli occhi verdissimi» aggiunse, e io: «Uh-huh», e lei: «Tutti dicono che tu sei più carino, ma a me piace Ben», e io: «Nessun problema.» «Che festa pazzesca, no?» E io: «Mmm, sì.» Parlare con un ubriaco è come parlare con un bambino di tre anni troppo allegro e afflitto da danni permanenti al cervello.

Non appena Cassie si allontanò, mi ritrovai addosso Chuck Parson. «Jacobsen» mi disse, duro.

«Parson» risposi.

«Sei stato tu a radermi il mio cazzo di sopracciglio, vero?»

«No, non te l'ho rasato» dissi io, «ho usato la crema depilatoria.»

Mi colpì forte al centro del petto. «Sei una mezza sega!» disse, ma rideva. «Ci volevano due palle così, fratello. E ora ti sei messo a fare il burattinaio della scuola. Insomma, forse sono ubriaco, ma in questo momento il tuo culo peloso da mezza sega mi piace quasi.»

«Grazie» dissi. Mi sentivo così distaccato da tutte quelle stronzate, quelle cagate tipo la-scuola-sta-finendo-e-noi-dobbiamo-dirci-che-in-fondo-in-fondo-ci-vogliamo-tanto-bene. Immaginai lei a questa festa e a mille altre uguali, i suoi occhi sempre più spenti. La immaginai mentre ascoltava le chiacchiere di Chuck Parson e pensava a come andarsene, a come fuggire di lì, viva o morta. Vedevo le due possibilità con altrettanta chiarezza.

«Vuoi una birra, succhiacazzi?» chiese Chuck. Mi sarei potuto dimenticare di lui, se non fosse stato per la puzza di alcool che rendeva impossibile non notare la sua presenza. Scossi la testa, e lui se ne andò.

Volevo andare a casa, ma non potevo mettere fretta a Ben. Probabilmente stava vivendo il giorno più bello della sua vita. Gli spettava.

Così cercai le scale e mi avviai giù nel seminterrato. Ero stato al buio così a lungo che non vedevo l'ora di tornarci. L'unica cosa che volevo era trovare un posto abbastanza silenzioso e buio in cui stendermi e continuare a pensare a Margo. Ma quando passai accanto alla stanza di Becca sentii dei rumori soffocati – gemiti, per l'esattezza – e mi fermai davanti alla porta socchiusa.

Dentro c'era Jase, senza T-shirt, sopra Becca. Lei gli stava avvinghiata e lo circondava con le gambe. Nessuno dei due era nudo, ma sembrava proprio che stessero andando in quella direzione. Forse una persona migliore se ne sarebbe andata, ma quelli come me non hanno molte occasioni di vedere quelle come Becca Arrington nude, perciò rimasi lì, sull'uscio, a sbirciare nella stanza. Jase e Becca rotolarono sul letto, così adesso era lei a stare sopra a lui. Becca lo baciava e sospirava, mentre lui cercava di toglierle la camicia. «Mi trovi sexy?» gli chiese.

«Sì che sei sexy, Margo» rispose Jase.

«Che cosa?» ribatté Becca, furiosa, e mi fu subito chiaro che non l'avrei vista nuda. Cominciò a urlare. Io mi allontanai dalla porta, Jase mi vide e gridò: «Che cavolo vuoi?» E Becca: «Lascialo stare, chi cazzo se ne frega di lui? E io che cosa dovrei dire? Stavi pensando a lei invece che a me!»

Mi parve il momento giusto per defilarmi, perciò chiusi la porta e andai in bagno. Dovevo pisciare, ma soprattutto volevo starmene lontano da voci umane.

Mi ci vogliono sempre alcuni secondi per fare pipì dopo che ho messo in posizione l'armamentario, perciò aspettai un po' prima che partisse il getto. Ero arrivato al momento di massima pressione, con tanto di tremito di sollievo, quando sentii una voce di ragazza, che dalla vasca da bagno chiedeva: «Chi c'è?»

E io: «Uh, Lacey?»

«Quentin? Che diavolo ci fai qui?» Avrei voluto interrompere l'operazione, ma ovviamente non mi fu possibile. Pisciare è come leggere un bel libro: è durissima smettere una volta che hai cominciato.

«Ehmm, sto pisciando» dissi.

«E come va?» mi chiese, da dietro la tenda.

«Mmm, bene.» Scrollai via le ultime gocce, chiusi la zip e tirai lo sciacquone.

«Vuoi venire qui nella vasca?» mi chiese. «Non ci sto provando.»

Ci pensai un attimo, poi risposi: «Sì, certo» e aprii la tenda della doccia. Lacey mi sorrise e piegò le gambe, portandosi le ginocchia contro il petto. Mi sedetti di fronte a lei, con la schiena appoggiata alla fredda superficie di ceramica in pendenza. I nostri piedi erano intrecciati. Lacey indossava un paio di shorts, una canotta e ai piedi delle infradito deliziose. Aveva il trucco un po' sbavato attorno agli occhi. Si era tirata su i capelli – l'acconciatura reggeva ancora – e aveva le gambe abbronzate. Bisogna proprio dire che Lacey Pemberton era bellissima. Non il tipo di ragazza che può farti dimenticare Margo Roth Spiegelman, ma di sicuro il tipo che può farti dimenticare un sacco di cose.

«Com'è andato il ballo?» chiesi.

«Ben è dolcissimo» rispose. «Mi sono divertita. Poi però io e Becca abbiamo litigato di brutto, lei mi ha dato della puttana, è salita in piedi sul divano, ha zittito tutti e ha dichiarato pubblicamente che ho una malattia venerea.»

Sobbalzai. «Dio santo» dissi.

«Sì, sono praticamente rovinata... Una merda... Cristo, è stato così umiliante, e lei lo sapeva benissimo... Che schifo. Me ne sono venuta qui nella vasca da bagno, Ben mi ha seguito e gli ho detto di lasciarmi sola. Niente contro di lui, ma diciamo che non era molto in grado di ascoltarmi. È ubriaco fradicio. E poi non è vero che ce l'ho. Ce l'ho avuta. Sono guarita. Non sono una puttana. È successo con un ragazzo, uno solo. Un coglione. Dio santo, perché l'ho detto a Becca? Avrei dovuto raccontarlo a Margo e basta, senza lei tra i piedi.»

«Mi dispiace» dissi. «Il fatto è che Becca è gelosa, tutto qui.»

«Ma perché? Lei è la regina del ballo ed esce con Jase. È la nuova Margo.»

Schiacciato contro la ceramica, cominciai a sentirmi le natiche indolenzite e cambiai posizione. Ora le nostre ginocchia si toccavano. «Nessuno sarà mai la nuova Margo» dissi. «E comunque tu hai quello che Becca vuole davvero. Tutti ti adorano e ti trovano più carina di lei.»

Lacey scrollò le spalle, imbarazzata. «Credi che io sia superficiale?»

«Be'... sì.» Mi rividi davanti alla camera di Becca, a sperare che si togliesse la camicia. «Ma anche io lo sono» aggiunsi. «E anche tutti gli altri.» Spesso avevo pensato cose tipo *Se solo avessi il fisico di Jase Worthington. Se mi muovessi come se sapessi come ci si muove. Se baciassi come se sapessi come si bacia.*

«Non nello stesso modo. Io e Ben siamo superficiali nello stesso modo. A te non importa un accidente se non piaci agli altri.»

cuffietta blu da neonato in testa e brandiva una spada fatta con otto lattine di Milwaukee's Best Light, che, immaginai, erano state incollate insieme.

«TI VEDO!» urlò Ben, indicandomi con la spada. «ECCOTI QUA, QUENTIN JACOBSEN. SÌÌÌ! Vieni qui, inginocchiati» gridò.

«Che cosa? Smettila, Ben, calmati.»

«IN GINOCCHIO!»

Mi chinai, obbediente, e lo guardai.

Ben abbassò la spada di birre e me la batté prima su una spalla, poi sull'altra. «Con il potere conferitomi dalla supercolla della spada delle birre, io ti nomino mio autista designato.»

«Grazie» dissi io. «Non vomitarmi in macchina.»

«SÌ!» urlò. Quando provai a rialzarmi, mi ributtò giù con la mano libera e mi diede un altro colpo con l'arma, dicendo: «Con il potere conferitomi dalla supercolla della spada delle birre, io ti annuncio che il giorno del tuo diploma sarai nudo sotto la toga.»

«Che cosa?» sbottai, e mi tirai su.

«SÌ! Tu, Radar e io! Sotto la toga niente! Il giorno del diploma! Sarà una figata!»

«Sì, sarà proprio uno sballo» commentai io.

«SÌ!» fece lui. «Giura che lo farai! Radar ha già giurato! VERO, RADAR, CHE HAI GIURATO?»

Radar voltò appena la testa e aprì gli occhi a mezz'asta. «Sì, ho giurato» mormorò.

«Va bene, d'accordo, giuro anch'io» dissi.

«SÌ!» Poi si voltò verso Lacey. «Ti amo.»

«Ti amo anch'io, Ben.»

«No, *io ti amo*. Non come una sorella può amare un fratello o un amico può amare un amico. Io ti amo come un ragazzo molto ubriaco ama la ragazza migliore di tutti i tempi.» Sorrise.

Feci un passo verso di lui, deciso a salvarlo da altri imbarazzanti sviluppi, e gli misi una mano sulla spalla. «Dobbiamo andare, se vuoi rientrare a casa per le sei» dissi.

«Va bene, fammi solo ringraziare Becca per questa figata di festa.»

Io e Lacey seguimmo Ben al piano di sotto, dove lui aprì la porta della stanza di Becca e disse: «Una festa coi controcazzi! Tu invece sei una stronza. Nelle tue vene non scorre sangue, ma stronzaggine liquida. In ogni caso, grazie della birra!» Becca era sola, distesa sul letto, sopra le coperte, a fissare il soffitto. Non lo guardò nemmeno. Mormorò solo: «Oh, va' all'inferno, faccia di merda. Spero che la tua ragazza ti passi le sue piattole.»

Ben rispose, senza un minimo accenno di ironia nella voce: «È stato bello parlare con te» e chiuse la porta. Non penso che si fosse minimamente accorto di essere appena stato insultato.

Tornammo di sopra e ci preparammo a uscire. «Ben, mi sa che devi lasciare qui la spada delle birre» dissi io.

«D'accordo» disse lui. Afferrai la punta dell'arma e

la tirai, ma Ben si rifiutò di mollarla. Stavo per cominciare a urlare contro le sue chiappe ubriache, quando mi resi conto che *non poteva* mollare la spada.

Lacey si mise a ridere. «Ben, sei rimasto incollato alla spada delle birre?»

«No» rispose Ben. «Sono *super*incollato. Così nessuno potrà separarmi da lei.»

«Giusto» commentò Lacey, impassibile.

Io e Lacey riuscimmo a staccare tutte le lattine di birra tranne quella superincollata direttamente alla mano di Ben. Per quanto forte tirassi, la mano seguiva sempre la lattina, come se la birra fosse il filo e lei la marionetta. Alla fine Lacey disse: «Dobbiamo andare.» E così facemmo. Sistemammo Ben sul sedile di dietro, allacciandogli la cintura di sicurezza, e Lacey gli si sedette accanto, perché «Devo essere sicura che non vomiti e che non si ammazzi infilzandosi con la sua mano-lattina.»

Ben doveva essere proprio andato se Lacey si sentiva così a suo agio a parlare di lui. Eravamo sulla tangenziale quando lei mi disse: «Che cosa si può dire quando esagera così? Insomma, lo so che esagera, ma è una cosa così brutta? E poi è dolcissimo, no?»

«Sì, direi di sì» risposi. La testa di Ben ciondolava qua e là, come se non fosse connessa alla spina dorsale. A me non sembrava particolarmente dolce, ma vabbe'.

Portai a casa prima Lacey, dalla parte opposta di Jefferson Park. Quando lei gli si avvicinò e lo baciò sulla bocca, Ben si rianimò un minimo e biascicò un: «Sì.»

Lacey superò la portiera del guidatore e si avviò verso il suo condominio. «Grazie» mi disse. Annuii.

Guidai lungo le strade del quartiere. Non era più notte e non era ancora giorno. Ben russava piano dietro. Parcheggiai davanti a casa sua, scesi dall'auto, aprii lo sportello scorrevole e slacciai la cintura di sicurezza.

«È ora di tornare a casa, Benners.»

Lui tirò su col naso, scosse la testa e si svegliò. Si sfregò gli occhi e fu abbastanza sorpreso di vedere che attaccata alla mano destra aveva una lattina vuota di Milwaukee's Best Light. Strinse il pugno e accartocciò un po' la lattina, ma non riuscì a staccarla. La guardò un istante, poi annuì. «La Bestia si è fusa con me» commentò.

Saltò fuori dalla macchina e barcollò lungo il vialetto di casa sua. Arrivato sotto il portico, si voltò e mi sorrise. Lo salutai con la mano. La birra ricambiò.

14.

Dormii qualche ora, poi passai la mattina a esaminare con attenzione le guide di viaggio che avevo trovato il giorno prima. Aspettai mezzogiorno per telefonare a Ben e Radar. Chiamai prima Ben. «Buongiorno, splendore» lo salutai.

«Oddio» rispose lui, con la voce che grondava miseria e devastazione. «Oh, Gesù bambino, vieni a consolare il tuo fratellino Ben. Oh, Signore, inondami della tua misericordia.»

«Ci sono sviluppi sul fronte Margo» annunciai, eccitato. «Devi venire subito. Adesso chiamo anche Radar.»

Ben replicò come se non mi avesse sentito. «Ehi, com'è possibile che stamattina alle nove, quando mia madre è venuta nella mia stanza e io mi sono stiracchiato per sbadigliare, abbiamo scoperto che avevo una lattina di birra attaccata alla mano destra?»

«Hai superincollato varie lattine tra di loro per formare una spada di birre, e poi te ne sei superincollata una alla mano.»

«Ah, sì. La spada di birre. Mi dice qualcosa.»

«Ben, vieni qui.»

«Fratello, mi sento uno schifo.»

«Allora vengo io da te. Tra quanto?»

«Non puoi venire qui, fratello. Devo dormire diecimila ore, bere diecimila litri d'acqua e prendere diecimila aspirine. Ci vediamo domani a scuola.»

Respirai a fondo e cercai di controllare l'irritazione. «Ho attraversato la Florida centrale in piena notte per essere sobrio alla festa più alcolica del mondo e portare il tuo culo molle a casa, e questo è...» Avrei continuato a parlare, ma mi accorsi che Ben aveva riattaccato. Mi aveva appeso il telefono in faccia. Stronzo.

Più passava il tempo, più mi incazzavo. Sbattersene di Margo era un conto, ma adesso Ben se ne stava sbattendo anche di me, o no? Forse la nostra era sempre stata un'amicizia di convenienza: non aveva nessun altro più figo di me con cui giocare ai videogame. E ora non aveva più bisogno di essere gentile con me, di preoccuparsi delle cose a cui tenevo, perché ora aveva Jase Worthington, deteneva il record scolastico di giù-nel-fusto, era andato al ballo con una ragazza supersexy. Si era buttato a pesce sulla prima occasione che aveva avuto di entrare nella confraternita dei bulletti di merda.

Cinque minuti dopo lo richiamai. Non rispose, perciò gli lasciai un messaggio. «Ehi, Ben il Sanguinolento, vuoi diventare figo come Chuck? È questo che hai sempre voluto? Allora congratulazioni, ce l'hai fatta. E te lo meriti, perché sei una grossa merda anche tu. Evita di richiamarmi.»

Poi chiamai Radar. «Ciao» dissi.

«Ciao» rispose lui. «Stavo vomitando nella doccia, posso richiamarti?»

«Sì, certo» risposi, cercando di non sembrare seccato. Tutto quello che volevo era qualcuno che mi aiutasse a esplorare il mondo di Margo. Radar però non era Ben: mi richiamò due minuti dopo.

«È stato così disgustoso che mentre pulivo ho vomitato di nuovo, e ho dovuto rimettermi a pulire e ho vomitato di nuovo. È una specie di macchina del moto perpetuo. Se continuassero a darmi da mangiare, andrei avanti a vomitare per sempre.»

«Puoi venire qui? O vengo io da te?»

«Sì, certo. Che succede?»

«Margo era viva e si è nascosta nel supermercato almeno per una notte dopo la sua scomparsa.»

«Vengo da te. Tra quattro minuti.»

Radar si manifestò alla mia finestra esattamente quattro minuti dopo.

«Forse sai già che ho litigato di brutto con Ben» gli dissi, quando saltò dentro.

«Ho ancora i postumi di ieri sera, cercatevi un altro mediatore» rispose Radar. Si sdraiò sul letto, gli occhi semichiusi, e si grattò la massa di capelli arruffati. «Mi sento come se fossi stato colpito da un fulmine.» Tirò su col naso. «Va bene, aggiornami.» Mi sedetti sulla poltrona della scrivania e gli raccontai della mia serata nella casa delle vacanze di Margo, cercando di non tralasciare alcun particolare utile. Sapevo che Radar era più bravo di me con i puzzle e speravo che avrebbe ricomposto anche questo.

Non disse niente finché non arrivai al punto in cui "Mi ha chiamato Ben e sono andato alla festa".

«Ce l'hai quel libro, quello con le orecchie alle pagine?» mi chiese Radar. Mi abbassai e lo pescai da sotto il letto. Radar lo prese, se lo mise davanti, strizzò gli occhi per il mal di testa, e cominciò a sfogliarlo.

«Prendi nota» mi disse. «Omaha, Nebraska. Sac City, Iowa. Alexandria, Indiana. Darwin, Minnesota. Hollywood, California. Alliance, Nebraska. Ok. Queste sono le località che lei – o chiunque abbia letto questo libro – trovava interessanti.» Si alzò, mi fece cenno di lasciargli la sedia, si sedette e si proiettò davanti al computer. Radar aveva un incredibile talento nel condurre conversazioni mentre batteva sulla tastiera. «Esiste un servizio di mappe online che funziona così: tu inserisci più destinazioni e lei ti sputa fuori una serie di itinerari possibili. Non credo che Margo lo conosca, ma voglio provare comunque.»

«Come cazzo fai a sapere tutte queste cose?» chiesi.

«Mmm, ti rinfresco la memoria: Io. Passo. Ogni.

Minuto. Della. Mia. Vita. Su. Omnictionary. Nell'ora *che è trascorsa* tra quando sono rientrato a casa stamattina a quando mi sono lanciato nella doccia, ho riscritto completamente la pagina della rana pescatrice a chiazze blu. *Lo so, lo so, ho un problema.* Ok, ora dai un'occhiata qui.» Mi sporsi verso il monitor: un intrico di vie tortuose tracciate su una mappa degli Stati Uniti. Cominciavano tutte a Orlando e finivano a Hollywood, California.

«Magari è rimasta a LA» suggerì Radar.

«Magari. E comunque non abbiamo modo di ricostruire il suo percorso.»

«Giusto. E poi non c'è niente che porti a LA. Invece quello che aveva detto a Jase porta dritto dritto a New York. La frase "vai nelle città di carta e non tornerai più indietro" fa pensare più a uno pseudoquartiere qui intorno. Anche lo smalto per unghie lascia pensare che lei sia ancora nei paraggi. Insomma, forse possiamo aggiungere la città con la palla di popcorn più grande del mondo alla lista delle possibili tappe di Margo.»

«Questi spostamenti corrisponderebbero al verso di Whitman "Sono perennemente in viaggio".»

Radar stava curvo davanti al computer. Mi sedetti sul letto. «Ehi, stampi per favore una mappa degli Stati Uniti, così posso segnare le località?» chiesi.

«Posso fartela anche online» rispose lui.

«Sì, ma io voglio averla qui per poterla guardare.» La stampante si mise in moto un istante dopo. Appesi la mappa degli Stati Uniti accanto a quella degli pseudoquartieri. Piazzai una puntina da disegno su ciascuna delle località che lei (o qualcun altro) aveva segnato nel libro. Cercai di vederle tutte insieme, come una costellazione, immaginando che potessero comporre una sagoma o una lettera, ma non ne cavai nulla. Erano distribuite totalmente a caso, come se lei si fosse bendata e avesse lanciato freccette contro la mappa.

Sospirai. «Sai cosa non sarebbe male?» disse Radar. «Se potessimo controllare se è entrata nella sua mail o ha guardato qualche sito. Tutti i giorni faccio una ricerca con il suo nome: ho un programma che mi avvisa se si collega a Omnictionary usando il suo username. E traccio gli indirizzi di tutti gli utenti che cercano l'espressione "città di carta". È tremendamente frustrante.»

«Non sapevo che ti stessi sbattendo tanto» dissi.

«Sì, vabbe'. Sto solo facendo quello che vorrei che qualcun altro facesse per me. Non era mia amica, d'accordo, ma si merita di essere ritrovata, no?»

«Sempre che lo voglia» osservai.

«Sì, in effetti. Tutto è possibile.» Annuii. «Va bene, allora...» riprese, «potremmo consultarci davanti a un bel videogame?»

«Mmm, non sono in vena.»

«Allora chiamiamo Ben?»

«No, è uno stronzo.»

Radar mi guardò di sottecchi. «Certo che lo è. Sai

qual è il tuo problema, Quentin? Tu dagli altri ti aspetti che non siano se stessi. Insomma, io potrei odiarti per il fatto che sei sempre drammaticamente in ritardo o perché l'unica cosa che ti interessa è Margo Roth Spiegelman o perché non mi hai mai chiesto come va con la mia ragazza. Ma non me ne frega una mazza, perché tu sei tu. I miei genitori hanno un'infinità di Babbi Natale di colore del cazzo, ma non importa. Loro sono loro. Io sono così ossessionato da un sito web che qualche volta non rispondo al telefono ai miei amici o persino alla mia ragazza. Ma va bene lo stesso, io sono io. A te vado bene lo stesso. E tu vai bene a me. Sei divertente, sei forte, e anche se arrivi tardi, alla fine arrivi sempre.»

«Grazie.»

«Sì, vabbe', non volevo farti un complimento. Sto solo dicendo una cosa: tu devi smetterla di pensare che Ben dovrebbe essere te e Ben deve smetterla di pensare che tu dovresti essere lui. Vi rilassereste un casino.»

«Va bene» dissi alla fine, e chiamai Ben. La notizia che c'era anche Radar e che aveva voglia di giocare gli procurò una miracolosa guarigione dai postumi della sbornia.

«E allora» dissi, quando riattaccai, «com'è questa Angela?»

Radar rise. «È a posto, amico. Decisamente a posto. Grazie per avermelo chiesto.»

«Sei ancora vergine?» gli chiesi.

«Non diffondo informazioni confidenziali. E comunque sì. Ah, e stamattina abbiamo avuto il nostro primo litigio. Stavamo facendo colazione alla Waffle House, e lei continuava a parlare di che figata sono i Babbi Natale di colore, del fatto che i miei sono due grandi a collezionarli perché è importante che non diamo per scontato che tutte le cose migliori della nostra cultura, come Dio o Babbo Natale, siano bianche, e di come i Babbi Natale di colore rafforzino l'intera comunità afroamericana.»

«Direi che sì, insomma, direi che sono piuttosto d'accordo con lei» dissi.

«Sì, va bene, l'idea è buona, ma nella realtà sono tutte stronzate. Loro non stanno cercando di diffondere il Vangelo di Babbo Natale di colore. Se così fosse, li produrrebbero, i Babbi Natale di colore. Invece stanno solo cercando di comprarne l'intera produzione mondiale. C'è un vecchio, a Pittsburgh, che ha la seconda collezione al mondo, e loro sono sempre lì che cercano di comprargliela.»

Ben intervenne nel discorso dalla porta. Doveva essere arrivato da un po'. Disse: «Radar, la tua incapacità di dare una bottarella a quell'adorabile pollastra è la più grande tragedia umanitaria del nostro tempo.»

«Tutto a posto, Ben?» gli chiesi.

«Grazie per il passaggio dell'altra notte, fratello.»

15.

Anche se mancava solo una settimana agli esami, passai il pomeriggio di lunedì a leggere *Io canto di me stesso*. Sarei voluto andare a visitare gli altri due pseudoquartieri, ma a Ben serviva la macchina. Non stavo più cercando possibili indizi nella poesia. Stavo cercando Margo. Ero arrivato a metà del lungo componimento quando inciampai in altri versi che cominciai a leggere e rileggere.

"Ora non voglio che ascoltare" scrive Whitman. E nelle due pagine che seguono continua ad ascoltare: il fischio del vapore, le voci delle persone, un'opera lirica. Si siede sull'erba e si lascia penetrare dai suoni che lo circondano. Ed era la stessa cosa che stavo cercando di fare io: ascoltare tutti i piccoli suoni di Margo, perché per dar loro un senso dovevo prima di tutto sentirli. Per troppo tempo non avevo *ascoltato* Margo – l'avevo vista che urlava e avevo immaginato che ridesse – e ora mi rendevo conto che il mio compito era quello. Provare ad ascoltare la sua opera, anche a una distanza così grande.

Se non potevo ascoltare Margo, potevo almeno concentrarmi su quello che aveva ascoltato lei, così scaricai l'album delle cover di Woody Guthrie. Mi sedetti davanti al computer, con gli occhi chiusi e i gomiti sulla scrivania, ad ascoltare una voce che cantava una melodia in minore. Tra le note di una canzone che non avevo mai sentito prima cercai echi di una voce che facevo fatica a ricordare a distanza di dodici giorni.

Quando mia madre tornò a casa, stavo ancora ascoltando, stavolta un altro dei musicisti preferiti di Margo: Bob Dylan. «Papà farà un po' tardi» mi disse lei attraverso la porta chiusa. «Ti va se preparo hamburger di tacchino?»

«Perfetto» risposi. Richiusi gli occhi e mi rimisi ad ascoltare la musica. Non mi alzai più di lì finché mio padre non mi chiamò per la cena, un album e mezzo dopo.

A tavola mamma e papà parlarono della situazione politica in Medio Oriente. Nonostante fossero d'accordo su tutto, riuscirono a discutere animatamente e a inveire contro l'uno, che era un bugiardo, e contro l'altro, che era un bugiardo e un ladro, e a sbraitare che dovevano dimettersi tutti e due. Io mi concentrai sull'hamburger, squisito, che inzuppai di ketchup e seppellii sotto una montagna di cipolle grigliate.

«Va bene, ora basta» disse mia madre dopo un po'. «Com'è andata la tua giornata, Quentin?»

«Bene. Direi che sono pronto per gli esami» risposi.

«Non riesco a credere che questo sia il tuo ultimo anno di scuola» disse papà. «Sembra solo ieri...»

«Davvero» commentò mamma. Una voce nella mia testa gridò: ALLARME NOSTALGIA ATTENZIONE ALLARME ALLARME ALLARME. I miei sono in gamba, ma inclini a pericolosi attacchi di sentimentalismo.

«Siamo molto fieri di te» disse mia madre, «ma ci mancherai da morire il prossimo autunno.»

«Sì, già, ma aspettiamo a parlarne. Potrei sempre farmi bocciare in inglese.»

Mamma rise e disse: «Oh, indovina un po' chi ho incontrato alla YMCA ieri? Betty Parson. Mi ha detto che Chuck andrà alla University of Georgia. Sono contenta per lui: ha sempre fatto molta fatica.»

«È un pezzo di merda» dissi io.

«Be', era un prepotente» disse mio padre. «E si è comportato in modo molto spiacevole.» Tipico dei miei genitori: secondo loro nessuno può essere un pezzo di merda e basta. C'è sempre qualcosa di problematico dietro, non sono solo stronzi col botto: devono avere problemi di socializzazione, o magari personalità borderline, cose così.

Mia madre riprese il filo del discorso. «Ma Chuck ha difficoltà di apprendimento. Ha un sacco di problemi, come tutti, del resto. So che adesso ti è impossibile vedere i tuoi coetanei in quest'ottica, ma quando sarai adulto comincerai a vederli tutti come persone, sia i buoni che i cattivi. Semplici persone, che meritano di essere considerate. Affette da disturbi, nevrosi, difficoltà più o meno gravi a entrare in contatto con la realtà. Betty mi è sempre piaciuta e ho sempre sperato tutto il meglio per Chuck, quindi sono contenta che vada al college. Tu no?»

«Mamma, sinceramente non mi interessa molto di Chuck, comunque stiano le cose.» Quello che pensavo in realtà era: se tutte sono persone allo stesso modo, come mai mamma e papà odiano i politici israeliani e palestinesi? Di quelli non parlavano certo come se fossero persone.

Papà finì di masticare un boccone, poi posò la forchetta e mi guardò. «Più faccio il mio lavoro, più mi rendo conto che gli esseri umani sono sprovvisti di buoni specchi. È durissima per gli altri spiegare a noi come ci vedono e durissima per noi spiegare agli altri come ci sentiamo.»

«È proprio un bel pensiero» disse mamma. Mi piaceva vedere che si piacevano. «Ma non sarà anche che a un livello profondo ci è difficile considerare gli altri come esseri umani pari a noi? Tendiamo a idealizzarli come divinità o a bollarli come animali.»

«È vero. La coscienza apre ben misere finestre. Non credo di averci mai pensato in questi termini.»

Ero seduto. Ascoltavo. E sentivo cose su di lei, sulle finestre, sugli specchi. Chuck Parson era una persona.

Proprio come me. E anche Margo Roth Spiegelman era una persona. Non avevo mai pensato a lei in questi termini: un grave errore delle mie precedenti fantasie. Per tutto il tempo – non solo da quando era scomparsa, ma da dieci anni almeno – avevo pensato a lei senza ascoltare, senza sapere che l'avevo ridotta a una misera finestra. E non ero riuscito a pensare a lei come a una persona che poteva avere paura, che forse si sentiva sola in mezzo a tanta gente, che magari si vergognava di condividere la sua collezione di dischi perché era una cosa troppo personale. Una persona che divorava guide di viaggio perché voleva fuggire da una città in cui molti si rifugiavano. Una persona che non aveva nessuno con cui parlare perché nessuno l'aveva mai vista come una persona.

E tutt'a un tratto capii come si sentiva Margo Roth Spiegelman quando non era Margo Roth Spiegelman: vuota. Circondata da mura altissime. La immaginai stesa a dormire sul tappeto con quel pezzettino frastagliato di cielo sulla testa. Margo doveva essersi sentita a suo agio lì perché la persona Margo viveva sempre così: in una stanza abbandonata, con le finestre sbarrate e la luce che filtrava da qualche buco nel soffitto. Sì. L'errore fondamentale che avevo sempre fatto – e che lei mi aveva lasciato fare, a onor del vero – era questo: Margo non era un miracolo. Non era un'avventura. Non era una cosa incantevole e preziosa. Era una ragazza.

16.

Quel martedì l'orologio fu inclemente come sempre, ma il pensiero di essere vicino alla soluzione dei nodi mi dava l'impressione che il tempo si fosse fermato del tutto. Avevamo deciso di andare al centro commerciale subito dopo la scuola. L'attesa era insopportabile. Quando la campanella suonò, mi precipitai al piano terra e feci per catapultarmi fuori dall'edificio ma poi mi resi conto che per partire avremmo dovuto aspettare che Ben e Radar finissero le prove con la banda. Mi sedetti davanti all'aula e tirai fuori un pezzo di pizza avvolto in un tovagliolo, che avevo infilato nello zaino in pausa pranzo. Stavo per azzannarlo quando Lacey Pemberton mi si sedette accanto. Glielo offrii, ma lei rifiutò.

Ovviamente parlammo di Margo. Il buco che ci accomunava.

«Quello che vorrei riuscire a immaginare» dissi io, strofinandomi ben bene l'unto della pizza sui jeans, «è un posto. Non sono nemmeno sicuro che c'entrino gli pseudoquartieri. A volte mi sembra che siamo completamente fuori strada.»

«Bah, non lo so. Sinceramente, a parte tutto, mi piace scoprire cose di lei. Cose che prima non sapevo. Non avevo idea di chi fosse davvero. A dire la verità non avevo mai pensato a lei se non come alla mia bella e pazza amica che fa tutte le cose più belle e pazze.»

«Sì, ma lei non le faceva *così come venivano*» dissi io. «Tutte le sue avventure avevano una specie di... Non so come dire.»

«Eleganza» suggerì Lacey. «Lei è l'unica persona non adulta che conosco dotata di autentica eleganza.»

«Già.»

«E questo rende difficile immaginarla in una stanza sporca, senza luce e piena di polvere.»

«E di ratti» feci io.

Lacey si portò le ginocchia al petto, in posizione fetale. «Straziante. E *così* poco da Margo.»

Anche se era la più piccola di noi quattro, Lacey riuscì in qualche modo a prendere posto davanti. Ben era al volante. Sbuffai piuttosto rumorosamente quando Radar, seduto accanto a me, tirò fuori il palmare e si mise a lavorare a Omnictionary.

«Sto solo ripulendo la pagina di Chuck Norris dalle cavolate che hanno scritto» disse. «Per esempio, mentre so per certo che Chuck Norris è un maestro del calcio rotante, non credo proprio che sia vero che "le sue lacrime sono un valido antidoto al cancro, ma purtroppo lui non ha mai pianto". E comunque la missione-epurazione occupa solo il quattro per cento del mio cervello.»

Sapevo che Radar stava cercando di farmi ridere, ma io volevo parlare solo di una cosa. «Non sono sicuro che si trovi in uno pseudoquartiere. Forse non è a questo che si riferiva quando parlava di città di carta. Abbiamo trovato accenni a tanti posti, ma niente di *specifico*.»

Radar alzò gli occhi per un istante, poi tornò a guardare lo schermo.

«Personalmente penso che sia lontana, che stia facendo un ridicolo tour di ridicole attrazioni, convinta di aver lasciato abbastanza indizi per farsi ritrovare. Secondo me al momento è a Omaha, nel Nebraska, a visitare la palla di francobolli più grande del mondo, o nel Minnesota, alla ricerca della palla di corda più grande del mondo.»

Ben lanciò uno sguardo allo specchietto retrovisore e disse: «Quindi secondo te Margo sta facendo il tour nazionale delle Palle più Grandi del Mondo?» Radar annuì.

«Bene» continuò Ben, «allora qualcuno dovrebbe dirle di tornare a casa, perché le palle più grandi del mondo sono proprio qui a Orlando, in Florida, esposte in una vetrinetta speciale nota come "il mio scroto".»

Radar si mise a ridere e Ben continuò. «Dico sul

serio. Le mie palle sono talmente grandi che se ordini patatine fritte al McDonald's, puoi scegliere tra piccole, medie, grandi, e grandi come le mie palle.»

Lacey fulminò Ben con un'occhiataccia e disse: «Non. È. Il. Caso.»

«Scusa» mormorò Ben. «Secondo me è a Orlando. Se ne sta qui a guardare noi che la cerchiamo e i suoi che non la cercano.»

«Io voto sempre New York» disse Lacey.

«Tutte le strade sono ancora aperte» dissi. Una Margo per ognuno di noi, e ciascuna più specchio che finestra.

Il centro commerciale sembrava identico a due giorni prima. Ben parcheggiò e io feci entrare gli altri nell'ufficio attraverso la porta che non si tirava ma si spingeva. Una volta dentro, dissi a bassa voce: «Non accendete subito la torcia. Date agli occhi la possibilità di abituarsi al buio.» Sentii delle unghie che mi si conficcavano nel braccio. «È tutto a posto, Lacey.»

«Oops» disse lei. «Ho sbagliato braccio.» Stava cercando Ben, non me.

Piano piano, la stanza cominciò a emergere da quell'oscurità indistinta. Vidi le scrivanie allineate, sempre in attesa dei loro impiegati. Accesi la torcia, e gli altri fecero lo stesso. Ben e Lacey si avviarono verso il Tunnel dei Troll. Radar venne con me alla scrivania di Margo. Si inginocchiò per guardare da vicino il calendario fermo a giugno.

Mi stavo abbassando accanto a lui quando sentii alcuni passi venire nella nostra direzione.

«*C'è gente*» sussurrò Ben, agitato. Si tuffò sotto la scrivania di Margo, trascinandosi dietro Lacey.

«Cosa? Dove?»

«Nella stanza accanto» rispose. «Hanno la faccia coperta da maschere e sono tipo in divisa. Dobbiamo filare.»

Radar puntò la torcia verso il Tunnel dei Troll, ma Ben la spinse giù con forza. «Dobbiamo. Andare. Via. Di. Qui.» Lacey mi stava guardando con gli occhi sgranati. Credo che fosse un po' seccata perché le avevo promesso che quello era un posto sicuro e così non era.

«Va bene» sussurrai. «Allora tutti fuori, dalla porta d'ingresso. Veloci, velocissimi.» Avevo fatto pochi passi quando sentii una voce tuonare: «CHI È LÀ?»

Merda. «Ehm, stiamo solo facendo un giro» dissi. Che cacchio di risposta assurda. A quel punto una luce dal Tunnel dei Troll mi illuminò. Poteva essere Dio in persona.

«Che intenzioni avete?» C'era un vago, forzato accento britannico in quella voce.

Ben si alzò accanto a me. Fui contento di non essere solo. «Stiamo indagando sulla scomparsa di una persona» disse con grande sicurezza. «Non volevamo rompere niente.» Con uno scatto la luce si spostò e cominciai a battere le palpebre al buio finché non distinsi tre sagome, tutte in jeans e T-shirt, le facce coperte da maschere antigas. Uno di loro rialzò la maschera, se la mise sulla fronte e ci guardò. Riconobbi la barbetta a punta e la bocca larga.

«Gus?» chiese Lacey, e si alzò. Il guardiano del SunTrust.

«Lacey Pemberton. Gesù, che cavolo ci fai qui? E senza maschera! Questo posto è pieno di amianto.»

«No, *tu* che ci fai qui?»

«Sono in esplorazione» rispose lui. Ben si sentì abbastanza rassicurato da andare a dare la mano agli altri due e presentarsi. Risposero di chiamarsi Ace e Carpenter. Due pseudonimi, mi azzarderei a dire.

Recuperammo alcune sedie girevoli dalle scrivanie e ci sedemmo in una specie di cerchio. «Siete stati voi a rompere il compensato?» chiese Gus.

«Sono stato io» ammise Ben.

«L'avevamo fissato alle finestre per evitare che qualcuno entrasse. Se dalla strada si vedesse che c'è un modo per entrare, arriverebbe un sacco di gente che non ne sa un cazzo di esplorazione. Vagabondi, drogati, di tutto e di più.»

Mi alzai, mi avvicinai a loro e chiesi: «Quindi voi sapete se… se Margo è stata qui?»

Prima che Gus riuscisse a rispondere, Ace parlò da dietro la maschera. La sua voce era un po' alterata ma comprensibile. «Bello, Margo era sempre qui. Noi veniamo poche volte all'anno, c'è amianto dappertutto e non è certo un bel posto, ma lei l'abbiamo trovata quasi sempre quando siamo passati negli ultimi due anni. Era uno schianto, eh?»

«Era?» chiese Lacey, secca.

«È scappata, no?»

«E voi che ne sapete?» domandò ancora Lacey.

«Niente, Cristo santo. L'ho vista con lui un paio di settimane fa» rispose Gus, indicandomi con un cenno. «E poi ho sentito dire che è scappata. Un paio di giorni dopo mi è venuto in mente che poteva essere qui, perciò siamo venuti a fare un giro.»

«Non ho mai capito come potesse piacerle tanto questo posto. Non c'e niente. Non è granché per le esplorazioni» disse Carpenter.

«Che cosa intendete con esplorazioni?» chiese Lacey a Gus.

«Esplorazioni urbane. Entriamo negli edifici abbandonati, li esploriamo, li fotografiamo. Non prendiamo niente e non lasciamo niente. Guardiamo e basta.»

«È un hobby» disse Ace. «All'epoca delle superiori, Gus faceva partecipare anche Margo.»

«Aveva sì e no tredici anni, ma che occhio!» disse Gus. «Riusciva a trovare il modo di entrare ovunque. Prima lo facevamo così, ogni tanto. Ora invece organizziamo spedizioni tre volte a settimana. Dappertutto ci sono posti da esplorare. C'è un ospedale psichiatrico abbandonato a Clearwater. È incredibile. Si vede dove legavano i matti per l'elettroshock. E c'è anche una vecchia prigione, più a ovest. Ma esplorare non era quello che interessava a lei. Le piaceva entrare nei posti per *restarci.*»

«Sì, mamma mia, che rottura» commentò Ace.

Carpenter proseguì: «Non faceva neanche foto. Non andava in giro a cercare cose. A lei piaceva soltanto entrare e sedersi. Avete presente quel suo quaderno nero? Si sedeva in un angolo e scriveva, come se fosse a casa sua a fare i compiti.»

«A dire la verità, non era molto interessata alla cosa in sé. All'avventura» disse Gus. «Sembrava più che altro depressa.»

Volevo che continuassero a parlare perché mi sembrava che i loro racconti potessero aiutarmi a immaginarla un po' meglio. All'improvviso però Lacey si alzò e allontanò la sedia alle sue spalle con un calcio. «E non ti è mai venuto in mente di chiederle perché era depressa? O perché se ne veniva in questi posti del cazzo? Non te ne sei mai preoccupato?» Gli stava addosso, ora, e urlava, e lui scattò in piedi: era più alto di lei di una quindicina di centimetri. Carpenter allora disse: «Ehi, spegnete un po' questa troietta.»

«Non ti permettere!» gridò Ben, e prima che riuscissi a capire che cosa stava succedendo, strattonò Carpenter, che cadde rovinosamente giù dalla sedia atterrando su una spalla. Ben si mise a cavalcioni su di lui e cominciò a riempirlo di botte, accanendosi sulla sua maschera con pugni e schiaffi, urlando: «LA TROIA SARAI TU!» Mi tirai su e afferrai Ben per un braccio, mentre Radar gli bloccava l'altro. Lo tirammo via da Carpenter, ma lui continuò a gridare: «Sono furioso. Godevo a prenderlo a pugni. Voglio ricominciare.»

«Ben» dissi, cercando di sembrare calmo, cercando di sembrare mia madre. «Ben, va tutto bene. Ti sei fatto capire.»

Gus e Ace presero Carpenter, e Gus disse: «Cristo santo. Ce ne andiamo, ok? Il posto è vostro.»

Ace arraffò l'attrezzatura fotografica e tutti insieme se la filarono dalla porta sul retro. Lacey cominciò a spiegarmi perché lo conosceva. «Faceva l'ultimo anno quando noi eravamo m...»

La bloccai. Non aveva più importanza.

Radar invece sapeva che cosa aveva importanza. Tornò subito al calendario, tenendo gli occhi a due centimetri dalla carta. «Non mi sembra che ci fosse scritto niente nella pagina di maggio» disse. «La carta è molto sottile e dovrebbero vedersi i segni della penna, ma non posso esserne sicuro al cento per cento.» Si spostò, in cerca di nuovi indizi. Vidi le torce di Ben e Lacey inabissarsi nel Tunnel dei Troll. Io rimasi nell'ufficio, a pensare a lei. La immaginai insieme a quei ragazzi, di quattro anni più grandi, mentre si intrufolava in edifici abbandonati. Quella era la Margo che avevo conosciuto. Poi però, all'interno di quegli edifici, non era più quella che mi ricordavo. Mentre gli altri se ne andavano in giro a esplorare, fare foto, saltellare da una parete all'altra, Margo si sedeva sul pavimento e scriveva.

Dalla stanza accanto Ben urlò: «Q! Abbiamo trovato qualcosa!»

Mi asciugai il sudore dalla faccia con entrambe le maniche della camicia e mi tirai su aggrappandomi alla scrivania di Margo. Attraversai la stanza, m'infilai nel Tunnel dei Troll e avanzai verso le tre torce che stavano esplorando la parete sopra il tappeto arrotolato.

«Guarda» disse Ben, disegnando con il raggio un quadrato sulla parete.

«Sai quei piccoli buchi di cui parlavi?»

«Sì?»

«Forse aveva attaccato qualcosa alla parete. Cartoline o foto, a giudicare da come sono disposti i fori. Che poi forse ha portato con sé» disse Ben.

«Sì, forse» commentai. «Mi piacerebbe trovare il quaderno di cui parlava Gus.»

«Sì, mi sono ricordata di quel quaderno solo quando ne ha parlato lui» disse Lacey; il fascio di luce della mia torcia le illuminava soltanto le gambe. «Ne aveva sempre uno con sé. Non l'ho mai vista scriverci, pensavo che fosse un'agenda. Cavoli, non le ho mai chiesto niente. E pensare che me la sono presa con Gus, che non era neppure suo amico. Ma io, le ho mai chiesto niente, io?»

«Lei non ti avrebbe risposto, in ogni caso» dissi. Era disonesto far finta che Margo non avesse avuto una parte importante nel proprio occultamento.

Girovagammo per un'altra ora, e proprio quando ormai mi ero convinto che la nostra spedizione era stata inutile, la luce della mia torcia si posò sugli opuscoli che avevo visto impilati in un castello di carta la prima volta che eravamo stati lì. Uno dei dépliant era dedicato a Grovepoint Acres. Il cuore mi batteva all'impazzata mentre aprivo gli altri. Corsi al mio zaino, vicino alla porta d'ingresso, e tornai indietro con una penna e un quaderno, su cui scrissi i nomi di tutti i quartieri pubblicizzati. Ne riconobbi uno all'istante: Collier Farms. Era uno dei due pseudoquartieri sulla mia lista che non avevo ancora visitato. Finii di copiare i nomi e rimisi il quaderno nello zaino. Datemi dell'egoista, ma se e quando l'avessi ritrovata, volevo essere solo.

17.

Quando mia madre rientrò a casa dal lavoro, quel venerdì, le dissi che stavo andando a un concerto con Radar, montai in macchina e presi la strada che portava alla Contea rurale di Seminole alla ricerca di Collier Farms. Alla fine era saltato fuori che gli altri quartieri pubblicizzati su quegli opuscoli esistevano davvero e che erano quasi tutti a nord della città, in un'area completamente edificata già da moltissimo tempo.

Trovai lo svincolo per Collier Farms solo perché ormai ero diventato un esperto in fatto di vialetti d'accesso sterrati difficili-da-vedere. Collier Farms era diversa da tutti gli altri pseudoquartieri in cui ero stato: era invasa da alte erbacce selvagge e sembrava abbandonata da almeno cinquant'anni. Non avrei saputo dire se era più vecchia degli altri pseudoquartieri o se era stata la terra piatta e paludosa a far crescere tutto più in fretta; di certo, dopo pochi metri la strada d'accesso a Collier Farms si fece impraticabile perché una fitta selva di rovi aveva invaso tutta la carreggiata.

Scesi dall'auto e m'incamminai a piedi. L'erba mi graffiava gli stinchi, e a ogni passo le mie scarpe da ginnastica affondavano nel fango. Non potei fare a meno di sperare che avesse piantato una tenda lì da qualche parte, su un fazzoletto di terra soprelevato di almeno mezzo metro per difendersi dalla pioggia. Camminavo piano, perché c'erano molte più cose da vedere e molti più angoli nascosti che negli altri posti in cui ero stato, e perché sapevo che quello pseudoquartiere aveva un legame diretto con il centro commerciale. La vegetazione era così fitta che avanzavo molto lentamente, e nel frattempo esaminavo ogni scorcio e setacciavo ogni posto grande abbastanza da ospitare una persona. In fondo alla strada vidi abbandonata sul fango una scatola di cartone blu e bianca, che per un istante mi parve la stessa delle barrette energetiche del centro commerciale. E invece no, era lo scatolone marcito di una cassa da dodici di birra. Tornai faticosamente al centro commerciale e mi avviai verso Logan Pines, un posto più a nord.

Mi ci volle un'ora per arrivare all'Ocala National Forest, che stava fuori dall'area metropolitana di Orlando. Qualche chilometro dopo mi chiamò Ben.

«Ciao.»

«Sempre dietro alle tue città di carta?»

«Sì. Sono quasi arrivato all'ultima. Ma ancora niente.»

«Fratello, stammi a sentire. I genitori di Radar hanno dovuto lasciare la città all'improvviso.»

«È successo qualcosa?» chiesi. Sapevo che i nonni di Radar erano molto vecchi e vivevano in una casa di cura a Miami.

«Sì, sì, senti qua: hai presente quel tipo di Pittsburgh che ha la seconda collezione mondiale di Babbi Natale di colore?»

«Sì?»

«È morto.»

«Stai scherzando?»

«Fratello, io non scherzo sulla morte di un collezionista di Babbi Natale di colore. Ha avuto un aneurisma, e i genitori di Radar stanno volando in Pennsylvania per comprare la sua collezione. Perciò abbiamo invitato un po' di gente.»

«Abbiamo chi?»

«Io, tu e Radar. Siamo i padroni di casa.»

«Mmm, non lo so.»

Ci fu una pausa, poi Ben mi chiamò con il mio nome completo. «Quentin» disse, «io voglio che tu la trovi, lo so che in questo momento è la cosa più importante per te. Ed è fantastico. Ma ci diplomiamo tra una settimana: non ti sto chiedendo di abbandonare la tua ricerca, ti sto solo chiedendo di partecipare a una festa con i tuoi due migliori amici, che conosci da metà della tua vita. Ti sto chiedendo di passare due o tre ore a bere cocktail dolciastri da ragazzina adorabile quale tu sei, e altre due, tre ore a vomitare dal naso le summenzionate bibite. Dopodiché sarai libero di tornare a spulciare nei tuoi vecchi cantieri abbandonati.»

Mi seccava che Ben volesse parlare di Margo solo quando c'era di mezzo un'avventura che lo solleticava e che trovasse assurdo che le dessi la priorità sui miei amici, nonostante lei fosse scomparsa e loro no. Ma Ben era Ben, come mi aveva detto Radar. E io dopotutto non avevo altre mete dopo Logan Pines. «Faccio quest'ultimo giro e ho finito.»

Logan Pines era l'ultimo pseudoquartiere della Florida Centrale, o almeno l'ultimo di cui fossi a conoscenza, quindi ci speravo molto. Frugando la sua unica stradina senza uscita con la mia torcia però non vidi alcuna tenda. Nessun fuoco di bivacco. Nessuna cartaccia. Nessun segno di presenza umana. Niente Margo. Trovai soltanto, alla fine della strada, gli scavi per le fondamenta. Non c'erano tracce di costruzioni, però: solo un buco nel terreno fangoso che somigliava alla bocca aperta di un morto, con rovi aggrovigliati ed erba altissima che crescevano tutto intorno. Se davvero lei voleva che visitassi quei posti, io proprio non capivo il perché. E se Margo era andata negli pseudoquartieri per non tornare più indietro, doveva conoscere un posto che durante le mie ricerche io non avevo ancora scoperto.

Ci misi un'ora e mezza per tornare a Jefferson Park. Lasciai la macchina a casa, mi infilai una polo e l'unico paio di jeans decenti che avevo e m'incamminai su per Jefferson Way, svoltai in Jefferson Court, e poi a destra, in Jefferson Road. Su entrambi i lati di Jefferson Place, la via in cui abitava Radar, erano già parcheggiate alcune auto. Ed erano solo le nove meno un quarto.

Aprii la porta d'ingresso e fui accolto da Radar. Portava un carico di Babbi Natale di colore di gesso. «Devo far sparire tutti i più belli» disse. «Non sia mai che se ne rompa uno.»

«Ti serve una mano?» chiesi. Radar annuì, e indicò il soggiorno, dove sui tavolini ai due lati del divano erano allineati tre set di matrioske a forma di Babbi Natale di colore. Mentre le rimettevo una dentro l'altra non potei fare a meno di notare che erano davvero bellissime: dipinte a mano e curate in ogni minimo dettaglio. Non lo dissi a Radar: avrebbe potuto colpirmi a morte con la lampada di Babbo Natale di colore del soggiorno.

Portai le matrioske nella camera degli ospiti, dove Radar stava nascondendo con molta cura i Babbi in un armadio. «Sai una cosa? A vederli tutti insieme, ti viene davvero da farti domande su come immaginiamo i nostri miti.»

Radar sgranò gli occhi. «Sì, certo, io mi interrogo sempre sul modo in cui immaginiamo i nostri miti mentre ogni mattina mangio cereali con uno stramaledetto cucchiaio di Babbo Natale di colore.»

Sentii una mano sulla spalla e mi voltai. Era Ben.

Non stava fermo un attimo con i piedi, come se dovesse fare pipì. «Ci siamo baciati. Cioè, lei mi ha baciato. Dieci minuti fa. Sul letto dei genitori di Radar.»

«Che schifo» esclamò Radar. «Non provare a fartela nel letto dei miei.»

«Wow, pensavo che aveste già superato quella fase» commentai io. «Con te che fai tanto il macho…»

«Smettila, fratello. Mi prende malissimo» mi disse guardandomi fisso, con gli occhi che quasi si incrociavano. «Mi sa che non sono molto bravo.»

«A fare cosa?»

«A baciare. Insomma, lei ha molta più esperienza di me. Non voglio baciare da schifo e farmi scaricare. Tu piaci alle ragazze» mi disse, che al più era vero se per *ragazze* si intendevano "le ragazze della banda". «Ho bisogno di un consiglio, fratello.»

Ero tentato di rinfacciargli tutte le infinite chiacchiere sugli svariati modi in cui avrebbe fatto impazzire svariati corpi, ma mi limitai a dire: «Per quel che ne so io, ci sono due regole di base: 1. Non mordere senza permesso, e 2. La lingua umana è come il wasabi: molto potente, ma da usare con moderazione.»

Gli occhi di Ben si accesero per il panico. Trasalii. «È proprio dietro di me, vero?»

«La lingua umana è come il wasabi» mi fece il verso Lacey, con una voce ridicola e profonda, che sperai non assomigliasse davvero alla mia. Mi voltai. «In realtà io credo proprio che la lingua di Ben sia come una crema solare» continuò lei. «Fa bene alla salute e va spalmata dappertutto.»

«Mi sono appena vomitato in bocca» disse Radar.

«Lacey, hai azzerato la mia volontà di continuare il discorso» dissi io.

«Quanto vorrei cancellare questa immagine dalla mia testa» disse Radar.

E io: «La sola idea è così nauseabonda che anche solo pronunciare le parole "La lingua di Ben Starling" in televisione è vietato per legge.»

«E la pena per i trasgressori è dieci anni di prigione o farsi leccare dalla testa ai piedi dalla lingua di Ben Starling» disse Radar.

«Tutti» dissi io.

«Scelgono» disse Radar, sorridendo.

«La prigione» esclamammo insieme.

E poi Lacey baciò Ben lì, davanti a noi. «Oh, mio Dio» gridò Radar, agitando le mani davanti alla faccia. «Oh, mio Dio, sono cieco, sono cieco!»

«Smettila, per favore» dissi io. «Stai traumatizzando i Babbi Natale di colore.»

La festa finì con noi tutti e venti riuniti nel salotto buono al primo piano della casa di Radar. Io stavo appoggiato a una parete, con la testa a pochi centimetri da un ritratto su velluto di Babbo Natale di colore. Radar aveva uno di quei divani componibili, e tutti si erano ammassati lì. La birra stava in un frigorifero accanto alla tivù, ma nessuno beveva. Erano presi a raccontarsi le loro storie. Io le avevo sentite già quasi tutte: storie della banda in campeggio, storie di Ben Starling, storie di primi baci. Lacey invece non ne sapeva nemmeno una. A quanto pareva, continuavano a far ridere. Io rimasi in disparte finché Ben non mi chiese: «Q, come ci andiamo al diploma?»

Sorrisi compiaciuto. «Nudi sotto le toghe.»

«Sì!» Ben sorseggiò una Dr Pepper.

«Io non me li *porto* neanche, i vestiti, così non ho alternative» disse Radar.

«Anch'io! Q, giura di non portarti i vestiti.»

Sorrisi. «Giuro solennemente.»

«Anch'io!» disse il nostro amico Frank. E dopo di lui sempre più ragazzi aderirono all'idea. Le ragazze, per qualche motivo, erano restie.

Radar disse ad Angela: «La tua esitazione mi fa sinceramente dubitare delle basi del nostro amore.»

«Non capisci» disse Lacey. «Non è perché abbiamo *paura*, è perché abbiamo già scelto i nostri vestiti.»

Angela puntò un dito verso Lacey. «*Esatto*, è proprio così.» Poi aggiunse: «Auguratevi che non ci sia vento.»

«Io *spero* che ci sia vento» disse Ben. «L'aria fresca fa bene alle palle più grandi del mondo.»

Lacey si mise una mano sul volto per la vergogna. «Sei un ragazzo impegnativo» disse. «Gratificante, ma impegnativo.» Ridemmo.

Era questo che preferivo fare insieme ai miei amici: stare seduti insieme a raccontarci storie. Storie-finestre e storie-specchi. Io ascoltavo e basta: le storie che avevo in testa non erano molto divertenti.

Non riuscivo a non pensare che la scuola e tutto il resto stavano per finire. Mi piaceva stare davanti ai divani e guardare gli altri: era triste, ma in un modo che non mi dava fastidio. Ascoltavo, in silenzio, e mi lasciavo avvolgere da quel vortice di felicità e tristezza che si alimentavano a vicenda. Per un istante lunghissimo, fu come se mi si stesse aprendo una crepa nel petto, ma non era del tutto spiacevole.

Me ne andai poco prima di mezzanotte. Qualcuno rimase ancora; io però avevo il coprifuoco e comunque non avevo più voglia di restare. Mia madre era mezza addormentata sul divano, ma quando mi vide si mise diritta e mi chiese: «Ti sei divertito?»

«Sì, è stato tranquillo» risposi.

«Proprio come te» disse lei, sorridendo. La sua osservazione mi parve comica, ma non commentai. Si alzò, mi attirò a sé e mi diede un bacio sulla guancia. «Mi piace essere la tua mamma.»

«Grazie» risposi.

Mi infilai a letto con il libro di Whitman e tornai alla parte che mi aveva catturato, quella in cui lui passa tutto il suo tempo ad ascoltare l'opera lirica e le persone.

Dopo tutto quell'ascoltare, scrive: "Rovesci di grandine rabbiosa mi si avventano contro". Perfetto, pensai: ascolti gli altri per cercare di capirli e ascolti tutte le cose orribili e meravigliose che fanno a se stessi e alle persone che li circondano, e alla fine ti sarai esposto molto più tu di quelli che hai cercato di ascoltare.

Esplorare gli pseudoquartieri e sforzarmi di ascoltarla il più possibile non aveva scalfito il caso Margo Roth Spiegelman, ma di certo aveva scalfito me. Qualche pagina dopo – mentre continua ad ascoltare e a esporsi –, Whitman si mette a parlare dei viaggi che fa con l'immaginazione e a elencare tutti i posti che visita mentre ozia sull'erba. "Le mie palme coprono continenti" scrive.

Continuai a pensare alle mappe, come quando, da bambino, sfogliavo gli atlanti e il solo fatto di guardare quelle pagine mi faceva sentire altrove. Ecco che cosa dovevo fare. Dovevo sentire e immaginare la mia strada nella sua mappa.

E non era quello che stavo già cercando di fare? Guardai le cartine appese alla parete, sopra il computer. Avevo cercato di tracciare i suoi possibili viaggi, ma così come l'erba significava troppe cose, Margo significava troppe cose. Non si poteva ridurla a qualche cartina. Margo era troppo piccola, e troppo grande era lo spazio coperto dalle mappe. Quelle mappe erano molto più di una perdita di tempo: erano la rappresentazione materiale dell'assoluta inutilità di tutto quanto, della mia totale incapacità di sviluppare palme che coprissero i continenti, di avere il tipo di mente che sa immaginare.

Mi alzai, andai alla parete e staccai le mappe, facendole volare sul pavimento insieme agli spilli e alle puntine da disegno. Appallottolai i fogli e li gettai nel cestino. Mentre tornavo a letto, pestai una puntina, da vero idiota, e anche se ero stanco, esausto e ne avevo abbastanza di pseudoquartieri e fantasticherie, mi dovetti rassegnare a raccogliere tutte le puntine sparpagliate sul tappeto per non infilzarmi di nuovo. Avrei voluto dare un pugno alla parete, ma mi toccava raccogliere quelle stupide, stramaledette puntine da disegno. Quando finii, tornai a letto e mi accanii contro il cuscino, digrignando i denti.

Ricominciai a leggere Whitman, ma tra la poesia e Margo mi sembrava di essermi esposto abbastanza per quella notte, perciò finii per mollare il libro. Non mi presi neanche la briga di alzarmi per andare a spegnere la luce. Rimasi a fissare la parete, con le palpebre che battevano sempre più lentamente. Ogni volta che riaprivo gli occhi guardavo il punto in cui prima c'erano le mappe: i quattro buchi componevano un rettangolo dentro il quale i fori di spillo sembravano distribuiti in modo casuale. Avevo già visto uno schema simile. Nella stanza vuota, sopra il tappeto arrotolato.

Una mappa. Con alcuni punti contrassegnati.

18.

Il sabato mattina, la luce del sole mi svegliò poco prima delle sette. Radar era online. Incredibile.

QTHERESURRECTION: Ma come, non dormi?

OMNICTIONARIAN96: No, caro. Sono in piedi dalle sei, sto approfondendo l'articolo su questo cantante pop malaysiano. Angela invece è ancora a letto.

QTHERESURRECTION: Oooh, è rimasta a dormire lì?

OMNICTIONARIAN96: Sì, ma la mia purezza è intatta. Forse la notte del diploma… Chissà…

QTHERESURRECTION: Ehi, ieri notte ho pensato una cosa. I buchi su quella parete del centro commerciale… Ti ricordi? E se fossero fori di puntine da disegno messe lì per indicare dei punti su una mappa?

QTHERESURRECTION: Una specie di itinerario.
QTHERESURRECTION: Sì, esatto.
QTHERESURRECTION: Vuoi che ci andiamo? Io però devo aspettare che Angela si svegli.
QTHERESURRECTION: Va benissimo.

Mi chiamò alle dieci. Passai a prenderlo con la macchina di mia mamma e andammo a casa di Ben, immaginando che tendergli un attacco a sorpresa fosse l'unico modo per tirarlo giù dal letto. Ma tutto quello che ottenemmo cantandogli *You are my sunshine* dal marciapiede sotto camera sua fu che lui aprì la finestra e ci sputò addosso. «Prima di mezzogiorno non mi muovo» sbraitò, perentorio.

E così io e Radar ci mettemmo in viaggio da soli. Mi parlò un po' di Angela, di quanto gli piaceva e di quanto era frustrante innamorarsi di qualcuno pochi mesi prima di dover partire ognuno per un college diverso. Io però non riuscivo a concentrarmi molto sui suoi racconti. Volevo quella mappa. Volevo vedere i posti che lei aveva segnato. Volevo riattaccare quelle puntine alla parete.

Attraversammo l'ufficio, superammo in fretta la biblioteca, ci fermammo un attimo davanti alla parete con i buchi, nella stanza da letto, per esaminarli, e poi passammo nel negozio di souvenir. Quel posto non mi spaventava più. Dopo aver girato in tutte le stanze ed essermi assicurato che lì dentro non c'eravamo che noi, mi sentii al sicuro come a casa. Sotto una vetrinetta trovai la scatola con le mappe e gli opuscoli pubblicitari che avevo esaminato la notte del ballo. Li presi e li impilai in equilibrio sugli angoli di un bancone di vetro rotto. Radar li smistò alla ricerca di una mappa, poi io li aprii per bene, per controllare che non ci fossero fori di spillo.

Eravamo arrivati in fondo alla scatola quando Radar sfilò un opuscolo in bianco e nero intitolato CINQUEMILA CITTÀ AMERICANE. Il copyright era del 1972 e apparteneva alla Esso. Aprii la mappa, cercando di appiattirla per bene, e notai un forellino in un angolo. «Eccolo» dissi, alzando la voce. Il foro era un po' slabbrato, come se la mappa fosse stata strappata da una parete. Era una piantina degli Stati Uniti sottile e ingiallita, grande, come quelle che si usano nelle scuole, e pullulava di potenziali destinazioni. Gli strappi mi fecero pensare che non fosse una traccia lasciata intenzionalmente da Margo. Lei era troppo precisa e scientifica con i suoi indizi per confondere le acque. In un modo o nell'altro, eravamo incappati in qualcosa che lei *non aveva* programmato, e nel vedere quello che non aveva programmato, ripensai ancora a quante cose *aveva* programmato. Ecco che cos'aveva fatto lì, al buio, pensai. Aveva viaggiato da ferma, oziando, proprio come Whitman, mentre si preparava a partire davvero.

Tornai di corsa nell'ufficio e trovai un mucchio di

puntine in una scrivania vicina a quella di Margo, poi insieme a Radar riportai la mappa aperta nella stanza da letto, facendo molta attenzione a non strapparla. La ressi contro la parete mentre Radar cercava di attaccare le puntine agli angoli. Tre dei quattro angoli però erano strappati, così come tre delle cinque località segnate: probabilmente erano venute via quando la mappa era stata tolta dalla parete. «Più in alto e un po' a sinistra» mi indicò Radar. «No, più in basso. Ok, non ti muovere.» Alla fine riuscimmo a fissarla e cominciammo ad allineare i buchi della mappa a quelli della parete. Individuare i fori di spillo fu piuttosto semplice, ma alcuni erano strappati tutto intorno, perciò fu impossibile localizzare la loro posizione PRECISA, cosa piuttosto importante in una mappa fitta fitta di cinquemila nomi. Erano scritti in un corpo così piccolo e sottile che dovetti mettermi in piedi sul tappeto e guardare la piantina tenendo gli occhi a pochi centimetri dalla parete per individuare le località. Cominciai a elencare le città; Radar sfoderò il suo palmare e le cercò una dopo l'altra su Omnictionary.

C'erano due punti rimasti integri: uno doveva essere Los Angeles, nonostante nell'area della California del Sud fossero raggruppate così tante città che le scritte dei nomi si sovrapponevano; l'altro era Chicago. Nello Stato di New York c'era uno strappo che a giudicare dal buco nella parete doveva coincidere con uno dei cinque distretti della città di New York.

«Questo corrisponderebbe agli indizi che abbiamo noi.»

«Sì» dissi io. «Ma Dio santo, a New York *dove*? Il problema è questo.»

«Stiamo trascurando qualcosa. Qualche altra indicazione. Dove sono gli altri fori?»

«Ce n'è uno nello Stato di New York, ma da tutt'altra parte. Potrebbe essere Poughkeepsie o Woodstock o il Parco dei monti Catskill.»

«Woodstock» disse Radar. «Interessante. Lei non è molto hippie, ma di sicuro è uno spirito libero.»

«Non lo so» osservai. «L'altro potrebbe essere Washington D.C. o Annapolis o Chesapeake Bay. Potrebbe essere un mucchio di cose, a dire il vero.»

«Sarebbe meglio se su quella mappa fosse segnalato un solo posto» disse Radar, stufo.

«Probabilmente si sta spostando da un posto all'altro» dissi io. Impegnata nel suo perenne viaggio.

Mi sedetti sul tappeto e ci rimasi per un po', mentre Radar continuava a leggere di New York, dei monti Catskill, della capitale federale, del festival di Woodstock nel 1969. Niente sembrava aiutarci. Mi sentii come se avessimo srotolato il filo e non avessimo trovato nulla.

Quel pomeriggio, dopo aver riportato Radar a casa, me ne rimasi da solo a leggere *Io canto di me stesso* e a studiare con poca voglia per gli esami. Lunedì avevo calcolo e latino, probabilmente le due materie per me più ostiche, e non potevo permettermi di ignorarle del tutto. Passai quasi tutto il sabato sera e la domenica a studiare, ma poi sul tardi, subito dopo cena, mi balenò in testa un'idea a proposito di Margo, perciò mi presi una pausa dalle traduzioni di Ovidio ed entrai in chat. Trovai Lacey: sapevo il suo nickname perché me lo aveva detto Ben. Pensai che potevo contattarla: ci conoscevamo abbastanza ormai.

QTHERESURRECTION: Ciao, sono Q.
CAPOCOSPARSODICENERE: Ciao!
QTHERESURRECTION: Hai mai pensato al tempo che Margo deve aver impiegato a programmare tutto?
CAPOCOSPARSODICENERE: Tipo lasciare il messaggio con la pastina prima del Mississippi o spedirti in quel centro commerciale?
QTHERESURRECTION: Sì. Non sono cose che pensi su due piedi.
CAPOCOSPARSODICENERE: Forse le scriveva sul suo quaderno.
QTHERESURRECTION: Bingo.
CAPOCOSPARSODICENERE: Sì, ci pensavo proprio oggi. Mi sono ricordata di una volta che eravamo in giro a fare shopping e lei lo infilava in tutte le borse che le piacevano per essere sicura che ci stesse.

QTHERESURRECTION: Quanto vorrei dare un'occhiata a quel quaderno.
CAPOCOSPARSO DI CENERE: Eh, già, ma se lo sarà portato via.
QTHERESURRECTION: Non era nel suo armadietto?
CAPOCOSPARSODICENERE: No, c'erano solo i libri impilati per bene, come sempre.

Ero seduto alla scrivania e studiavo, nell'attesa che qualcun altro si facesse vivo online. Ben arrivò dopo un po', e lo invitai a entrare nella chat con me e Lacey. Parlarono tra di loro per tutto il tempo – io nel frattempo continuavo a tradurre, o almeno ci provavo – finché anche Radar non si unì alla chat. A quel punto mollai i libri.

OMNICTIONARIAN96: Oggi qualcuno da New York ha cercato Margo Roth Spiegelman su Omnictionary.
ERASOLOUNINFEZIONERENALE: E sai da quale distretto di New York?
OMNICTIONARIAN96: Purtroppo no.
CAPOCOSPARSODICENERE: Be', ci sono ancora i volantini appesi nei negozi di dischi. Forse è solo qualcuno che vuol saperne di più su di lei.
OMNICTIONARIAN96: Ah, già, non ci avevo pensato.

QTHERESURRECTION: Ehi, io ci sono e non ci sono perché sto provando quel sito che mi ha detto Radar, quello per costruire gli itinerari tra i posti che ha segnato Margo.
ERASOLOUNINFEZIONERENALE: Link?
QTHERESSURECTION: the-longwayround.com
OMNICTIONARIAN96: Ho una nuova teoria. Apparirà il giorno del diploma, seduta in platea.
ERASOLOUNINFEZIONERENALE: Io ho una vecchia teoria: è da qualche parte a Orlando, che ride di noi e si sente il centro del nostro universo.
CAPOCOSPARSODICENERE: Ben!
ERASOLOUNINFEZIONERENALE: Scusa, ma è assolutamente così.

Andarono avanti a parlare della loro Margo, mentre io cercavo di tracciare il suo itinerario. Se la mappa non era un traccia – e gli strappi intorno ai buchi me lo avevano confermato –, significava che avevamo già tutti gli indizi che ci aveva lasciato. E molto di più. Di sicuro, quindi, avevo quello che mi serviva. Eppure mi sentivo ancora molto lontano da lei.

19.

Il lunedì mattina, dopo aver trascorso tre lunghe ore da solo con ottocento parole di Ovidio, camminai per i corridoi con la sensazione che il cervello potesse uscirmi dalle orecchie. Me l'ero cavata, comunque. Avevamo un'ora e mezza di pausa pranzo, il tempo di permettere alle nostre menti di riprendersi prima della seconda prova della giornata.

Radar mi aspettava davanti al mio armadietto.

«Ho fatto pena in spagnolo» mi annunciò.

«Sono sicuro che sei andato benissimo.» Aveva ottenuto un'ottima borsa di studio per Dartmouth. Era decisamente in gamba.

«Non lo so, amico. Mi sono addormentato durante l'orale. Ma senti qua: sono stato sveglio fino a tarda notte per creare questo programma. È una vera figata. Tu cerchi una categoria – un'area geografica o una famiglia del regno degli animali – e ti saltano fuori le prime frasi di un centinaio di articoli di Omnictionary, tutte in una pagina. Perciò metti che vuoi cercare un certo tipo di coniglio, ma non ti viene in mente il nome: in tre minuti puoi leggere le introduzioni a ventuno specie di conigli, tutte quante in una sola pagina.»

«E tu hai fatto questo la notte prima degli esami?» gli chiesi.

«Sì, lo so, e allora? Vabbe', senti, te lo mando per e-mail. È nerd-avoloso.»

Arrivò anche Ben. «Ti giuro su Dio, Q, io e Lacey abbiamo chattato fino alle due di stanotte mentre provavamo quel sito, thelongwayround. E dopo aver tracciato ogni possibile percorso di Margo da Orlando a quei cinque punti, mi sono reso conto che mi sbagliavo. Non è a Orlando, ha ragione Radar. Sta tornando a casa e arriverà il giorno del diploma.»

«Come mai?»

«Il calcolo dei tempi è *perfetto*. Per andare in macchina da Orlando a New York ai monti Catskill a Chicago a Los Angeles e poi tornare a Orlando ci vogliono esattamente ventitré giorni. È un gioco totalmente idiota, ma è molto alla Margo. Fai credere che ti sei fatto fuori, ti circondi di un'aria di mistero in modo da attirare le attenzioni di tutti. E poi, quando tutta quest'attenzione comincia a scemare, ti presenti alla cerimonia dei diplomi.»

«No» dissi. «Assolutamente no.» Ormai conoscevo Margo un po' di più. Lei cercava attenzione, ne ero sicuro anch'io, ma non avrebbe mai scherzato con la vita. Non se n'era andata solo per prenderci in giro.

«Fratello, dammi retta. Il giorno del diploma guardati intorno. Lei ci sarà.» Scrollai il capo. La mensa era piena, visto che tutti pranzavano alla stessa ora, perciò esercitammo il nostro diritto di studenti dell'ultimo anno, prendemmo la macchina e andammo da Wendy's. Cercai di rimanere concentrato sull'imminente esame di calcolo, ma cominciavo a intravvedere un filo più spesso in tutta quella storia. Se Ben aveva ragione sul viaggio di ventitré giorni, la cosa era molto interessante. Forse era questo che aveva pianificato sul suo quaderno nero: un viaggio lungo e solitario. Non spiegava granché, ma si accordava bene con l'idea che Margo fosse una grande programmatrice. Non che questo mi avvicinasse a lei. Individuare un punto su un frammento strappato di una mappa è difficile, ma lo è ancora di più se quel punto si sposta.

Dopo un lungo giorno di esami, tornare alla confortante impenetrabilità di *Io canto di me stesso* fu quasi un sollievo. Ero arrivato a una strana parte della poesia, in cui, dopo tutto quel sentire e ascoltare gli altri e poi viaggiare insieme a loro, Whitman smette di ascoltarli e di analizzarli e comincia a *diventare* gli altri. Come se vivesse dentro di loro. Racconta la storia di un capitano che salva tutti i membri del suo equipaggio tranne se stesso. Il poeta può raccontare questa storia, dice, perché è diventato il capitano. "Sono quell'uomo, ho sofferto, ero lì" scrive. Qualche verso più avanti, è ancora più evidente che Whitman non ha più bisogno di ascoltare per diventare un altro: "Non chiedo al ferito come si senta, io divento il ferito".

Mollai il libro e mi sdraiai su un fianco, a fissare la finestra che era sempre stata tra di noi. Guardarla o ascoltarla non era abbastanza: per ritrovare Margo Roth Spiegelman dovevo diventare Margo Roth Spiegelman.

Avevo compiuto molte imprese che avrebbero potuto essere sue: avevo messo insieme la coppia più improbabile del secolo; avevo fermato le belve della guerra tra caste; ero arrivato a sentirmi a mio agio in un edificio infestato dai topi dove lei aveva liberato i suoi pensieri. Avevo visto. Avevo ascoltato. Ma non ero ancora riuscito a diventare il ferito.

Il giorno dopo mi trascinai agli esami di fisica e diritto, poi rimasi in piedi fino alle due del mattino per finire la mia tesina su *Moby Dick*. Decisi che Achab era un eroe. Non c'era una ragione particolare – soprattutto se si considera che non avevo letto il libro –, ma avevo deciso così e fu su questo che basai la mia argomentazione.

La settimana corta degli esami significava che mercoledì era l'ultimo giorno di scuola. Per tutto il giorno fu dura non guardarsi intorno e pensare a tutte le ultime volte: l'ultima volta che me ne sto in cerchio insieme agli altri davanti all'aula della banda, all'ombra di questa quercia che ha protetto generazioni di sfigati; l'ultima volta che mangio la pizza in mensa con Ben; l'ultima volta che sono seduto in questi banchi e scarabocchio un tema su un quaderno blu, facendomi venire i crampi alla mano; l'ultima volta che butto un'occhiata all'orologio alla parete; l'ultima volta che vedo Chuck Parson aggirarsi tra le aule con il suo tipico ghigno. Dio santo, mi stava venendo nostalgia di Chuck Parson. Qualcosa di malato mi stava crescendo dentro.

Per Margo doveva essere stato lo stesso. Mentre architettava i suoi piani, doveva saperlo che avrebbe mollato tutto, e persino lei non poteva essere stata totalmente immune a questo senso di fine. Aveva passato giorni belli qui. E l'ultimo giorno i momenti brutti non si ricordano più. In un modo o nell'altro, anche lei aveva trascorso un pezzo di vita qui dentro, proprio come me. La città era di carta, i ricordi no. Tutte le cose che avevo fatto in quella scuola, tutto l'amore, la pietà, la compassione, la violenza, il rancore, tutto cominciò a scorrermi dentro. Quelle pareti dipinte di bianco. Le mie pareti bianche. Le pareti bianche di Margo. Eravamo rimasti imprigionati nel loro ventre per così tanto tempo, come Giona nella balena.

Per tutto il giorno mi ritrovai a pensare che forse questa sensazione spiegava perché Margo avesse pianificato tutto in modo così preciso e intricato: anche se desideri farlo, andartene è difficile, sempre. Ci voleva un bel po' di preparazione, e starsene seduta dentro il centro commerciale a scarabocchiare piani su piani doveva essere stato per lei una specie di esercizio, mentale ed emotivo: il suo modo di proiettarsi con l'immaginazione nel proprio destino.

Ben e Radar avevano una maratona di prove della banda: volevano essere sicuri di spaccare con *Pomp and Circumstance* alla cerimonia dei diplomi. Lacey mi offrì un passaggio, ma io preferii restare a svuotare il mio armadietto perché non volevo dover tornare e rischiare di sentirmi i polmoni inondati da quel perverso senso di nostalgia.

Il mio armadietto era un'autentica fogna: per metà pattumiera, per metà deposito di libri. Mi ricordai che il suo era perfettamente ordinato, quando Lacey l'aveva aperto, con i libri ben impilati, come se avesse avuto intenzione di venire a scuola il giorno dopo. Trascinai un cestino della spazzatura fino alla fila degli armadietti e aprii il mio. Per prima cosa tirai fuori una foto di me, Radar e Ben che facevamo gli stupidi e la infilai nello zaino; poi diedi inizio alla ripugnante attività di passare al setaccio il sudiciume di un anno intero – gomme da masticare avvolte in pezzi di carta di quaderno, penne consumate, tovaglioli usati – e buttare ogni cosa nel cestino. Per tutto il tempo continuai a pensare *Non lo farò mai più, non sarò mai più qui, questo non sarà mai più il mio armadietto, non scambierò più bigliettini con Radar nelle ore di calcolo, non vedrò mai più Margo nell'atrio.* Era la prima volta in vita mia che così tante cose tutte insieme non sarebbero più successe.

E alla fine fu davvero troppo. Non potevo lasciarmi sopraffare da quel sentimento, che stava diventando insopportabile. Ficcai un braccio nell'armadietto, fino in fondo, afferrai quello che c'era – foto, quaderni, libri – e rovesciai tutto nel cestino. Lasciai l'armadietto aperto e me ne andai. Quando passai di fronte all'aula della banda, riuscii a sentire attraverso le pareti la melodia attutita di *Pomp and Circumstance*. Continuai a camminare. Fuori faceva caldo, ma non come al solito. Era un caldo sopportabile. *Ci sono marciapiedi lungo quasi tutta la strada fino a casa*, pensai. E continuai a camminare.

E mentre tutti quei mai più erano stati paralizzanti e dolorosi, il distacco finale fu perfetto. Pulito. La più pura delle liberazioni. Fatta eccezione per una stupida foto, tutto ciò che contava era nella spazzatura, ma io mi sentivo da dio. Cominciai a correre, per mettere ancora più distanza tra me e la scuola.

Andar via è terribile, finché non te ne sei andato. Dopo, è la cosa più maledettamente facile del mondo.

E mentre correvo, per la prima volta mi sentii Margo. Lo sapevo: *non è a Orlando*, *non è in Florida*. Essere lontani è troppo bello quando te ne sei andato. Se fossi stato in macchina, e non a piedi, sarei partito anch'io. Se n'era andata e non sarebbe tornata per il diploma né per nessun'altra cosa. Ormai ne ero sicuro.

Me ne stavo andando, e andarsene aveva un sapore così dolce che non sarei mai tornato indietro. E quindi? Sarei andato avanti a lasciare un posto dopo l'altro dopo l'altro, perennemente in viaggio?

Ben e Radar mi raggiunsero quando mancavano più o meno cinquecento metri a Jefferson Park. Ben frenò di botto e si fermò proprio davanti a Lakemont, facendo stridere TAPELS, incurante del traffico tutt'intorno. Corsi fino alla macchina e saltai su. Volevano venire a casa mia a giocare a Resurrection, ma io fui costretto a dir loro di no, perché ero più vicino di quanto non lo fossi mai stato.

20.

Passai la notte di mercoledì e tutto il giorno dopo a cercare di utilizzare quello che avevo appena capito di lei per dare un significato agli indizi di cui ero in possesso: speravo di trovare qualche collegamento tra la mappa e le guide, o tra Whitman e la mappa, che mi permettessero di visualizzare il suo diario di viaggio. Ma più ci pensavo più mi convincevo che Margo era stata sedotta a tal punto dal puro gusto della fuga da non preoccuparsi di lasciare una vera e propria pista di briciole. E se così era, la mappa che avevamo trovato e che non era destinata a noi poteva rivelarsi la nostra migliore possibilità di ritrovarla. Nessun posto segnato su quella mappa però era abbastanza preciso. Anche il parco dei monti Catskill, che mi aveva attratto perché era l'unica località non vicina a una grande città, era troppo grande e popoloso per ritrovare una singola persona. *Io canto di me stesso* faceva riferimento a luoghi di New York, ma erano troppi per poterli rintracciare tutti. Come fai a individuare un punto su una mappa quando il punto si muove da una metropoli all'altra?

Quel venerdì mattina ero già in piedi, tutto concentrato a sfogliare le guide di viaggio, quando i miei entrarono nella mia stanza. Non ci venivano quasi mai insieme, perciò lì per lì ebbi un impeto di nausea – forse avevano brutte notizie su Margo –, ma poi mi ricordai che era il giorno del diploma.

«Sei pronto, tesoro?»

«Sì... be', non è niente di che, ma sarà divertente.»

«Ma ti diplomi una sola volta nella vita» disse la mamma.

«Sì sì» dissi io. Si sedettero di fronte a me, sul letto; poi si guardarono e si scambiarono un sorrisetto. «Che c'è?» chiesi.

«Ecco, noi volevamo darti il tuo regalo di diploma» disse la mamma. «Siamo molto orgogliosi di te, Quentin. Sei la più grande conquista della nostra vita, e questo per te è un giorno molto importante e noi siamo... Sei davvero un ragazzo fantastico.»

Sorrisi e abbassai gli occhi. Mio padre sfoderò un pacchetto blu.

«No» dissi io, strappandoglielo dalle mani.

«Su, dai, aprilo.»

«Non è possibile» esclamai, continuando a fissare il pacchetto. Era della misura di una chiave. Del peso di una chiave. Quando lo scrollai, tintinnò come una chiave.

«Aprilo e basta, amore» mi incalzò la mamma.

Strappai la carta. UNA CHIAVE! La guardai attentamente. La chiave di una Ford! Nessuna delle nostre auto era una Ford. «Mi avete comprato una macchina?»

«Ebbene sì» rispose mio padre. «Non è nuova, ma ha solo due anni e ventimila chilometri.» Saltai in piedi e li abbracciai.

«È mia?»

«Sì!» disse la mamma, quasi urlando. Avevo una macchina! Una macchina! Tutta mia!

Mi staccai dai miei e gridai: «*grazie grazie grazie grazie grazie grazie*», mentre attraversavo di corsa il soggiorno e mi precipitavo in cortile con addosso solo una vecchia T-shirt e un paio di boxer. Parcheggiato nel vialetto e avvolto da un grande nastro blu c'era un minivan Ford.

Mi avevano comprato un minivan. Avrebbero potuto scegliere qualunque auto e avevano preso un minivan. Un minivan. Oh, Dio della Giustizia Su Quattro Ruote, perché mai ti fai beffe di me? Minivan, albatro appeso al mio collo. Marchio di Caino! Tu, bestia sventurata dagli alti soffitti e dagli scarsi cavalli.

Mi voltai, mettendo su un sorriso falso. «Grazie, grazie, grazie!» dissi, anche se non dovevo sembrare più così tanto caloroso. Stavo fingendo in tutto e per tutto.

«Be', sappiamo quanto ti piace guidare il mio minivan» disse la mamma. Lei e papà erano raggianti, chiaramente straconvinti di aver materializzato davanti ai miei occhi il veicolo dei miei sogni. «È perfetto per andare a zonzo con i tuoi amici» aggiunse papà. E pensare che quei due erano specializzati nell'analizzare e comprendere la psiche umana!

«Ehi» disse papà, «dobbiamo muoverci se vogliamo accaparrarci dei buoni posti.»

Non mi ero ancora fatto la doccia né mi ero vestito, niente di niente. D'accordo, non mi sarei propriamente vestito, ma comunque... «Devo arrivare per mezzogiorno e mezzo, non prima» dissi. «Dovrei, come dire, prepararmi.»

Papà aggrottò le sopracciglia. «Sì, ma io vorrei avere un posto da cui vedo bene così posso fare qualche fo...»

Lo interruppi. «Posso prendere la MIA MACCHINA. Posso andarci DA SOLO con la MIA MACCHINA.» Feci un enorme sorriso.

«Certo!» disse la mamma, entusiasta. E che cavolo: una macchina è una macchina, dopotutto. E guidare il mio minivan era certo un passo avanti rispetto a guidare quello di qualcun altro.

Tornai al computer e raccontai a Radar e Lacey (Ben non era online) del minivan.

> **OMNICTIONARIAN96:** Be', è decisamente una buona notizia. Posso passare e mollare un frigobar nel tuo portabagagli? Io devo portare i miei e non voglio che lo vedano.

QTHERESURRECTION: Sì, sì, è aperto. Un frigobar per cosa?
OMNICTIONARIAN96: Be', visto che nessuno ha bevuto alla mia festa, mi sono avanzate 212 birre, che porterò da Lacey per il party di stasera.
QTHERESURRECTION: 212 birre?
OMNICTIONARIAN96: È un frigobar molto grande.

Ben piombò online URLANDO che si era già lavato, che era tutto nudo e che doveva solo mettersi la toga e il tocco. Ci dilungammo sull'argomento nudi-al-diploma, finché non ci scollegammo tutti per andarci a preparare. Io m'infilai nella doccia, mettendomi in modo che il getto mi colpisse in pieno sulla faccia, e mentre l'acqua mi scivolava addosso cominciai a riflettere. New York o California? Chicago o D.C.? Ora potevo andarci, mi dissi. Avevo una macchina mia, proprio come lei. Potevo raggiungere le cinque località indicate sulla mappa, e se anche non l'avessi trovata sarebbe stato comunque più divertente che passare un'altra estate rovente a Orlando. E invece no. Era come intrufolarsi nel SeaWorld. Escogiti un piano perfetto, lo metti in pratica in modo impeccabile e poi… niente. Sei nel solito SeaWorld, tranne per il fatto che ora è al buio. Me l'aveva detto, lei: il gusto non è fare le cose, è pianificarle.

E fu a questo che pensai sotto il getto della doccia. A lei seduta nel centro commerciale con il suo quaderno, che fa piani e forse progetta un viaggio in macchina, consultando la mappa per immaginare possibili itinerari. A lei che legge Whitman ed evidenzia: "Sono perennemente in viaggio", perché è questo che le piace pensare di fare, il genere di cosa che le piace pianificare.

Ma è anche il genere di cosa che le piace fare? No. Perché Margo conosce il segreto della fuga, il segreto che io ho scoperto solo adesso: la vera fuga ha senso solo quando te ne vai da qualcosa di importante, qualcosa a cui tieni. Quando strappi la tua vita dalle radici. Cosa che non puoi fare quando la tua vita non ha radici.

Quindi quando era fuggita era fuggita sul serio. Non riuscivo però a credere che se ne fosse andata per un viaggio senza fine. Se n'era andata per raggiungere un posto, ne ero sicuro. Un posto in cui sarebbe rimasta a lungo, a cui si sarebbe legata così tanto da rendere la fuga successiva altrettanto liberatoria della precedente. *Esiste un angolo remoto di questo pianeta in cui nessuno sa che cosa significa "Margo Roth Spiegelman". Ed è in quell'angolo che lei è seduta, a scrivere sul suo quaderno nero.*

L'acqua calda stava ormai finendo. Non mi ero nemmeno insaponato, ma uscii comunque, mi avvolsi un asciugamano attorno alla vita e mi sedetti al computer.

Ripescai la mail di Radar sul suo nuovo programma per Omnictionary e scaricai il plug-in. Era davvero forte. Per prima cosa digitai un codice di avviamento postale del centro di Chicago, cliccai su "posizione" e chiesi una ricerca nel raggio di trenta chilometri. Sputò un centinaio di voci in risposta, da Navy Pier a Deerfield. Sullo schermo comparve la prima frase relativa a ciascuna voce e riuscii a leggere tutto nel giro di cinque minuti. Niente che mi sembrasse interessante. Poi riprovai con un codice della zona del parco dei monti Catskill, nello Stato di New York. Meno risultati, stavolta, ottantadue, ordinati in base alla data in cui le pagine erano state create su Omnictionary. Cominciai a leggere.

> *Woodstock, New York*, è una città della Contea di Ulster, nello Stato di New York, conosciuta soprattutto per l'eponimo festival di Woodstock (vedi: *Festival di Woodstock*) del 1969, una tre giorni di concerti a cui parteciparono artisti come Jimi Hendrix e Janis Joplin e che in realtà ebbe luogo in una cittadina vicina.
>
> *Lake Katrine* è un piccolo lago della Contea di Ulster, nello Stato di New York, tra le mete preferite di Henry David Thoreau.

> *Il parco dei monti Catskill* si estende per 700.000 acri sui monti Catskill. Il terreno appartiene, in condivisione, allo Stato federale e agli enti locali. Una quota del 5% è assegnata alla città di New York, che attinge buona parte del suo fabbisogno idrico da bacini che si estendono in parte nell'area del parco.
>
> *Roscoe, New York*, è un piccolo villaggio dello Stato di New York in cui, secondo un recente censimento, vivono 261 famiglie.
>
> *Agloe, New York*, è una località fittizia creata dalla Esso all'inizio degli anni '30 e inserita nelle mappe turistiche come trappola per il copyright, o città di carta.

Cliccai sul link e mi si aprì il resto dell'articolo:

> Situata nell'intersezione tra due strade sterrate a nord di Roscoe, nello Stato di New York, Agloe è una creazione di due disegnatori di mappe, Otto G. Lindberg e Ernest Alpers. Il nome nasce dall'anagramma delle loro iniziali. Le trappole per il copyright sono artifici utilizzati da molti secoli nella progettazione della mappe. I

cartografi creano finte località, strade, cittadine, e le inseriscono nelle loro mappe. Se lo stesso nome inventato compare anche in un'altra mappa, è la prova che c'è stato un plagio. Le trappole per il copyright sono chiamate anche trappole-chiave, strade di carta e città di carta (vedi: *voci finte*). Sebbene siano poche le compagnie cartografiche che ne riconoscono l'esistenza, le trappole per il copyright sono comunemente utilizzate anche nelle mappe più recenti. Dal 1940 Agloe ha cominciato ad apparire anche su mappe pubblicate da altre aziende. La Esso, immaginando che si trattasse di riproduzioni contraffatte, preparò una serie di azioni legali. La realtà però era un'altra: un abitante della zona aveva costruito i "Grandi Magazzini di Agloe" proprio all'altezza dell'incrocio riportato sulla mappa pubblicata dalla Esso.
L'edificio, tutt'ora in piedi (*senza fonte*), è l'unico di Agloe, che continua a essere citata su molte mappe e che è nota per avere una popolazione di zero abitanti.

Tutte le voci di Omnictionary contengono sottopagine in cui si possono leggere le revisioni al testo iniziale e le eventuali discussioni tra gli utenti sull'argomento. In quasi un anno la pagina di Agloe non era stata rivista da nessuno, ma c'era un commento recente lasciato da un utente anonimo:

> fyi, a chiunque si occupi di questa voce: fino alle dodici del 29 maggio, la Popolazione di agloe Ammonterà a Un abitante.

Riconobbi subito lo strano modo di usare le maiuscole: *Le regole delle maiuscole sono così ingiuste nei confronti delle parole che stanno in mezzo alle frasi.* Mi sentii un nodo alla gola, ma mi sforzai di restare calmo. Il commento era stato inserito quindici giorni prima ed era rimasto lì per tutto il tempo, ad aspettarmi. Guardai l'orologio del computer. Avevo meno di ventiquattr'ore.

Per la prima volta da settimane mi parve che lei fosse totalmente e incontestabilmente viva. Era viva. E lo sarebbe stata per un altro giorno almeno. Mi ero concentrato così tanto su dove potesse essere, per evitare di chiedermi ossessivamente se fosse viva o morta, che non mi ero accorto di quanto ero terrorizzato. Ma adesso… Oh, mio Dio. Era viva.

Balzai in piedi, facendo cadere l'asciugamano, e chiamai Radar. Tenevo il telefono stretto tra il collo e la spalla, e intanto mi infilavo i boxer e i pantaloni. «So cosa sono le città di carta! Hai il palmare?»

«Sì. Dovresti venire, bello. Ci stanno facendo mettere in fila.»

Sentii Ben urlare nel telefono: «Digli che farà meglio a venire nudo.»

«Radar» dissi, cercando di fargli capire che era una cosa importante. «Vai alla pagina di Agloe, nello Stato di New York. Ci sei?»

«Sì. Sto leggendo. Resta in linea. Wow. Wow. È il punto sulla mappa vicino ai monti Catskill?»

«Sì, direi di sì. È abbastanza vicino. Vai alla pagina con i commenti.»

«...»

«Radar?»

«Gesù Cristo.»

«Hai visto? Hai visto?» gridai. Mi persi la sua risposta perché mi stavo infilando la camicia, ma quando riportai il telefono all'orecchio, sentii che stava parlando con Ben. Riattaccai.

Mi misi a cercare online la strada da Orlando ad Agloe, ma il sistema non riconosceva Agloe, perciò cercai Roscoe. Tenendo una media di cento chilometri all'ora, in macchina ci volevano diciannove-ore-e-quattro-minuti. Erano le due e un quarto. Avevo ventuno ore e quarantacinque minuti per arrivarci. Stampai il percorso, afferrai le chiavi del minivan e mi chiusi alle spalle la porta di casa.

«È a diciannove ore e quattro minuti da qui» dissi al cellulare. Avevo chiamato Radar, ma mi aveva risposto Ben.

«E quindi che cosa vuoi fare?» mi chiese. «Prendi un aereo?»

«No, non ho i soldi, e poi comunque è ad almeno otto ore da New York. Ci vado in macchina.»

Radar afferrò il telefono. «Quanto ci vuole?»

«Diciannove ore e quattro minuti.»

«Chi lo dice?»

«Google maps.»

«Cazzate» disse Radar. «Nessuno di quei programmi calcolapercorsi tiene conto del traffico. Ti richiamo. E muoviti, ci stiamo mettendo in fila, proprio ora!»

«Non vengo. Non posso rischiare di non fare in tempo» dissi, ma ormai parlavo da solo. Radar mi richiamò un minuto dopo. «Se calcoli cento chilometri all'ora, senza soste, e un traffico medio, ti ci vorranno ventitré ore e nove minuti. Il che ti farebbe arrivare lì all'una, quindi ti conviene tirare il più possibile sui tempi.»

«Che cosa? Ma il...»

Mi interruppe. «Non vorrei suonare polemico, ma forse, in questo caso specifico, chi è sempre in ritardo cronico dovrebbe dare ascolto a chi è sempre puntuale. E comunque è il caso che tu ti faccia vedere qui, anche solo due secondi, altrimenti i tuoi andranno fuori di testa se non ti presenti quando ti chiamano e poi, non che questa sia la cosa più importante, ma insomma... tutte le nostre birre sono nella tua macchina.»

«È evidente che non ho tempo» replicai.

Ben si avvicinò al telefono e urlò: «Non fare il coglione. Ti ci vogliono cinque minuti.»

«Va bene, vengo.» Feci una brusca svolta a destra con il semaforo rosso – la mia macchina aveva sospensioni migliori di quella della mamma, ma non poi più di tanto – e proseguii verso la scuola tutto sparato. Arrivai davanti alla palestra in tre minuti. Mollai l'auto nel bel mezzo del parcheggio e mi scaraventai giù. Mentre mi precipitavo alla palestra, vidi tre sagome in toga correre verso di me. Riconobbi le gambe lunghe, magre e scure di Radar sotto la toga che svolazzava. Accanto a lui c'era Ben. Indossava scarpe da ginnastica senza calze. E dietro Lacey.

«Voi prendete le birre» dissi, superandoli di corsa, «mentre io vado a parlare con i miei.»

Le famiglie dei diplomati erano sparpagliate sugli spalti, e dovetti fare su e giù per il campo da basket un paio di volte prima di avvistare i miei a metà gradinate. Mi stavano salutando. Salii due gradini alla volta, ragion per cui ero un po' a corto di fiato quando mi inginocchiai davanti a loro e dissi: «Allora, sentite, io non resto (respira) alla cerimonia, perché (respira) penso di aver trovato Margo e (respira) devo andare... Ho il telefono, se volete (respira) chiamarmi, e vi prego non vi incazzate e grazie ancora per la macchina.»

Mia madre mi prese per un polso e mi disse: «Che cosa? Di che stai parlando, Quentin? Calmati.»

E io: «Sto andando ad Agloe, nello Stato di New

York. E devo andarci *subito*. Questo è quanto. Ok, vado. Mi dispiace per oggi. Mi trovate sul cellulare. Ok, vi voglio bene.»

Dovetti divincolarmi della sua presa leggera. Prima che loro potessero rispondere alcunché, mi lanciai giù dalle gradinate e mi dileguai, correndo come un matto verso la mia macchina nuova. Ero dentro, con la marcia innestata, e stavo per mettere in moto quando alzai lo sguardo e mi accorsi che Ben era seduto al posto del passeggero.

«Prenditi la birra e scendi subito dalla macchina!»

«Veniamo anche noi» mi annunciò. «Ti addormenti di sicuro se guidi da solo per tutto il tempo.»

Mi voltai. Sia Lacey che Radar erano al telefono. «Devo dirlo ai miei» mi spiegò Lacey, picchiettando sul cellulare. «Dai, Q, vai vai vai vai vai!»

TERZA PARTE

LA NAVE

Prima ora

Ci impieghiamo un po' a spiegare, ognuno ai propri genitori, che: 1. Salteremo la cerimonia del diploma per 2. Andare nello Stato di New York in macchina a 3. Cercare una città che forse esiste, forse no e, se tutto va bene, 4. Rintracciare l'autore del post su Omnictionary che, a giudicare dalle maiuscole messe a caso, è 5. Margo Roth Spiegelman.

Radar è l'ultimo a riappendere e quando finalmente molla il telefono dice: «Vorrei fare un annuncio. I miei sono molto seccati per questa storia che salto la cerimonia del diploma. Anche la mia ragazza è seccata, perché dovevamo fare qualcosa di molto speciale tra circa otto ore. Non voglio entrare nei dettagli, ma sarà meglio che questo sia un superviaggio.»

«La tua abilità nel non perdere la verginità è di ispirazione per tutti noi» dice Ben, seduto accanto a me.

Guardo Radar dallo specchietto retrovisore e gli urlo: «UUUUU, DAI CHE SI PARTE!» Contro la sua volontà, gli si disegna sul viso un sorrisetto. Il piacere di andare via.

Al momento siamo sulla I-4 e il traffico è piuttosto scorrevole, cosa di per sé miracolosa. Sono sulla corsia di sorpasso e vado a centotré chilometri all'ora, tredici in più dei novanta consentiti. Questo perché una volta ho sentito dire che se resti entro i quindici chilometri oltre il limite non ti fermano.

Presto ognuno di noi assume il proprio ruolo.

Lacey, seduta dietro, si occupa dell'equipaggiamento. Sta facendo la lista di tutte le nostre attuali provviste: una mezza barretta di cioccolato (Ben la stava mangiando quando l'ho chiamato al telefono per dirgli di Margo); le 212 birre nel bagagliaio; la mappa dei percorsi che ho stampato e il contenuto della sua borsa, ovvero otto gomme da masticare, una matita, qualche fazzoletto, tre assorbenti interni, un paio di occhiali, alcuni tubetti di burro cacao, le sue chiavi di casa, una tessera della YMCA, una tessera della biblioteca, qualche scontrino, trentacinque dollari e una carta di credito delle aree di servizio BP.

«Fantastico! Siamo pionieri sottoequipaggiati! Se solo avessimo più soldi» esclama Lacey dal sedile di dietro.

«Quantomeno abbiamo la carta di credito BP» dico. «Possiamo fare benzina e comprarci da mangiare.»

Guardo nello specchietto retrovisore e vedo Radar, nella sua toga da diploma, che sbircia dentro la borsa di Lacey. La toga è un po' scollata e gli si vedono i peli ricci del petto. «Hai messo qualche boxer là dentro?» chiede.

«Faremmo meglio a fermarci da Gap» aggiunge Ben.

Il compito di Radar, in cui si è già tuffato grazie alla calcolatrice del palmare, è Ricerca e Calcolo. Si è sistemato nella fila di sedili dietro di me, da solo, e accanto a sé ha la mappa dell'itinerario e il manuale d'uso del minivan, tutti e due aperti. Sta calcolando a che velocità dobbiamo andare se vogliamo arrivare domattina a mezzogiorno, quante volte ci dobbiamo fermare per evitare di rimanere senza benzina, dove sono le aree di servizio BP lungo il tragitto, quanto dureranno le nostre soste e quanto tempo perderemo a rallentare e uscire dall'autostrada ogni volta.

«Dobbiamo fermarci a fare il pieno quattro volte. Le fermate devono essere brevissime. Sei minuti al massimo. Attraverseremo tre grandi zone residenziali, senza contare il traffico di Jacksonville, Washington D.C. e Philadelphia. La cosa buona è che arriveremo a D.C. per le tre del mattino. Secondo i miei calcoli, dovremmo tenere una velocità media di centoquindici chilometri all'ora. A quanto stiamo andando?»

«A cento» rispondo. «Il limite è novanta.»

«Vai a centoquindici» dice lui.

«Non posso, è pericoloso. Ci beccheremo una multa.»

«Vai a centoquindici» ripete. Schiaccio il piede sull'acceleratore. Io sono un po' restio ad andare a centoquindici, è vero, ma il problema è che anche il minivan è restio a viaggiare a quella velocità. Si mette a traballare come se potesse andare in pezzi da un momento all'altro. Resto sulla corsia di sorpasso, anche se non sono l'auto più veloce della strada e non mi piace che mi superino a destra, ma ho bisogno di non avere nessuno davanti perché, a differenza di tutti gli altri, non posso rallentare. È questo il mio compito: guidare ed essere nervoso. Mi viene in mente che è un ruolo che ho già ricoperto prima d'ora.

E Ben? Il ruolo di Ben è dover pisciare. All'inizio sembrava che il suo compito fosse lamentarsi perché non abbiamo CD e perché tutte le radio di Orlando fanno cagare, tranne quella del college, che però non si prende. Presto però ha abbandonato questo ruolo per la sua unica vera vocazione: il bisogno di pisciare.

«Devo pisciare» annuncia alle 15:06. Siamo partiti quarantatré minuti fa. Abbiamo all'incirca un giorno di viaggio davanti.

«Ok» dice Radar. «La buona notizia è che ci fermeremo, la cattiva è che non sarà prima di quattro ore e mezza.»

«Credo di poterla tenere» risponde Ben. Alle 15:10 annuncia: «Devo pisciare. Devo proprio.»

E il coro, in risposta: «Tienitela.» E lui: «Ma io...» E il coro, di nuovo: «Tienitela!» Per ora è divertente.

Ben che deve pisciare e noi che lo costringiamo a tenersela. Lui che ride e si lamenta perché ridere gli fa venire ancora di più da pisciare. Lacey salta davanti, dietro di lui, e gli fa il solletico sui fianchi. Lui che ride e frigna e anch'io mi metto a ridere, tenendo sempre un occhio sulla lancetta del tachimetro, fissa sui centoquindici chilometri all'ora. Chissà se questo viaggio l'ha programmato lei apposta per noi, o se è solo un caso: comunque sia, è il viaggio più divertente che io abbia mai fatto dall'ultima volta che ho passato ore al volante di un minivan.

Seconda ora

Sto ancora guidando. Proseguiamo verso nord, prendiamo la I-95 e risaliamo la Florida curva dopo curva vicini alla costa ma non esattamente sul mare. Ci sono pini tutto intorno, troppo sottili per la loro altezza. Un po' come me. Più che altro però c'è la strada, le macchine che superi e quelle che ogni tanto ti superano, e tu che devi sempre ricordarti chi hai davanti e chi dietro, chi si avvicina e chi si allontana.

Ora Lacey e Ben sono seduti entrambi dietro di me, mentre Radar è in fondo, e stanno giocando a una versione idiota di "Indovina cosa vedo": la regola è che si devono pensare cose che non sono fisicamente visibili.

«Vedo, vedo… qualcosa di tragicamente mitico.»

«Il modo che ha Ben di sorridere con il lato destro della bocca?»

«No» risponde Radar. «E non essere così sdolcinata. È disgustoso.»

«Il fatto che non avete niente sotto le toghe e che guiderete così fino a New York mentre tutti quelli che incrociamo pensano che siate vestiti?»

«No» risponde Radar. «Quello è tragico e basta.»

Lacey sorride. «Imparerete ad amarli, i vestitini, quando scoprirete il piacere del venticello.»

«Lo so io!» annuncio dal posto di guida. «Vedi un viaggio di ventiquattro ore a bordo di un minivan. Mitico perché i viaggi in macchina lo sono sempre, tragico perché la benzina che stiamo sperperando distruggerà il pianeta.»

No, dice Radar. Vanno avanti a provare a indovinare mentre io guido a centoquindici all'ora pregando di non beccarmi una multa e giocando a "Indovina cosa vedo" in versione metafisica. Salta fuori che la cosa tragicamente mitica è non poter restituire in tempo le toghe che abbiamo preso in affitto per il diploma. Sfreccio davanti a un poliziotto fermo su un'aiuola spartitraffico. Stringo il volante con entrambe le mani, sicuro che si lancerà al mio inseguimento e mi farà fermare. Non lo fa. Forse sa che sto correndo solo perché devo.

Terza ora

Ben è di nuovo seduto davanti, accanto a me. Io sto sempre guidando. Siamo tutti affamati. Lacey ci distribuisce le sue gomme da masticare, ma è una magra consolazione. Sta scrivendo una lista infinita di cose che dobbiamo comprare durante la nostra prima sosta all'area di servizio BP. Sarà meglio che sia un rivenditore molto fornito, perché stiamo per comprare l'ira di dio.

Ben dondola furiosamente le gambe su e giù.

«La vuoi smettere?»

«Mi scappa da tre ore.»

«L'hai già detto.»

«Mi sento la pipì tutta su, fino alla gabbia toracica» dice. «Giuro, sono pieno di pipì. Fratello, in pratica il settanta per cento del mio peso corporeo è costituito da pipì.»

«Uh-huh» dico io, abbozzando appena un sorriso. Molto divertente, ma sono molto stanco.

«Sento che se mi mettessi a piangere, piangerei pipì.»

A questo non resisto e mi lascio andare a una risata.

Passa qualche minuto, alzo gli occhi e Ben si sta tenendo stretto il cavallo con una mano, la toga tutta spiegazzata.

«Che diavolo fai?» gli chiedo.

«Bello, mi *scappa*. Sto per farmela sotto.» Si gira. «Radar, quanto manca?»

«Dobbiamo fare almeno altri duecentotrenta chilometri per rimanere nelle quattro soste in programma, il che significa un'altra ora e cinquantotto-virgola-cinque minuti, se Q tiene la velocità.»

«Sì che la tengo!» urlo. Siamo poco sopra Jacksonville e ci avviciniamo alla Georgia.

«Non ce la faccio, Radar. Dammi qualcosa in cui pisciare.»

Il coro sbotta: NO. Assolutamente no. Tienila come farebbe un vero uomo. Tienila come una signorina vittoriana conserva la propria verginità. Tienila con dignità e grazia, come il presidente degli Stati Uniti dovrebbe fare con le sorti del mondo libero.

«DATEMI QUALCOSA IN CUI PISCIARE O LA FACCIO SUL SEDILE. E MUOVETEVI!»

«Oh, Cristo» esclama Radar, slacciandosi la cintura. Si lancia nel retro, si abbassa e apre il frigobar. Torna al suo posto e allunga una birra a Ben.

«Grazie a Dio ha il tappo che si svita» dice Ben. Si copre la mano con la toga e apre la bottiglietta. Tira giù il finestrino, e dallo specchietto retrovisore vedo la birra che vola via dalla macchina e si riversa sull'autostrada. Ben riesce a infilare la bottiglietta sotto la toga senza mostrarci le sue presunte palle più grandi del mondo, e noi restiamo ad aspettare, troppo disgustati per guardare.

Lacey sta dicendo «Non puoi tenerla e basta?», quando lo sentiamo tutti. Non l'ho mai sentito prima, ma lo riconosco comunque: è il rumore della pipì che tamburella sul fondo di una bottiglia di birra. Sembra una specie di musica. Una musica rivoltante, dal ritmo concitato. Guardo Ben con la coda dell'occhio e vedo il sollievo nei suoi occhi. Sorride, con lo sguardo perso.

«Più a lungo la tieni, meglio ti senti dopo» dice. Presto il suono passa da un tin-tin di pipì-nella-bottiglia a un glu-glu di pipì-su-pipì. E poi, a poco a poco, il sorriso sul volto di Ben si spegne.

«Fratello, mi sa che mi serve un'altra bottiglia» annuncia.

«Un'altra bottiglia, PRESTO!» urlo.

«Altra bottiglia in arrivo!» Vedo Radar che si precipita sotto il sedile, infila la testa nel frigobar e tira fuori una bottiglietta. La apre a mani nude, spalanca uno dei finestrini di dietro e getta via la birra. Poi salta avanti, la testa tra me e Ben, e passa la bottiglia a Ben, che si guarda attorno in preda al panico.

«Ehm, mi sa che il... cambio sarà un po'... complicato» dice e armeggia furiosamente sotto il vestito. Non riesco a immaginare che cosa sta succedendo laggiù finché non vedo sbucare da sotto la toga una bottiglia di Miller Lite piena di pipì (che, per inciso, è pazzescamente simile alla Miller Lite). Ben sistema la bottiglia piena nel portabicchieri, prende l'altra da Radar e fa un sospiro di sollievo.

Noi nel frattempo restiamo a guardare la bottiglietta piena. La strada non è particolarmente dissestata, ma quanto a sospensioni la mia macchina lascia un po' a desiderare, quindi la pipì ondeggia pericolosamente.

«Ben, se versi la pipì nella mia auto nuova ti taglio le palle.»

Ben mi guarda sogghignando e continua a pisciare. «Ti servirà una bestia di coltellaccio, fratello.» E finalmente il getto rallenta. Ha finito. Con un movimento rapido lancia la seconda bottiglia fuori dalla finestra. E un attimo dopo anche l'altra.

Lacey simula un conato di vomito, o forse non lo sta affatto simulando. Radar chiede: «Acci, ma quanti litri d'acqua hai bevuto stamattina? Settanta?»

Ben è raggiante. Solleva un pugno in aria, in segno di vittoria, e urla: «Nemmeno una goccia sul sedile. Sono Ben Starling! Il primo clarinetto della Banda della Winter Park High School. Detentore del record di giù-nel-fusto. Campione della pipì-in-macchina. Sono il re del mondo! Sono il migliore!»

Trentacinque minuti più tardi, quasi alla fine della nostra terza ora, chiede: «Tra quanto ci fermiamo?»

«Tra un'ora e tre minuti, se Q tiene la velocità» risponde Radar.

«Bene, perché devo pisciare.»

Quarta ora

Per la prima volta Lacey chiede: «Siamo arrivati?» Scoppiamo a ridere. E be', in effetti siamo arrivati in

Georgia, uno Stato che adoro e amo alla follia per un'unica e sola ragione: il limite di velocità è di centodieci chilometri all'ora, il che significa che posso andare a centoventi. Per il resto, la Georgia mi ricorda la Florida.

Passiamo l'ora successiva a prepararci alla nostra prima fermata. È una sosta molto importante perché io ho tanta, tanta, tanta, tanta fame e tanta, tanta, tanta, tanta sete. Per qualche strana ragione, parlare del cibo che compreremo all'area di servizio mi attenua i morsi della fame. Lacey prepara liste di cose da comprare, una per ciascuno di noi, scritte in piccolo sul retro degli scontrini che ha pescato dalla borsa. Chiede a Ben di affacciarsi al finestrino per controllare da che lato della macchina è il tappo della benzina. Ci costringe a imparare a memoria le nostre liste e poi ci interroga. Parliamo all'infinito della sosta al distributore: tutto dovrà essere eseguito alla perfezione, come nei pit stop delle gare automobilistiche.

«Un'altra volta» dice Lacey.

«Io sono l'addetto alla benzina» comincia Radar. «La faccio partire e scappo via mentre la pompa è in azione, anche se in teoria dovrei rimanere lì per tutto il tempo, e ti passo la carta di credito. Poi torno alla pompa.»

«Io porto la carta al cassiere.»

«O cassiera» osservo.

«È irrilevante» dice Lacey.

«Ti sto solo dicendo di non essere così sessista.»

«Oh, insomma, Q. Io porto la carta alla persona che sta alla cassa. Le dico o gli dico di battere tutto quello che prendiamo, poi vado in bagno.»

E io: «Io nel frattempo prendo tutto quello che è segnato nella mia lista ed esco.»

E Ben: «E io piscio. E quando ho finito, prendo le cose della mia lista.»

«Le magliette, soprattutto» dice Radar. «La gente continua a guardarmi e a sghignazzare.»

Lacey dice: «Io firmo lo scontrino quando esco dal bagno.»

«E a quel punto, quando il serbatoio sarà pieno, io mi infilerò in macchina e partirò, quindi farete meglio a esserci o vi lascerò col culo per terra. Avete sei minuti» dice Radar.

«Sei minuti» ripeto io, annuendo con la testa. Lacey e Ben, a loro volta: «Sei minuti.» «Sei minuti.» Alle 17:35, quando mancano millequattrocentocinquanta chilometri alla meta, Radar ci informa che, stando a quello che dice il suo palmare, alla prossima uscita ci sarà un'area di servizio BP.

Quando svolto nello spiazzo del distributore, Lacey e Radar sono accucciati dietro allo sportello scorrevole. Ben, che si è già slacciato le cinture di sicurezza, ha una mano sulla maniglia dello sportello e l'altra sul cruscotto. Mantengo il più possibile una velocità sostenuta per poi inchiodare davanti alla pompa di benzina. Il minivan si ferma con un sobbalzo, e noi voliamo fuori dalle portiere. Io e Radar ci incrociamo davanti alla macchina, gli passo le chiavi e corro al negozio di alimentari. Lacey e Ben arrivano prima di me, ma di poco. Ben parte alla ricerca dei bagni, mentre Lacey spiega a una donna dai capelli grigi (sì, è una donna!) che stiamo per comprare un sacco di roba e che abbiamo una fretta tremenda, che lei dovrà battere i prodotti non appena glieli passeremo e che pagheremo tutto con la carta di credito BP. La donna sembra un po' sconvolta ma dice di sì. Radar si precipita dentro, facendo sventolare la toga, e passa la carta a Lacey.

Intanto io corro tra le corsie e afferro tutto quello che è indicato sulla mia lista. Lacey pensa alle bibite, Ben alla roba non deperibile, io al cibo. Faccio razzia di tortilla chips come se fossi un ghepardo davanti a un branco di gazzelle ferite. Volo alla cassa con una valanga di patatine, carne essiccata e noccioline e scaravento tutto sul bancone, poi mi lancio verso la corsia delle caramelle. Una manciata di Mentos, un'altra di Snickers e... Ok, le Nerd nella lista non ci sono, ma al diavolo la lista, io le adoro, le Nerd, e ne prendo tre pacchi. Corro indietro e mi precipito al banco della gastronomia, che consiste fondamentalmente in panini al tacchino un po' andati, con la carne che sembra più prosciutto che tacchino. Ne prendo due. Sul percorso per tornare alla cassa, afferro un paio di Starbust, un pacco di Twinkies e un numero indistinto di barrette GoFast. Ben è lì fermo, nella sua toga del diploma, e ha in mano alcune T-shirt da donna e occhiali da sole da quattro dollari. Lacey arriva correndo carica di litri di soda, energy drinks e bottiglie d'acqua. Bottiglie grandi, che neanche la pipì di Ben riuscirebbe a riempire.

«UN MINUTO» urla Lacey, e io vado nel panico. Giro a vuoto, gli occhi che schizzano in tutte le direzioni, e cerco di ricordarmi che cosa sto dimenticando. Guardo la lista. Mi sembra di aver preso tutto, ma ho come la sensazione di aver tralasciato qualcosa di importante. Qualcosa. *Dai*, *su*, *Jacobsen*. Patatine, caramelle, tacchino-che-sembra-prosciutto, panini al burro di arachidi, gelatina, e… Che altro? Quale altro genere alimentare mi manca? Carne, patatine, caramelle, e, e, e, e… formaggio! «CRACKER!» esclamo, a voce un po' troppo alta. Volo al reparto cracker, ne prendo un pacco al formaggio e un pacco al burro di arachidi e aggiungo i Biscotti della Nonna al burro di arachidi, poi torno indietro e scaravento tutto sul banco. Abbiamo già quattro sacchetti di roba. In totale fanno quasi cento dollari, senza contare la benzina. Passerò l'estate a sdebitarmi con i genitori di Lacey.

C'è un solo momento di pausa, ed è dopo che la cassiera fa passare la carta di credito di Lacey. Guardo l'orologio. Dobbiamo uscire entro venti secondi. Finalmente arriva lo scontrino. La donna lo strappa dal registratore di cassa, Lacey scarabocchia la sua firma, io e Ben afferriamo i sacchetti e ci lanciamo fuori, verso la macchina. Radar fa rombare il motore, per farci fretta. Attraversiamo il parcheggio di corsa, con il vento che solleva la toga di Ben e lo fa somigliare a una specie di stregone, se non fosse per le gambette pallide in bella mostra e per le braccia cariche di sacchetti della spesa. Vedo le gambe di Lacey sotto il suo vestito: i polpacci si tendono durante la corsa. Non so che aspetto ho, ma so come mi sento: giovane. Goffo. Senza confini. Vedo Lacey e Ben che entrano uno dopo l'altro dallo sportello scorrevole. Li seguo e atterro sui sacchetti e su Lacey. Radar dà gas mentre io chiudo lo sportello, e schizziamo via dal parcheggio nel primo e unico caso di partenza in sgommata in tutta la lunga e leggendaria storia dei minivan. Svolta a sinistra a una velocità un tantino esagerata e si immette in autostrada. Abbiamo quattro secondi di anticipo sulla tabella di marcia. E proprio come nei pit stop, ci diamo il cinque e ci scambiamo pacche sulle spalle. Siamo ben equipaggiati, ora. Ben ha una marea di contenitori in cui pisciare. Io ho una discreta quantità di carne essiccata. Lacey ha le sue Mentos. Radar e Ben hanno T-shirt da indossare sopra le toghe. La macchina è ormai una specie di biosfera: dateci il carburante e andremo avanti per sempre.

Quinta ora

D'accordo, forse non siamo così tanto ben equipaggiati. Si è scoperto che nella fretta io e Ben abbiamo fatto alcuni piccoli errori (niente di tragico, comunque). Ci sediamo sui sedili dietro a Radar, tiriamo fuori le cose dai sacchetti e le passiamo a Lacey, che sta dietro. Lacey a sua volta le impila secondo uno schema ben preciso chiaro solo a lei.

«Perché il NyQuil non va nella stessa pila del NoDoz? Le medicine non dovrebbero stare tutte insieme?» chiedo.

«Q, tesoro, tu sei un maschio e non puoi capire queste cose. Il NoDoz va con il cioccolato e la Mountain Dew perché contengono tutti caffeina, che serve a rimanere svegli. Il NyQuil va con la carne perché come la carne fa venire sonno.»

«Affascinante» commento. Quando finisco di passare il cibo a Lacey, lei mi chiede: «Q, dov'è la roba da mangiare, come dire… mangiabile?»

«Eh?»

Lacey tira fuori una copia della mia lista e legge: «Banane. Mele. Mirtilli secchi. Uva passa.»

«Oh» esclamo. «Giusto! Il quarto genere alimentare *non erano* i cracker.»

«Q» sbotta Lacey, furiosa. «Non posso mangiare niente di questa roba!»

Ben le mette una mano sul gomito. «Ma puoi mangiare i Biscotti della Nonna. Non ti fanno male, li ha fatti la Nonna. La Nonna non ti farebbe mai del male.»

Lacey si scosta dal viso una ciocca di capelli. Sembra proprio arrabbiata. «E poi ci sono le barrette GoFast. Sono ricche di vitamine» dico io.

«Sì, vitamine e trenta grammi di grassi» ribatte lei.

Dal volante Radar annuncia: «Non parlate male dei GoFast, altrimenti mi fermo qui.»

«Tutte le volte che mangio un GoFast penso: "Dev'essere questo il sapore che ha il nostro sangue per le zanzare"» dice Ben.

Scarto per metà una barretta caramellata al cioccolato e la metto davanti alla bocca di Lacey. «Annusala. Annusa la squisita dolcezza delle vitamine.»

«Mi farai diventare una botte.»

«E ti riempirai di brufoli» dice Ben. «Non dimenticare i brufoli.»

Lacey mi strappa la barretta di mano e l'addenta, malvolentieri. E a quel punto è costretta a chiudere gli occhi per nascondere il piacere orgasmico che inevitabilmente si prova sgranocchiando un GoFast. «Oh, mio Dio. Ha il sapore della speranza.»

Alla fine svuotiamo anche l'ultimo sacchetto. Contiene due T-shirt di grossa taglia, e Radar e Ben sono tutti eccitati perché d'ora in poi saranno due ragazzi-che-indossano-magliette-giganti-sopra-stupide-toghe invece di ragazzi-che-indossano-stupide-toghe e basta.

Ma quando Ben spacchetta le T-shirt, scopriamo che ci sono due piccoli problemi. Per prima cosa salta fuori che una L in un'area di servizio della Georgia non è come una L comprata in qualunque negozio della Florida. Le T-shirt dell'area di servizio sono mostruosamente grandi: sembrano più sacchetti dell'immondizia che magliette. Sono più piccole delle toghe, ma di poco. Questa però è un'inezia in confronto all'altro problema, e cioè che entrambe le T-shirt hanno la stampa in rilievo di un'enorme bandiera degli Stati Confederati. E sopra la stampa campeggia la scritta HERITAGE NOT HATE.

«No, non è possibile» dice Radar quando gli mostro perché stiamo ridendo. «Ben Starling, sarà meglio che tu non abbia comprato al tuo unico amico nero una maglietta razzista.»

«Ma fratello, ho preso le prime che ho trovato.»

«E non chiamarmi fratello» dice Radar, però ride mentre scrolla la testa. Gli passo la sua maglietta e lui se la infila tenendo il volante con le ginocchia. «Spero che ci fermino» dice. «Voglio proprio vedere come reagisce un poliziotto alla vista di un nero con addosso una maglietta degli Stati Confederati sopra una toga.»

Sesta ora

Per qualche strano motivo, il tratto della I-95 a sud di Florence, nel South Carolina, è il posto in cui si va il venerdì sera in macchina. Restiamo intrappolati nel traffico per molti chilometri, e anche se Radar muore dalla voglia di violare il limite di velocità, siamo fortunati se raggiungiamo i trenta chilometri all'ora. Sono seduto davanti, accanto a Radar, e per non farci assalire dal nervosismo facciamo un gioco che abbiamo appena inventato, chiamato "Quello Lì È un Gigolo", in cui devi immaginare le vite delle persone nelle macchine vicine.

Di fianco a noi c'è una donna latino-americana su una Toyota Corolla vecchia e malconcia. La osservo nell'oscurità che sta calando. «Ha lasciato la famiglia per venire qui» dico. «È una clandestina. Manda i soldi a casa il terzo martedì del mese. Ha due bambini piccoli e un marito emigrato, che ora sta in Ohio. Lui passa solo tre o quattro mesi all'anno a casa, ma vanno comunque molto d'accordo.»

Radar si sporge dalla mia parte e la guarda per mezzo secondo. «Cristo, Q, non è così melotragico. Fa la segretaria in uno studio di avvocati: guarda com'è vestita. Lavora lì da cinque anni, ma tra poco anche lei prenderà la laurea in legge. Non è sposata e non ha figli. In compenso ha un fidanzato. È uno poco serio, che ha paura di impegnarsi. Un bianco, spaventato dalla prospettiva Jungle Fever della loro storia.»

«Ha la fede» gli faccio notare. A difesa di Radar, devo dire che non ha potuto osservarla con attenzione, come invece ho fatto io. È alla mia destra, proprio sotto di me, e la vedo attraverso i finestrini colorati della sua auto mentre canta da sola sulle note di chissà quale canzone, tenendo lo sguardo fisso sulla strada. Ci sono così tante persone. È facile dimenticare quanto è pieno il mondo, stracolmo di persone fino a scoppiare, e su ognuna si può fantasticare e sbagliare di brutto. Ho la sensazione che questa sia una buona idea, di quelle attorno alle quali il cervello dovrebbe avvolgersi piano, come fanno i pitoni quando mangiano. Prima che io possa approfondire questi pensieri, però, Radar commenta:

«La mette solo per tenere alla larga i depravati come te.»

«Sarà.» Sorrido, prendo la barretta di GoFast iniziata che tengo sulle ginocchia e la addento. Restiamo di nuovo in silenzio per un po', e mi metto a pensare ai modi in cui ti capita di vedere e non vedere le persone, ai finestrini colorati tra me e questa donna che sta guidando accanto a noi, a me e a lei, chiusi tutti e due dentro automobili e circondati da finestrini e specchi, mentre andiamo avanti insieme, fianco a fianco, su questa autostrada congestionata. Quando Radar ricomincia a parlare, scopro che anche lui stava facendo delle riflessioni.

«La cosa bella di "Quello lì È un Gigolo", come gioco, intendo, è che alla fine dice più cose della persona che sta fantasticando che di quella sulla quale si fantastica.»

«Sì, è vero. Ci stavo pensando anch'io.» E non riesco a non pensare che Whitman sia stato un po' troppo ottimista, forse per via di tutta quella sfrenata bellezza. Possiamo ascoltare gli altri, possiamo viaggiare fino a loro rimanendo dove siamo, possiamo immaginarli, ed è vero che siamo tutti connessi da un assurdo sistema di radici, come foglie d'erba; ma questo gioco mi fa dubitare che possiamo davvero diventare qualcun altro.

Settima ora

Alla fine superiamo un camion finito fuori strada e riprendiamo velocità. Radar calcola a mente che non dobbiamo scendere sotto i centoventi chilometri orari da qui fino ad Agloe. È passata un'ora intera da quando Ben ha annunciato che doveva andare in bagno; la ragione di questo lungo intervallo è molto semplice: sta dormendo. Ha preso un NyQuil alle sei. È sdraiato sui sedili in fondo. Io e Lacey lo abbiamo legato con tutte e due le cinture di sicurezza, cosa che lo ha obbligato a stare ancora più scomodo, ma 1. Lo abbiamo fatto per il suo bene e 2. Sapevamo tutti che tempo venti minuti si sarebbe addormentato di schianto, in qualunque condizione. E infatti adesso ronfa alla grande. Lo sveglieremo a mezzanotte. Intanto ho appena messo a dormire Lacey, nella stessa posizione sui sedili dietro di noi. Sono le nove. La sveglieremo alle due. L'idea è che dormiremo a turno, così non arriveremo ad Agloe morti di sonno.

La macchina è diventata una specie di casa molto piccola. Sono seduto sul sedile del passeggero, che è il salotto. Secondo me è la stanza migliore della casa: c'è un sacco di spazio e la poltrona è comoda.

Sparso sul tappetino sotto il sedile del passeggero c'è l'ufficio, che comprende una mappa degli Stati Uniti che Ben ha preso all'area di servizio, i fogli con i percorsi che ho stampato io e quelli su cui Radar ha scarabocchiato i suoi calcoli delle distanze e delle velocità.

Radar è al posto di guida. Il soggiorno. Assomiglia molto al salotto, ma non è altrettanto rilassante. Ed è più pulito.

Tra il soggiorno e la camera da letto c'è la console centrale, o cucina. Lì teniamo un megarifornimento di carne essiccata, barrette di GoFast e questo magico energy drink, il Bluefin, che Lacey ha inserito nella lista della spesa. Le bottigliette sono di vetro, piccole e hanno una forma bizzarra. Il Bluefin sa di zucchero filato blu. Ti tiene sveglio meglio di qualunque altra cosa nella storia dell'uomo, ma, per contro, ti rende un po' nervoso. Io e Radar abbiamo deciso che ne berremo fino a due ore prima delle nostre pause-sonno. La mia comincia a mezzanotte, quando sveglieremo Ben.

La prima fila di sedili è la prima camera da letto. È la stanza meno ambita perché è vicina alla cucina e al soggiorno, dove le persone stanno sveglie a parlare e dove spesso la radio è accesa.

Dietro c'è la seconda camera da letto, che è più buia e tranquilla, quindi decisamente migliore della prima.

E in fondo c'è il frigorifero, o frigobar, che al momento contiene 210 birre in cui Ben non ha ancora pisciato, i panini al tacchino-che-sembra-prosciutto e alcune lattine di coca.

È una casa più che dignitosa. Ha la moquette in tutte le stanze, il riscaldamento centralizzato e l'aria condizionata, e c'è la filodiffusione dappertutto. Certo, sono solo cinque metri quadrati calpestabili, ma è un open space, e non c'è niente come un open space.

Ottava ora

Non siamo da molto in South Carolina quando becco Radar a sbadigliare e insisto per dargli il cambio alla guida. Dopotutto guidare mi piace e questo sarà pure un minivan, ma è il mio minivan. Radar scivola nella prima camera da letto, io afferro il volante e lo tengo fermo mentre passo veloce sopra la cucina e mi trasferisco al posto di guida.

Sto scoprendo che viaggiare ti insegna un sacco di

cose su te stesso. Io per esempio non ho mai pensato di essere il genere di persona capace di pisciare in una bottiglia quasi vuota di Bluefin mentre attraversa la South Carolina a centoventi chilometri all'ora, e invece sono quel genere di persona. Per di più non sapevo che se mescoli un'abbondante dose di pipì con un po' di Bluefin ottieni un liquido di un bellissimo turchese scintillante. Mi piace così tanto che vorrei tappare la bottiglia e lasciarla nel portabicchieri per mostrarla a Lacey e Ben al loro risveglio.

Radar però ha un'opinione diversa. «Se non butti via quella merda all'istante, tra di noi sarà finita, dopo ben undici anni di amicizia.»

«Non è *merda*» ribatto. «È pipì.»

«Fuori!» insiste lui. E così la butto via. Dallo specchietto retrovisore vedo la bottiglia che colpisce l'asfalto e scoppia come un palloncino pieno d'acqua. Anche Radar la sta guardando.

«Oh, mio Dio» esclama. «Spero che sia uno di quegli eventi così traumatici e distruttivi per la psiche che si cancellerà immediatamente dalla mia memoria.»

Nona ora

Non immaginavo che ci si potesse stancare di mangiare barrette GoFast. E invece si può. Sto per dare il secondo morso alla mia quarta barretta del giorno quando il mio stomaco si ribella. Apro un cassettino della console centrale e ce la infilo. Per noi questa parte della cucina è la dispensa.

«Peccato non avere delle mele» se ne esce Radar. «Cacchio, non ti andrebbe una bella mela adesso?»

Sospiro. Stupida quarta categoria. E come se non bastasse, anche se ho smesso di bere Bluefin qualche ora fa, mi sento ancora parecchio nervoso.

«Ho i nervi tesi» dico.

«Sì, anch'io. Non riesco a tener ferme le dita» risponde Radar. Abbasso lo sguardo: sta tamburellando le dita sulle ginocchia. «Sul serio. Non ci riesco, giuro.»

«Va bene, d'accordo, tanto io non sono stanco, quindi possiamo restare svegli fino alle quattro, poi li svegliamo e dormiamo fino alle otto.»

«Ok» dice Radar. Cala il silenzio. La strada si è svuotata, ci siamo solo noi e qualche camion. Sento che il mio cervello sta processando le informazioni a una velocità undicimila volte maggiore del solito, e capisco che quello che sto facendo è molto semplice, che guidare in autostrada è la cosa più semplice e rilassante del mondo: tutto ciò che devo fare è rimanere nella mia corsia, controllare che nessuno mi si avvicini troppo, che io non mi avvicini troppo a nessuno e andare avanti. Forse anche per lei è andata così. Io però non sarei riuscito a sentirmi così, se fossi stato solo.

Radar rompe il silenzio. «D'accordo, ma se restiamo svegli fino alle quattro...»

Finisco la frase: «... ci toccherà aprire un'altra bottiglia di Bluefin, mi sa.»

E così facciamo.

Decima ora

È l'ora della nostra seconda fermata. Mezzanotte e tredici. Le dita non mi sembrano più fatte di carne e ossa, mi sembrano fatte di puro movimento. Mentre guido, picchietto nervoso sul volante.

Quando Radar individua l'area di servizio BP più vicina con il suo palmare, svegliamo Lacey e Ben.

Faccio un primo tentativo: «Ehi, ragazzi, stiamo per fermarci.» Nessuna reazione.

Radar si volta e appoggia una mano sulla spalla di Lacey.

«Lace, è ora di svegliarti.» Niente.

Accendo la radio e mi sintonizzo su una stazione di vecchi successi. C'è *Good morning*, dei Beatles. Alzo un po'. Nessuna reazione. Radar allora alza ancora. E ancora. Quando parte il coretto, comincia a cantare. Mi unisco anch'io. Credo che sia il mio acuto spaccatimpani a svegliarli, alla fine.

«BASTA!» urla Ben. Spegniamo la radio.

«Ben, ci stiamo fermando. Non devi fare pipì?»

Non risponde, ma sento che armeggia nel buio. Chissà se ha qualche metodo fisico per controllare se la sua vescica è piena. «Direi che sono a posto» dichiara.

«Bene, allora tu stai alla pompa.»

«Come unico maschio qui dentro che non ha pisciato in macchina, io mi accaparro il bagno per primo» dice Radar.

«Shhh» mormora Lacey. «Shhh. State zitti.»

«Lacey, devi alzarti e andare a fare pipì» le dice Radar. «Ci stiamo fermando.»

«Puoi comprarti le mele» le dico.

«Mele» sussurra contenta con una vocetta dolce da bambina. «Mi piacciono tanto tanto le mele.»

«E poi, dopo la pipì e le mele, ti toccherà guidare» dice Radar. «Perciò ora devi proprio tirarti su.»

Si mette a sedere e, tornando alla sua normale voce di Lacey, risponde: «Questo non mi piace tanto tanto.»

L'uscita è a un chilometro e mezzo dall'area di servizio, quindi piuttosto vicina, ma Radar sostiene che perderemo quattro minuti, e considerato quanto ci è costato il traffico del South Carolina, siamo davvero messi male con la tabella di marcia. Oltretutto, a detta di Radar, più avanti sull'autostrada, a circa un'ora da dove siamo adesso, ci sono dei lavori in corso. Comunque non posso permettermi di preoccuparmi. Lacey e Ben sono ormai abbastanza svegli da riuscire a mettersi ai blocchi di partenza, dietro lo sportello scorrevole, proprio come l'ultima volta. Quando ci fermiamo davanti alla pompa di benzina, ci tuffiamo tutti fuori e io lancio le chiavi a Ben, che le afferra al volo.

Io e Radar passiamo rapidi accanto al tizio bianco dietro la cassa. Radar si accorge che l'uomo lo sta guardando e si ferma. «Eh, sì» dice, senza imbarazzo. «Indosso una maglietta con scritto HERITAGE NOT HATE sopra la toga del diploma. A proposito, vendete pantaloni qui?»

Il tipo sembra perplesso. «Abbiamo dei pantaloni militari vicino all'olio per macchine.»

«Perfetto» commenta Radar. Poi si volta verso di me e mi fa: «Sii buono, prendimi un paio di pantaloni militari. E magari anche una T-shirt decente.»

«Sarà fatto» rispondo. Pare che i pantaloni militari non prevedano tutta la gamma di taglie normali. Li trovi solo medium o large. Afferro un paio medium e una T-shirt rosa large con scritto LA NONNA MIGLIORE DEL MONDO. Prendo anche tre bottiglie di Bluefin.

Passo tutto a Lacey quando lei esce dal bagno, poi mi infilo nel bagno delle donne, visto che nell'altro c'è ancora Radar. Non credo di essere mai stato nel bagno delle donne di un'area di servizio prima d'ora.

Differenze:
Niente distributori di profilattici
Meno scritte alle pareti
Niente vespasiani

L'odore è pressappoco lo stesso, il che non è per niente bello.

Quando esco, Lacey sta pagando e Ben si è attaccato al clacson. Dopo un iniziale momento di confusione, corro alla macchina.

«Abbiamo perso un minuto» dice Ben dal sedile del passeggero. Lacey si immette nella corsia che ci riporterà in autostrada.

«Mi dispiace» dice Radar da dietro. Seduto accanto a me, si contorce per infilarsi i pantaloni sotto la toga. «La cosa positiva è che ho guadagnato un paio di pantaloni. E una nuova T-shirt. Dov'è la maglietta, Q?» Lacey gliela passa. «Molto divertente.» Si sfila la toga, rimpiazzandola con la maglietta della nonna. Ben intanto si lamenta che nessuno ha preso un paio di pantaloni per lui. Gli prude il culo, dice. E poi, a pensarci bene, quasi quasi gli scappa la pipì.

Undicesima ora

Arriviamo ai lavori in corso. L'autostrada diventa a una sola corsia, e noi siamo bloccati dietro un camion con rimorchio che sta andando esattamente alla velocità massima indicata a causa dei lavori in corso: cinquantacinque K/h. Lacey è l'autista perfetto in questa situazione. Se fosse per me, prenderei a martellate il volante per il nervosismo; lei invece chiacchiera amabilmente con Ben, finché a un certo punto si volta verso di me e mi fa:

«Q, ho davvero bisogno di andare in bagno, e stiamo comunque perdendo tempo dietro questo camion.»

Annuisco. Non posso certo biasimarla. Se non avessi potuto farla in una bottiglia, io avrei costretto gli altri a fermarci già da un pezzo. Era stata eroica a resistere per così tanto tempo.

Entra nel parcheggio di un distributore aperto 24 ore su 24. Io esco per sgranchirmi le gambe. Quando Lacey torna alla macchina correndo, sono seduto al posto di guida. Non so perché mi sono messo qui, perché ci sono finito io e non Lacey. Lei arriva davanti allo sportello e mi guarda dal finestrino. Le dico: «Guido io, ce la faccio.» È la mia macchina, dopotutto, e la mia missione. E lei: «Davvero? Sei sicuro?», e io: «Sì, sì, sto bene.» Lacey allora si infila dentro dallo sportello scorrevole e si allunga sulla prima fila di sedili.

Dodicesima ora

Sono le 2:40 del mattino. Lacey sta dormendo. Radar sta dormendo. Io guido. La strada è deserta. Ormai anche i camionisti si sono fermati quasi tutti per dormire un po'. Andiamo avanti per interi minuti senza incrociare fanali nella direzione opposta. Ben, seduto accanto a me, chiacchiera per tenermi sveglio. Parliamo di Margo.

«Hai già pensato a come faremo a trovare Agloe?» mi chiede.

«Mmm, ho una vaga idea dell'incrocio» rispondo. «E dopotutto è solo un incrocio.»

«E lei dovrebbe starsene lì ad aspettarti, seduta in macchina, magari dietro, in un angolo del bagagliaio con il portellone aperto e il mento appoggiato alle mani?»

«Be', questo di sicuro aiuterebbe» rispondo.

«Fratello, devo dirti che sono un po' preoccupato che tu possa... insomma, che se le cose non vanno come hai programmato... che magari tu possa restarci molto male.»

«Voglio solo trovarla» dico, ed è la verità. Trovarla, viva e al sicuro. Riavvolgere il filo. Il resto è secondario.

«Sì, ma... Non lo so» dice Ben. Sento che mi sta guardando, d'un tratto calato nei panni di Ben il Serio. «Solo... solo ricordati che a volte le persone non sono come le crediamo. Io per esempio ho sempre pensato che Lacey fosse sexy da morire e superfiga, ma ora che sto con lei... non è la stessa cosa. Le persone sono diverse quando puoi sentire il loro profumo e guardarle da vicino, sai?»

«Sì che lo so» dico. So benissimo quanto a lungo l'ho immaginata, e anche quanto mi sono sbagliato.

«Sto solo dicendo che prima per me era facile adorare Lacey. È facile adorare qualcuno che non conosci. Ma quando lei ha smesso di essere una cosa meravigliosa e inarrivabile ed è diventata una ragazza come le altre, compresi un rapporto malato con il cibo e un caratterino prepotente che ti raccomando, a quel punto ho dovuto cominciare ad apprezzare una persona completamente diversa.»

Le guance mi si infiammano. «Stai dicendo che Margo non mi piace *davvero*? Dopo tutto questo... Sono chiuso dentro questa macchina da dodici ore e tu pensi che lei non mi interessa davvero perché io non...» Mi freno. «Credi che avere una ragazza ti dia il diritto di metterti sulla cima di una montagna e darmi lezioni? Sei veramente un...»

Mi interrompo perché vedo, illuminato dai fanali, ciò che tra poco mi ucciderà.

Due mucche in piena autostrada, del tutto ignare di quello che sta succedendo. Appaiono all'improvviso: sulla corsia di sinistra una mucca pezzata e su quella che stiamo percorrendo noi una creatura immensa, larga come la nostra macchina, perfettamente immobile; ha la testa voltata dalla nostra parte, e ci soppesa con sguardo assente. È completamente bianca: una parete bianca di mucca che non si può scavalcare, schivare, evitare. Ci si può solo finire addosso. So che anche Ben l'ha vista, perché sento che ha smesso di respirare.

Dicono che la vita ti scorre davanti agli occhi, ma per me non è così. Niente mi scorre davanti agli occhi, se non questa immensa distesa di pelo candido, ad appena un secondo da noi. Non so che cosa fare. Però no, non è questo il problema. Il problema è che non c'è niente da fare, se non sbattere contro questo muro bianco e ammazzarci, noi e lui. Freno di colpo, ma è più che altro un automatismo: lo schianto è del tutto inevitabile. Stacco le mani dal volante e le sollevo. Non so perché lo sto facendo, ma alzo le mani, in segno di resa. Sto pensando la cosa più banale del mondo: sto pensando che non voglio che succeda. Non voglio morire. Non voglio che i miei amici muoiano. E per dirla tutta, mentre il tempo rallenta e io resto con le mani in alto, mi concedo un altro pensiero, e penso a Margo. Ce l'ho con lei per questa ridicola caccia mortale, per averci messo in pericolo, per avermi trasformato nel genere di cazzone che sta sveglio tutta la notte e guida a una velocità assurda. Se non fosse stato per lei, non starei per morire. Sarei a casa, al sicuro, a fare l'unica cosa che ho sempre voluto fare: diventare grande.

Ho abbandonato il controllo della nave e resto di stucco quando vedo comparire una mano sul volante. Prima di capire che cosa sta succedendo, stiamo piegando a destra, e solo dopo mi rendo conto che Ben si è impadronito del volante e lo sta girando tutto dalla sua parte, in un tentativo disperato di evitare la mucca. Un attimo dopo siamo sulla corsia di emergenza, e poi sull'erba. Sento le gomme stridere mentre Ben sterza forte e velocissimo nella direzione opposta. Smetto di guardare. Non so se ho chiuso gli occhi o se ho solo smesso di vedere. Stomaco e polmoni si incontrano e si scontrano a metà strada dentro di me. Qualcosa di appuntito mi si conficca in una guancia. Ci fermiamo.

Non so bene perché, ma mi tocco la faccia. Tiro via la mano e vedo che è sporca di sangue. Mi tocco le braccia con le mani, come se mi stessi abbracciando, ma invece sto solo controllando se sono ancora lì, e ci sono. Mi guardo le gambe. Ci sono anche loro. Vedo pezzi di vetro in giro. Mi guardo intorno. Le bottiglie si sono rotte. Ben mi guarda, si tocca la faccia. Sembra che stia bene. Si tasta tutto come ho appena fatto io. Il suo corpo sembra a posto. Ora mi guarda e basta. Vedo la mucca dallo specchietto retrovisore. E poi Ben urla, a scoppio ritardato. Mi guarda e urla, con la bocca spalancata. È un muggito basso, gutturale, atterrito. Smette di urlare. Ho qualcosa che non va. Mi sento svenire. Il petto mi brucia. Prendo una boccata d'aria. Mi ero dimenticato di respirare. Avevo trattenuto il respiro per tutto il tempo. Ora che ho ricominciato mi sento molto meglio. *Inspira dal naso, espira dalla bocca.*

«Chi si è fatto male?» grida Lacey. Si tira su e si sporge dietro. Mi volto e vedo che lo sportello posteriore è spalancato e per un attimo penso che Radar è volato giù, ma poi anche lui si alza e si mette a sedere. Si passa una mano sulla faccia, frenetico, e dice: «Sono a posto, sono a posto. E voi?»

Lacey non risponde nemmeno: salta davanti, tra me e Ben. Si allunga sulla cucina e guarda Ben. «Tesoro, dove ti sei fatto male?» gli chiede. L'acqua trabocca dai suoi occhi, come una piscina in un giorno di pioggia. Ben risponde: «StobenestobeneQsanguina.»

Lacey si volta verso di me. Non dovrei, ma comincio a piangere e non perché mi fa male, ma perché mi sono fatto prendere dal panico, ho alzato le mani, e Ben ci ha salvato e adesso questa ragazza mi sta guardando e mi guarda come farebbe una mamma e la cosa non dovrebbe distruggermi e invece lo fa. So che il taglio che ho sulla guancia non è niente e vorrei riuscire a spiegarlo agli altri, invece continuo a piangere. Lacey mi tocca la ferita con le dita morbide e sottili, e urla a Ben di trovarle qualcosa da usare come benda, e subito dopo mi ritrovo con un piccolo frammento della bandiera degli Stati Confederati premuto su una guancia, a destra del naso. Lacey mi dice: «Tienila premuta forte, non è niente. Ti fa male da qualche altra parte?» Rispondo di no. E a questo punto capisco che la macchina è ancora in moto, che la marcia è ancora inserita e che non ci stiamo muovendo solo perché ho ancora il piede piantato sul pedale del freno. Metto in folle. Quando spengo il motore, sento il suono di qualcosa di liquido che si sta versando: non gocce, ma un fiotto copioso.

«Mi sa che dobbiamo scendere» dice Radar. Mi tengo premuta sulla guancia la bandiera degli Stati Confederati. Lo strano rumore continua.

«È benzina! Salteremo in aria!» urla Ben. Spalanca lo sportello del passeggero e si lancia fuori, correndo in preda al panico. Scavalca un recinto e si butta in un campo di fieno a tutta velocità. Esco anch'io, ma con meno foga. Anche Radar è fuori dalla macchina. Mentre Ben se la dà a gambe, Radar si mette a ridere e annuncia: «È birra.»

«Che cosa?»

«Le birre si sono rotte» ripete, indicando con la testa il frigobar aperto e il fiume di liquido schiumoso che parte da lì.

Proviamo a chiamare Ben, ma non ci sente perché è troppo impegnato a urlare: «SALTERÀ IN ARIA!» mentre corre nel campo come un disperato. La sua toga svolazza nella luce grigia dell'alba, scoprendogli le chiappe nude e ossute.

Mi volto a guardare l'autostrada: sento arrivare una macchina. Il bestione bianco e la sua compagna pezzata si sono portati al sicuro pian pianino sull'altra corsia d'emergenza, sempre impassibili. Mi volto di nuovo verso la macchina e mi accorgo che è contro lo steccato.

Mentre io valuto i danni, Ben finalmente torna indietro. Dobbiamo aver strisciato contro lo steccato, quando abbiamo sterzato, perché c'è un solco profondo sullo sportello scorrevole, così profondo che a guardarlo da vicino si vede dentro l'abitacolo. Per il resto, l'auto sembra come nuova. Nessuna ammaccatura. Nessun finestrino rotto. Niente gomme a terra. Vado sul retro per chiudere lo sportello e vedere con i miei occhi le 210 bottiglie di birra rotte che ancora gorgogliano. Quando ci troviamo l'uno di fronte all'altra, Lacey mi passa un braccio intorno alla vita. Fissiamo entrambi il rivolo di birra schiumosa che finisce nel canale di scolo dietro di noi. «Che cos'è successo?» mi chiede.

Glielo spiego: eravamo praticamente morti, ma poi Ben è riuscito a far piroettare la macchina nel verso giusto, come se fosse una virtuosa ballerina a quattro ruote.

Ben e Radar sono strisciati sotto il furgoncino. Nessuno dei due ne sa una mazza di motori, ma immagino che il solo fatto di stare laggiù li faccia sentire meglio. L'orlo della toga di Ben e i suoi polpacci scoperti spuntano da là sotto.

«Ehi» urla Radar. «*Sembra* tutto *a posto*.»

«Radar» gli dico. «Ha fatto tipo otto testacoda. Non può essere *a posto*.»

«Ho detto che sembra a posto» risponde Radar.

«Ehi» esclamo, agguantando le New Balance di Ben. «Ehi, vieni fuori.» Si divincola per uscire, e io lo aiuto a tirarsi su. Ha le mani nere per il grasso della macchina. Lo abbraccio. Se non gli avessi mollato il timone e se lui non avesse preso al volo la guida della nave, sarei morto di sicuro. «Grazie» gli dico, dandogli una pacca sulla schiena, forse un po' troppo forte. «La migliore guida dal posto del passeggero che io abbia mai visto in tutta la mia vita.»

Mi accarezza la guancia illesa con una mano coperta di grasso. «L'ho fatto per salvare me, non te» dichiara. «Credimi se ti dico che non mi sei proprio passato per la testa.»

Rido. «Nemmeno tu a me.»

Ben mi guarda, la bocca sul punto di sorridere, e dice: «Cazzo, era enorme quella mucca. Non era neanche una mucca, era più una balena di terra.» Rido.

Radar riemerge. «Secondo me è tutto a posto. Abbiamo perso solo cinque minuti, più o meno. Non abbiamo neanche bisogno di andare più veloci.»

Lacey guarda il solco sulla portiera e arriccia le labbra.

«Che cosa ne dici?» le chiedo.

«Andiamo» risponde lei.

«Andiamo» vota Radar.

Ben sgonfia le guance ed espira. «Più che altro perché sono un tipo che subisce molto la pressione del gruppo: andiamo.»

«Andiamo» dico. «Io però non guido più, poco ma sicuro.»

Ben mi prende le chiavi. Saliamo in macchina, e Radar si mette alla guida. Costeggiamo un canale, lungo una stradina in leggera pendenza prima di immetterci in autostrada. Siamo a 867 chilometri da Agloe.

Tredicesima ora

Ogni due minuti Radar dice: «Ehi, ragazzi, vi ricordate quella volta che stavamo per morire ma poi Ben ha afferrato il volante e ha evitato una mucca gigantenorme e ha fatto girare la macchina come le tazze da tè di Disney World e non siamo più morti?»

Lacey si sporge in cucina, appoggia una mano su un ginocchio di Ben e dice: «Sei un *eroe*, ti rendi conto? Ti copriranno di medaglie per quello che hai fatto.»

«L'ho detto una volta e ve lo ridico: non ho pensato a nessuno di voi. Io. Volevo. Salvarmi. Il. Culo.»

«Sei un bugiardo. Un eroico e adorabile bugiardo» dice Lacey, e gli pianta un bacio sulla guancia.

Radar ricomincia: «Ehi, ragazzi, vi ricordate quella volta che ero sdraiato sul sedile di dietro legato a due cinture di sicurezza e lo sportello si è aperto, la birra è caduta giù e sono sopravvissuto, completamente indenne? Com'è stato *possibile*?»

«Giochiamo a Indovina cosa vedo metafisico» propone Lacey. «Vedo, vedo… un cuore di eroe, un cuore che batte non per se stesso, ma per l'umanità intera.»

«NON STO FACENDO IL MODESTO. IO NON VOLEVO MORIRE E BASTA» esclama Ben.

«Ehi, ragazzi, vi ricordate che una volta, nel furgoncino, venti minuti fa, non si sa bene come non siamo morti?»

Quattordicesima ora

Dopo che lo shock iniziale è passato, ci mettiamo a pulire. Cerchiamo di radunare quanti più vetri rotti di bottiglie di Bluefin possibile e li infiliamo in un sacchetto che prima o poi butteremo. I tappetini della macchina sono inzuppati di un misto appiccicoso di Mountain Dew, Bluefin e Diet Coke. Proviamo ad asciugarli con i pochi tovaglioli che abbiamo recuperato. Ci vorrebbe come minimo un lavaggio vero e proprio, ma prima di Agloe non c'è tempo. Radar ha già fatto i conti di quanto dovrò spendere per sistemare lo sportello: 300 dollari, vernice esclusa. Il costo di questo viaggio continua a salire, ma rimedierò lavorando nell'ufficio di papà quest'estate. E comunque è un riscatto minimo da pagare per avere indietro Margo.

Il sole sta sorgendo alla nostra destra. La guancia continua a sanguinarmi. La bandiera degli Stati Confederati ormai si è appiccicata alla ferita e non ho più bisogno di reggerla.

Quindicesima ora

Una sottile fila di querce getta la sua ombra sui campi di grano che si estendono all'orizzonte. Il paesaggio cambia, ma tutto il resto è uguale. Le grandi autostrade come questa riducono il Paese a un unico posto, fatto di McDonald's, BP e Wendy's. So che dovrei detestarlo e rimpiangere di continuo i bei vecchi tempi, quando a ogni angolo venivi inondato di colore locale, ma in realtà a me piace. Mi piace quest'uniformità. Mi piace poter guidare per quindici ore senza che il mondo cambi troppo. Mi sdraio sui sedili di dietro e Lacey mi allaccia le due cinture di sicurezza. «Hai bisogno di riposare» mi dice. «Ne hai passate tante.» È bello che nessuno mi abbia ancora rimproverato per non essere stato più interventista nella nostra battaglia contro la mucca.

Tra sonno e veglia li sento di nuovo ridere: non distinguo le parole, ma il ritmo, il tono canzonatorio e le voci che si alzano e si abbassano. Mi piace ascoltare, semplicemente, oziando sull'erba. E decido che se arriviamo in tempo ma non la troviamo, ecco cosa faremo: andremo in giro per i Catskill alla ricerca di un posto dove sederci e oziare sull'erba, a chiacchierare e a raccontarci stupidaggini. Forse è l'assoluta certezza che lei è viva, anche se non ne ho le prove, a rendere di nuovo possibile tutto questo. Riesco quasi a immaginare di essere felice senza di lei, di poterla lasciar andare, di sentire che le nostre radici sono connesse, anche se non vedrò mai più quella foglia d'erba.

Sedicesima ora

Dormo.

Diciassettesima ora

Dormo.

Diciottesima ora

Dormo.

Diciannovesima ora

Mi sveglio con Radar e Ben che discutono ad alta voce sul nome da dare alla macchina. Ben vorrebbe chiamarla Muhammad Ali, perché, proprio come Muhammad Ali, incassa un pugno e non si ferma. Radar sostiene che non si può dare il nome di un personaggio storico a una macchina. Dice che dovremmo chiamarla Lurlene, perché suona bene.

«Vuoi chiamarla *Lurlene*?» chiede Ben alzando la voce, inorridito. «Questo povero veicolo non ha già sofferto abbastanza?»

Mi slaccio una cintura e mi metto a sedere. Lacey si volta a guardarmi.

«Buongiorno» mi dice. «Benvenuto nel favoloso Stato di New York.»

«Che ore sono?»

«Le nove e quarantadue.» Ha i capelli raccolti in

una coda di cavallo, tranne le ciocche più corte. «Come va?» mi chiede.

Glielo dico. «Ho paura.»

Lei mi sorride e annuisce. «Sì, anch'io. È come se ci fossero troppe cose che possono succedere per prepararsi a tutte.»

«Sì, è vero» dico.

«Spero che rimarremo amici, quest'estate» mi dice. E la cosa per qualche motivo mi fa stare bene. Non lo sai mai, che cosa può farti stare bene.

Radar sta dicendo che dovremmo chiamare la macchina Oca Grigia. Mi sporgo in modo che tutti mi sentano e dico: «Chiamiamola Trottola. Più la fai girare, meglio funziona.»

Ben annuisce. Radar si volta verso di me. «Direi che dovremmo eleggerti nostro nominatore ufficiale.»

Ventesima ora

Sono seduto nella prima camera da letto insieme a Lacey. Ben guida. Radar fa il navigatore. L'ultima volta che si sono fermati, io stavo dormendo. Hanno comprato una mappa dello Stato di New York. Agloe non è segnalata, ma a nord di Roscoe ci sono solo cinque o sei incroci. Ho sempre pensato che lo Stato di New York fosse un'unica metropoli sterminata e tentacolare, ma per ora è solo un continuo su e giù di colline verdissime su cui la macchina procede eroica. C'è un momento di silenzio, Ben si allunga verso la manopola della radio e io dico: «Indovina cosa vedo metafisico!»

Ben comincia: «Vedo, vedo... qualcosa che mi piace un sacco.»

«Io lo so» dice Radar. «È il sapore delle palle.»

«No.»

«Il sapore dei peni?» provo.

«No, rincoglionito» dice Ben.

«Mmm» dice Radar. «È l'*odore* delle palle?»

«La *consistenza* delle palle?» chiedo.

«Su, deficienti. Non ha niente a che fare con i genitali. Lace, tu che dici?»

«Mmm, è la sensazione che provi per aver appena salvato tre vite?»

«No. Siete completamente fuori strada.»

«Ok, e allora cos'è?»

«Lacey» risponde Ben. Lo vedo che la guarda dallo specchietto retrovisore.

E dico: «È "Indovina cosa vedo *meta*fisico", deficiente. Dev'essere una cosa che non si può vedere.»

«Ed è così» ribatte lui. «A piacermi un sacco è Lacey, ma non la Lacey che potete vedere.»

«Bleah, disgustoso!» dice Radar, ma Lacey si slaccia la cintura e si allunga sulla cucina per sussurrare qualcosa nell'orecchio di Ben. Lui diventa tutto rosso.

«Va bene, prometto di non inondarvi di melassa anch'io» dice Radar. «Vedo, vedo… qualcosa che tutti noi stiamo provando.»

La butto lì. «Una stanchezza mostruosa?»

«Ottima idea, ma no.»

Lacey dice: «La sensazione di quando hai assunto troppa caffeina e ti sembra che il tuo corpo pulsi più velocemente del tuo stesso cuore?»

«No. Ben?»

«Mmm… Il bisogno di fare pipì. O scappa solo a me?»

«Sì, scappa solo a te, come sempre. Altre proposte?» Tutti zitti. «La risposta giusta è che pensiamo tutti che saremmo più felici se cantassimo a cappella *Blister in the sun.*»

Ed è proprio così. Duro d'orecchio musicale come sono, canto più forte di tutti. E quando finiamo, dico: «Vedo, vedo… una storia straordinaria.»

Nessuno dice niente. Si sente solo il rumore di Trottola che brucia carburante mentre si lancia giù per una discesa. E dopo un po' Ben chiede: «È questa, vero?»

Annuisco.

«Sì» dice Radar. «Sarà una storia pazzesca, sempre che non moriamo.»

E sarebbe ancora meglio se la trovassimo, penso, ma non dico niente. Ben accende la radio e trova una stazione rock che trasmette solo ballate, che noi possiamo cantare tutti insieme.

Ventunesima ora

Alla fine, dopo oltre 1.800 chilometri, è ora di uscire. È impossibile andare a centoventi chilometri all'ora sull'autostrada a due corsie che ci porta più a nord, verso i monti Catskill. Ma ce la faremo. Radar, il miglior organizzatore della storia, ha messo in conto mezz'ora in più senza dirci niente. È bello quassù, con il chiarore del sole di tarda mattinata che scende sul bosco secolare. Questa luce fa sembrare nuovi anche gli edifici di mattoni dei piccoli centri in rovina che attraversiamo.

Io e Lacey stiamo dicendo a Ben e Radar tutto quello che ci viene in mente, nella speranza di aiutarli a ritrovare Margo. Gliela ricordiamo. Ce la ricordiamo. La sua Honda Civic argento. I suoi capelli castani, diritti come spaghetti. La sua passione per gli edifici abbandonati.

«Ha con sé un quaderno nero» dico.

Ben si volta a guardarmi. «D'accordo, Q. Se ad Agloe vedo una ragazza che sembra proprio Margo, non faccio nulla, a meno che non abbia un quaderno. Sarà l'indizio decisivo.»

Lo ignoro. Volevo solo ricordargliela. Voglio ricordarla un'ultima volta, sperando ancora di rivederla.

Agloe

Il limite di velocità scende da novanta a settantadue a cinquantasei chilometri l'ora. Superiamo alcuni binari della ferrovia e arriviamo a Roscoe. Attraversiamo piano un apatico centro cittadino: ci sono un bar, un negozio di abbigliamento, un supermercato e un paio di botteghe con le saracinesche abbassate.

Mi sporgo in avanti e dico: «Ce la vedo, lì dentro.»

«Mmm, sì» farfuglia Ben. «Senti, bello, io non ho intenzione di intrufolarmi da nessuna parte. Non credo che le prigioni di New York facciano per me.»

A me invece il pensiero di esplorare quei posti non fa granché paura, visto il deserto della città. Non c'è niente di aperto. Oltre il centro della cittadina incontriamo una strada, una sola, sulla quale si affacciano l'unica zona residenziale di Roscoe e una scuola elementare. Case modeste con gli infissi di legno sovrastate da alberi, che da queste parti crescono alti e robusti.

Ci immettiamo su un'altra statale, su cui il limite di velocità aumenta costantemente. Radar però continua a guidare piano. Abbiamo percorso poco più di un chilometro quando sulla sinistra vediamo una stradina sterrata senza nome.

«Potrebbe essere questa» dico.

«Questo è un vialetto d'accesso» commenta Ben, ma Radar lo imbocca comunque. Però sembra davvero un vialetto d'accesso, tracciato direttamente sul terreno

fangoso. Alla nostra sinistra, l'erba è incolta e alta quanto gli pneumatici; non vedo niente, ma temo che per una persona sarebbe facile nascondersi in quel campo. Guidiamo per un po' finché la strada sbuca davanti a una casa colonica d'epoca vittoriana, e lì finisce. Facciamo inversione e torniamo alla statale a due corsie, più a nord, che poco dopo diventa Cat Hollow Road. Andiamo avanti finché non incrociamo una stradina sterrata identica alla prima, questa volta a destra, che ci porta a una specie di granaio fatiscente di legno grigio. Grosse balle di fieno cilindriche sono allineate nei campi, ma l'erba ha già ricominciato a crescere. Radar guida a meno di dieci chilometri all'ora. Cerchiamo qualcosa di anomalo. Qualcosa che rompa la perfezione idilliaca del paesaggio.

«Pensi che siano i Grandi Magazzini di Agloe?» chiedo.

«Cosa, quel granaio?»

«Sì.»

«Boh» dice Radar. «I grandi magazzini somigliavano ai granai?»

Inspiro a fondo ed espiro dalle labbra contratte. «Boh.»

«Quella non è... Merda, è la sua macchina!» urla Lacey, accanto a me. «Sì sì sì sì sì la sua macchina la sua macchina!»

Radar sterza, e io seguo il dito di Lacey puntato verso l'altra parte del campo, dietro il granaio. Un balenio d'argento. Mi abbasso per avvicinare la faccia a quella di Lacey e intravvedo il tettuccio arrotondato dell'automobile. Dio solo sa come ci è arrivata: non ci sono stradine che portano fin lì.

Radar accosta, io salto fuori e corro verso la macchina di Margo. Vuota. Aperta. Guardo nel portabagagli. Vuoto anche quello, a parte una valigia aperta e vuota. Do un'occhiata intorno e parto verso quelli che, ora ne sono convinto, sono i resti dei Grandi Magazzini di Agloe. Mentre attraverso di corsa il campo falciato, Ben e Radar mi raggiungono. Entriamo nel granaio; non passiamo da una porta, ma da una delle tante aperture che si sono create dove il legno delle pareti è crollato.

Dentro, la luce del sole che filtra dai molti buchi nel soffitto illumina spicchi del pavimento di legno marcito. Mentre mi guardo intorno per cercarla, registro ogni cosa: le tavole di legno molli. L'odore di mandorle simile al suo. Una vecchia vasca da bagno coi piedi in un angolo. Ci sono così tanti buchi dappertutto che sembra di stare allo stesso tempo dentro e fuori.

Sento che qualcuno mi tira forte la camicia. Mi volto e vedo Ben che continua a spostare lo sguardo da me a un angolo della stanza. Un largo fascio di luce che piove dal soffitto mi acceca un po', ma alla fine riesco a vedere. Due pannelli di plexiglas ad altezza petto, verniciati di grigio e sporchi, sono addossati l'uno all'altro a formare un angolo acuto, contro la parete di legno. È un cubicolo triangolare, se così si può dire.

Ed ecco che cosa succede con le finestre colorate: la luce penetra comunque. E così, sebbene in scala di grigio, vedo la surreale scena davanti a me: Margo Roth Spiegelman seduta su una sedia da ufficio di pelle nera, china su un banco di scuola, intenta a scrivere. Ha i capelli molto più corti – una frangia irregolare sulle sopracciglia e il resto tutto scompigliato, a evidenziare l'asimmetria del taglio – ma è lei. È viva. Ha spostato il suo ufficio da un centro commerciale abbandonato della Florida a un granaio abbandonato dello Stato di New York, e io l'ho trovata.

Ci avviciniamo, tutti e quattro insieme, ma lei sembra non essersi accorta di noi. Continua a scrivere. Alla fine qualcuno – forse Radar – dice: «Margo, Margo?»

Lei si alza in punta di piedi e si sporge dalle pareti della sua improvvisata stanzetta. Se è sorpresa di vederci, non lo dà a vedere. Eccola, Margo Roth Spiegelman, a meno di due metri da me, le labbra screpolate fin quasi a spaccarsi, niente trucco, le unghie sporche, gli occhi silenziosi. Non li ho mai visti così morti, ma ancora una volta, forse non ho mai visto i suoi occhi prima d'ora. Mi guarda. Sono sicuro che sta guardando me e non Lacey, Ben o Radar. Non mi sono mai sentito così penetrato da uno sguardo da quando gli occhi morti di Robert Joyner mi hanno trafitto nel parco Jefferson.

Rimane lì in silenzio a lungo, e io sono troppo spaventato dal suo sguardo per avvicinarmi. "Io e questo mistero qui ci ergiamo" aveva scritto Whitman.

Alla fine Margo dice: «Datemi giusto cinque minuti», si risiede e si rimette a scrivere.

La guardo mentre scrive. A parte il fatto che è piuttosto trasandata, mi sembra proprio come sempre. Non so perché, ma pensavo che l'avrei trovata diversa. Più grande. Che il giorno in cui l'avessi ritrovata avrei fatto fatica a riconoscerla. E invece eccola, la sto guardando attraverso il plexiglas, ed è proprio lei, Margo Roth Spiegelman, la ragazza che conosco da quando avevo due anni, la ragazza che era un'idea di cui io mi sono innamorato.

Ed è solo ora che chiude il quaderno e lo infila in uno zaino ai suoi piedi, si alza e viene verso di noi, è solo ora che capisco che quell'idea non era solo sbagliata, ma anche pericolosa. Che cosa ingannevole, credere di una persona che sia più di una persona.

«Ciao» dice a Lacey, sorridendo. La abbraccia, poi dà la mano a Ben e a Radar. Dopodiché alza le sopracciglia e dice: «Ciao, Q» e mi abbraccia, un abbraccio rapido e leggero. Volevo restarle addosso. Volevo che fosse un gran momento. Volevo sentirla singhiozzare contro il mio petto, volevo che le lacrime le rigassero le guance coperte di polvere e mi bagnassero la camicia. Invece mi abbraccia in fretta e si siede sul pavimento. Mi metto di fronte a lei, insieme a Ben, Radar e Lacey. Siamo tutti davanti a Margo.

«È bello vederti» le dico dopo un po', con la sensazione di interrompere una preghiera silenziosa.

Margo si scosta i capelli dalla fronte. Sembra che stia decidendo che cosa dire prima di dirlo. «Sì, ehm… Allora. Non capita spesso che io non trovi le parole, vero? È che non ho parlato con nessuno ultimamente. Forse potremmo cominciare con… Che cavolo ci fate qui?»

«Margo» esclama Lacey. «Cristo, Margo, ci siamo preoccupati da morire.»

«Non ce n'era bisogno» risponde Margo, allegra. «Sto bene.» Alza i due pollici. «È tutto OK!»

«Potevi chiamarci e dircelo» interviene Ben, con una punta d'amarezza. «Ci avresti risparmiato un viaggio dell'altro mondo.»

«Nella mia esperienza, caro Ben il Sanguinolento, quando te ne vai da un posto, te ne vai *e basta*. E scusa, perché hai addosso un vestito?»

Ben arrossisce. «Non chiamarlo così» scatta Lacey.

Margo le scocca un'occhiata. «Omioddio, tu stai con lui?» Lacey non risponde. «Non stai davvero con lui» insiste Margo.

«Sì, ci sto davvero» dice Lacey. «E mi piace davvero. E tu sei una stronza davvero. E io me ne sto andando davvero. È stato bello vederti, Margo. Grazie per avermi spaventato a morte, per avermi fatto sentire una merda durante tutto l'ultimo mese di scuola, per aver fatto la stronza dopo che ti abbiamo cercato in lungo e in largo per controllare che stessi bene. È stato un vero piacere conoscerti.»

«Vale lo stesso per me. Insomma, come avrei fatto a sapere quanto sono grassa se non fosse stato per te?» Lacey si alza e se ne va a passi pesanti, facendo vibrare il pavimento fatiscente. Ben la segue. Mi giro e vedo che anche Radar si è alzato.

«Non sapevo nulla di te prima di conoscerti attraverso i tuoi indizi» le dice. «Mi piacevano più loro di te.»

«Di che diavolo sta parlando?» mi chiede Margo. Radar non risponde. Se ne va e basta.

È evidente che dovrei fare lo stesso. Sono miei amici, di sicuro più di Margo. Ma ho alcune domande da farle. Mentre lei si alza e si avvia verso il suo cubicolo, parto con la più ovvia: «Perché fai la bambina viziata?»

Si volta e mi afferra la camicia, urlandomi in faccia: «Chi vi ha detto di presentarvi qui senza preavviso?»

«Come facevo ad avvisarti quando ti sei cancellata dalla faccia della Terra?» Batte le palpebre piano, e ne deduco che non sa come rispondermi, quindi mi preparo a rincarare la dose. Sono così incazzato con lei perché... perché... Non so. Perché non è la Margo che mi aspettavo che fosse. Perché non è la Margo che alla fine pensavo di aver immaginato nel modo giusto. «Ero sicuro che avessi un buon motivo per non esserti fatta sentire con nessuno dopo quella notte. E sarebbe questo il tuo buon motivo? Vivere come un barbone?»

Margo mi lascia andare la camicia e arretra. «E adesso chi è che fa il bambino? Me ne sono andata nell'unico modo in cui si può andar via: strappando via la propria vita tutta in una volta. Come un cerotto. Insomma, tu sei libero di essere te stesso, Lacey è libera di essere se stessa, ognuno è libero di essere com'è, e anch'io lo sono.»

«Con il piccolo particolare, Margo, che io non sono stato libero di essere me stesso, perché pensavo che fossi *morta*. L'ho pensato per quasi tutto il tempo e ho fatto una marea di cazzate che non avrei mai fatto altrimenti.»

A questo punto si mette a urlare, tirandomi per la camicia in modo da guardarmi diritto in faccia. «Ma che stronzate! Non sei venuto qui per controllare che stessi bene. Sei venuto perché volevi salvare la tua povera piccola Margo dalla sua anima tormentata, in modo che io sarei stata tanto-tanto-grata al mio cavaliere dall'armatura scintillante, mi sarei tolta i vestiti e ti avrei implorato di abusare del mio corpo.»

«Stronzate!» grido. Ed è quello che sono, perlopiù. «Stavi solo giocando con noi, vero? Volevi solo essere sicura di rimanere il nostro centro di gravità, anche dopo che te n'eri andata a fare i tuoi comodi.»

Risponde urlando, più forte di quanto credessi possibile. «Non sei nemmeno veramente arrabbiato con me, Q! Sei solo arrabbiato con l'idea che ti sei fatto di me da quando eravamo piccoli!»

Fa per andarsene, ma io la prendo per le spalle e la blocco. «Hai mai anche solo pensato a quello che la tua scomparsa avrebbe provocato? A Ruthie? A me, a Lacey o a chiunque ci tenga a te? No, certo che no, naturalmente. Perché se non succede a te, non succede e basta. Non è così, Margo? Non è così?»

Non mi aggredisce più, adesso. Abbassa le spalle, si volta e torna al suo ufficio. Prende a calci le due pareti di plexiglas, che si schiantano rumorosamente contro la scrivania e la sedia prima di scivolare sul pavimento. «STAI ZITTO STAI ZITTO SEI UNO STRONZO.»

«Va bene» le dico. Per qualche strano motivo, vedere Margo perdere totalmente le staffe ha fatto recuperare la calma a me. Provo a parlare come mia madre. «D'accordo, starò zitto. Siamo tutti e due sconvolti. Per quanto mi riguarda, ho un sacco di... questioni irrisolte.»

Si risiede sulla poltroncina da ufficio, puntando i piedi contro quella che fino a un attimo fa era una parete del suo ufficio. Fissa un angolo del granaio ad almeno tre metri da noi. «Come cavolo avete fatto a trovarmi?»

«Credevo che lo volessi» le rispondo, a voce così bassa che non credo lei riesca a sentirmi. Margo però si gira sulla sedia e mi guarda.

«Non è così, giuro.»

«Io canto di me stesso» dico. «Guthrie mi ha portato a Whitman. Whitman alla porta. La porta al centro commerciale. Abbiamo cercato di interpretare la scritta sulla parete. Non avevo capito che cosa volesse dire "città di carta": significa anche quartieri mai edificati, perciò ho pensato che fossi andata in uno di quei posti-fantasma per non tornare più indietro. Ho pensato che fossi morta da qualche parte, che ti fossi ammazzata e che per qualche ragione volessi che fossi io a ritrovarti. Perciò ho esplorato un bel po' di pseudoquartieri, per cercarti. Poi però ho fatto combaciare gli strappi della mappa che ho trovato in quel negozio di articoli da regalo con i buchi alla parete. Mi sono messo a leggere la poesia con più attenzione, immaginando che tu non stessi scappando, ma che ti fossi semplicemente rintanata da qualche parte, a fare piani. A scrivere sul tuo quaderno. Ho trovato Agloe sulla mappa, ho visto il tuo post su Omnictionary, ho saltato la cerimonia dei diplomi e ho guidato fin qui.»

Margo si porta i capelli davanti, ma non sono più abbastanza lunghi da ricaderle sulla faccia. «Odio questo taglio» dice. «Volevo sembrare diversa, ma... sono solo ridicola.»

«A me piace. Ti incornicia il viso in modo carino.»

«Mi dispiace di aver fatto la stronza. Ma dovete capirmi. Insomma, siete piombati qui dal nulla e mi avete fatto una paura cane...»

«Potevi dirlo, potevi dire soltanto: "Ragazzi, mi avete fatto una paura cane."»

Ridacchia. «Sì, certo, perché è questa la Margo Roth Spiegelman che tutti conoscono e adorano.» Sta zitta un attimo, poi aggiunge: «Sapevo che non dovevo scrivere quella cosa su Omnictionary, ma ho pensato che per loro sarebbe stato divertente trovarla più avanti. Ho immaginato che la polizia ci sarebbe arrivata in qualche modo, ma non in tempo. Ci saranno miliardi di pagine su Omnictionary. Non avevo mai pensato...»

«A cosa?»

«Ho pensato un sacco a te, per rispondere alla tua domanda. E a Ruthie. E ai miei. Ovvio, no? Forse sono la persona più orrendamente egocentrica della storia. Ma cavoli, pensi che l'avrei fatto se non avessi dovuto?» Scuote la testa. Ora finalmente si piega in avanti verso di me, con i gomiti sulle ginocchia, e cominciamo a parlare. A distanza, ma è già qualcosa. «Non riuscivo a immaginare nessun altro modo per andarmene senza che venissero a riprendermi.»

«Sono felice che tu non sia morta» le dico.

«Sì, anch'io» risponde. Sorride, compiaciuta, ed è la prima volta che rivedo quel sorriso che mi è mancato per così tanto tempo. «Ed è per questo che sono dovuta andar via. Per quanto possa fare schifo, la vita è pur sempre decisamente migliore della sua alternativa.»

Mi squilla il telefono. È Ben. Rispondo.

«Lacey vuole parlare con Margo» mi dice.

Mi avvicino a Margo, le passo il telefono e resto lì mentre lei ascolta, con le spalle incurvate. Sento parlare all'altro capo del telefono, poi Margo taglia corto e dice: «Senti, mi dispiace molto. È solo che ero spaventata.» Poi silenzio. Alla fine Lacey ricomincia a parlare,

Margo ride e dice qualcosa. Mi sembra che abbiano bisogno di un po' di intimità, perciò comincio a esplorare la stanza. Sulla stessa parete dell'ufficio, ma nell'altro angolo, Margo ha allestito una specie di letto: quattro pallet sotto un materassino gonfiabile arancio. I suoi pochi vestiti sono ben piegati su un altro pallet, accanto al letto. Uno spazzolino, un dentifricio e una grossa tazza di plastica di Subway sono posati sopra due libri: *La campana di vetro* di Sylvia Plath e *Mattatoio n. 5* di Kurt Vonnegut. Non riesco a credere che abbia vissuto in questo mix inconciliabile di ordinata suburbanalità e angosciante decadenza, ma poi ancora una volta non posso credere di aver perso così tanto tempo a immaginarla a vivere in qualunque altro modo.

«Stanno in un motel nel parco. Lacey mi ha detto di dirti che ripartiranno domattina, con o senza di te» dice Margo, dietro di me. Nel sentirle dire *te* e non *noi* penso per la prima volta a quello che verrà dopo.

«Sono quasi autosufficiente» mi dice. Si è alzata e mi si è avvicinata, adesso.

«C'è un bagno esterno qui, ma non è messo molto bene, perciò di solito vado alle toilette di quest'area di servizio per camionisti a est di Roscoe. Hanno anche le docce, e quelle delle donne sono abbastanza pulite perché non ci sono molte camioniste in giro. E c'è perfino Internet. È come se questa fosse la mia prima casa e l'area di servizio la mia residenza estiva.» Rido.

Mi oltrepassa e s'inginocchia a guardare i pallet sotto il letto. Tira fuori una torcia e un pezzo di plastica sottile e quadrato. «Queste sono le uniche cose che ho comprato nell'ultimo mese, a parte il cibo e il carburante. Ho speso solo trecento dollari, più o meno.» Le prendo lo strano pezzo di plastica dalle mani e solo a quel punto capisco che è un giradischi che va a batterie. «Ho comprato un paio di album» mi dice. «E ne comprerò altri nella City.»

«Nella City?»

«Sì, oggi parto per New York. Da qui il post su Omnictionary. Ora comincerò a viaggiare davvero. Nei miei piani iniziali sarei dovuta partire oggi da Orlando: sarei andata alla cerimonia dei diplomi, avrei fatto tutti quegli assurdi bagordi della notte del diploma insieme a te e poi sarei partita la mattina dopo. Ma non ce l'ho fatta ad aspettare. Non potevo resistere nemmeno un'altra ora. E quando ho saputo di Jase, ho pensato: "È già tutto pronto, devo solo cambiare la data." Però mi dispiace di averti spaventato. Ho cercato di non spaventarti, ma alla fine ho fatto tutto molto in fretta. Potevo organizzarla meglio, lo so.»

Per essere un piano di fuga messo insieme in fretta e furia e pieno zeppo di indizi, a me sembrava piuttosto impressionante. Più che altro però ero sorpreso dal fatto che mi avesse incluso nei suoi piani originali. «Mi spieghi un paio di cose?» le chiedo, abbozzando un sorriso. «Sai, mi sono fatto un po' di domande. Che cosa avevi programmato e che cosa no? Cosa significa cosa? Perché gli indizi erano diretti a me, perché te ne sei andata? Domande del genere, insomma...»

«Mmmm... D'accordo. Per raccontare questa storia dobbiamo cominciare da un'altra.» Si alza e io la seguo, mettendo i piedi esattamente dove li mette lei, perché Margo sa in quali punti le assi del pavimento sono marcite, e li evita con agilità. Torna all'ufficio e sfila dallo zaino il quaderno nero. Si siede sul pavimento, a gambe incrociate, e mi fa segno di imitarla, battendo una mano sul legno accanto a sé. Mi siedo. Picchietta un dito sul quaderno chiuso. «Allora, questo risale a molto tempo fa. A quando ero, tipo, in quarta elementare. Ho cominciato a scrivere una storia su questo quaderno. Era una specie di giallo.»

Mi viene in mente che potrei portarle via il quaderno e usarlo per ricattarla. La farei tornare a Orlando e lei si cercherebbe un lavoretto estivo e una stanza in affitto fino all'inizio del college. Così avremmo l'estate, quantomeno. E invece mi limito ad ascoltarla.

«Insomma, non mi piace vantarmi, ma è un brillante esempio di alta letteratura. Scherzo. Sono divagazioni idiote piene di sogni e fantasticherie dei miei dieci anni. La protagonista è questa ragazzina, che si chiama Margo Spiegelman ed è identica a come ero io a dieci anni a parte che i suoi sono simpatici, ricchi e le comprano tutto quello che vuole. Margo è innamorata di questo ragazzino, Quentin, che è identico a te a parte il fatto che è coraggioso, eroico ed è disposto a morire per proteggermi. E poi c'è Myrna Mountweazel che è spiccicata a Myrna Mountweazel, a parte il fatto che è dotata di poteri magici. Per dirne uno, chiunque la accarezzi non può mentire per dieci minuti. E in più Myrna parla. Chiaro che parla. Si è mai visto un bambino di dieci anni che scrive un libro su un cane che *non* parla?»

Rido, ma sto ancora pensando a Margo quando-aveva-dieci-anni innamorata di me quando-avevo-dieci-anni.

«In questa storia» continua, «Quentin, Margo e Myrna Mountweazel indagano sulla morte di Robert Joyner, che è uguale identica alla sua vera morte a parte il fatto che non si è suicidato, ma qualcun altro gli ha sparato alla testa. E tutto ruota intorno a noi che cerchiamo di capire chi è stato.»

«E chi è stato?»

Margo si mette a ridere. «Vuoi che ti riveli la trama rovinandoti la sorpresa?»

«Be', no, mi piacerebbe leggerlo.» Apre il quaderno e mi mostra una pagina. La scrittura è indecifrabile, non perché Margo abbia una brutta calligrafia, ma perché il testo è scritto sia in orizzontale che in verticale, tutto sovrapposto. «Ho scritto a incroci» dichiara. «È molto difficile da capire per chiunque non sia me. Perciò mi sa che dovrò rovinarti la sorpresa, ma tu promettimi di non arrabbiarti.»

«Promesso.»

«Si scopre che il crimine è stato commesso dal fratello alcolizzato della sorella dell'ex moglie di Robert Joyner, che è stato posseduto dallo spirito di un gatto domestico indemoniato dell'Antico Egitto ed è impazzito. Te l'ho detto, qui si sta parlando di un'autrice di altissimo livello. E comunque... Tu, io e Myrna Mountweazel affrontiamo l'assassino, che cerca di spararmi, ma tu ti butti sulla traiettoria e muori da vero eroe tra le mie braccia.»

Mi metto a ridere. «Fantastico. Prometteva così bene, con una bella ragazza innamorata di me, un mistero, un intrigo e poi... finisco morto stecchito.»

«Sì, lo so.» Sorride. «Ma dovevo farti morire. L'unico altro finale possibile era che noi andassimo a letto insieme, cosa che a dieci anni non ero emotivamente pronta a scrivere.»

«Comprensibile. Vorrà dire che mi darai più possibilità quando lo rivedrai.»

«Dopo lo sparo del cattivo, forse. Un bacio prima di morire.»

«Che gentile da parte tua.» Potrei alzarmi, avvicinarmi a lei e baciarla. Potrei, ma ci sono ancora troppe cose che rischio di rovinare.

«Vabbe', insomma, ho finito di scrivere questa storia in quinta elementare. Qualche anno dopo decido di scappare in Mississippi. Scrivo tutti i miei piani per il grande evento sul mio quaderno, sopra la vecchia storia, e alla fine lo metto in pratica: prendo l'auto di mia madre e faccio millecinquecento chilometri, dopo aver lasciato quegli indizi nella pastina in brodo. Il viaggio in macchina non mi è neanche *piaciuto*, a dire la verità, sempre sola, tremendamente sola, ma adoro il pensiero di averlo fatto, rendo l'idea? Perciò mi metto a scrivere altri progetti, idee, fantasie su come mettere insieme una certa ragazza con un certo ragazzo, campagne di fascia-case con la carta igienica, nuove fughe segrete in macchina e altre cose del genere. All'inizio del terzo anno delle superiori il quaderno è mezzo pieno, ed è allora che decido che farò un'ultima cosa, una cosa grossa, e poi me ne andrò.»

Sta per ricominciare a parlare, ma devo bloccarla. «Mi piacerebbe sapere se è stato per il posto o per le persone. Voglio dire, sarebbe stato lo stesso se avessi avuto intorno persone diverse?»

«Come fai a separare le due cose? Le persone sono il posto, che è le persone. E comunque, non pensavo che ci fosse qualcun altro di cui potevo diventare amica. Mi sembrava che fossero tutti paurosi, come te, o superficiali, come Lacey. E poi...»

«Non sono così pauroso come credi» dico. Che è vero. Solo che lo capisco solo ora, dopo che l'ho detto. Ma va bene lo stesso.

«Ci sto *arrivando*» dice Margo, quasi protestando. «Insomma, durante il mio primo anno di superiori, Gus mi porta all'Osprey.» Inclino la testa, confuso. «Il centro commerciale. E poi comincio ad andarci da sola. Me ne sto lì e faccio progetti. E arrivata al quinto anno tutti i miei piani si sono concentrati su questa fuga finale. Non so se è perché mi ero messa a rileggere la mia vecchia storia, ma ti ho incluso subito nei miei progetti. L'idea era che avremmo fatto tutte queste cose insieme – tipo entrare nel SeaWorld, cosa che avevo deciso fin dall'inizio – e io ti avrei spinto a tirar fuori le palle. Quella notte ti avrebbe, tipo... liberato. E a quel punto io sarei potuta scomparire e tu mi avresti ricordato per sempre per quello.

«E così alla fine il mio piano arriva tipo a settanta pagine, ci siamo quasi, e si sta mettendo proprio bene, ma poi scopro di Jase, e decido di partire e basta. Subito, senza più neanche aspettare il diploma. Tanto, a che cosa serve diplomarsi? Prima però devo rimettere insieme tutti i pezzi dispersi. Così passo un intero giorno a scuola davanti al mio quaderno, a cercare come una matta di far entrare nei miei piani Becca, Jase, Lacey e tutti quelli che non si sono rivelati gli amici che pensavo, immaginando modi per far capire a tutti quanto mi hanno fatto incazzare, prima di mollarli per sempre.

«Ma volevo ancora farlo insieme a te. Mi piaceva ancora l'idea di riuscire a farti diventare quantomeno una lontana eco del mitico eroe della mia opera infantile.

«E poi tu mi hai sorpreso» mi dice. «Per tutti questi

anni ti avevo visto come un ragazzo di carta: a due dimensioni, come personaggio del mio racconto; a due dimensioni diverse, ma sempre piatte, come persona in carne e ossa. Quella notte però scopro che sei vero. E perfino originale, divertente, speciale, tanto che quando torno nella mia stanza, il mattino dopo, mi manchi. Voglio tornare indietro e rimettermi lì a parlare con te, ma ho deciso di partire e devo partire. E poi all'ultimo momento ho quest'idea dell'Osprey. Di lasciartelo, sperando che possa aiutarti a fare ulteriori progressi nel campo del non-essere-più-un-cagasotto.

«Perciò, ecco tutto. Salgo in camera mia velocissima. Attacco il poster di Woody sul retro della tenda, cerchio il titolo della canzone sulla custodia del disco ed evidenzio quei due versi di *Io canto di me stesso* in un colore diverso da quello che ho usato per altri passaggi quando l'ho letto per la prima volta. Poi, quando tu esci per andare a scuola, mi intrufolo dalla tua finestra e lascio quel pezzo di giornale nella porta della tua camera. Dopodiché vado all'Osprey, sia perché non me la sento ancora di partire, sia perché voglio fartelo trovare pulito. Insomma, il punto è che *non volevo* che ti preoccupassi. È per questo che ho coperto i graffiti: non immaginavo che saresti riuscito a decifrarli comunque. Ho strappato le pagine del calendario che avevo usato e ho staccato la mappa, che avevo attaccato alla parete dopo aver scoperto che riportava Agloe. Poi, siccome ero stanca e non avevo altri posti dove andare, ho dormito lì. Ci sono rimasta per due notti, a dire la verità, forse aspettando che mi venisse il coraggio di partire. E, chissà, forse anche perché pensavo che in qualche modo tu saresti arrivato di lì a poco. Alla fine sono partita. Ci ho messo due giorni ad arrivare qui. E non me ne sono più andata.»

Sembra che non abbia più niente da dire, ma io ho ancora una domanda da farle. «E perché qui, fra tanti posti possibili?»

«Una città di carta per una ragazza di carta» risponde. «Ho letto di Agloe su un libro di curiosità quando avevo dieci, undici anni. E non ho mai smesso di pensarci. La verità è che tutte le volte che sono salita in cima al SunTrust Building – compresa quella volta con te – e ho guardato giù, non ho pensato che quello che vedevo fosse di carta. Guardavo giù e pensavo che quella fatta di carta ero io. Ero io la persona leggera e facile da piegare, non gli altri. E qui sta il problema. Alle persone piace l'idea di una ragazza di carta. È sempre stato così. E la cosa peggiore è che anche a me piaceva quell'idea. L'ho coltivata, capisci cosa intendo?

«Perché è fantastico incarnare un'idea che piace a tutti, però non potevo essere quell'idea anche per me stessa, non sempre. E Agloe è un posto in cui un'invenzione di carta è diventata realtà. Un punto su una mappa è diventato un posto reale, più reale di quanto i disegnatori stessi della mappa abbiano potuto immaginare. Così ho pensato che anche la sagoma di carta di una ragazza potesse diventare una persona vera qui. Era come se stessi dicendo a quella ragazza di carta tutta presa dall'ansia di piacere e dai vestiti: "Stai andando nella città di carta. E non tornerai *più* indietro."»

«Quel graffito» dico. «Dio santo, Margo, ho battuto tanti di quei quartiere abbandonati, alla ricerca del tuo cadavere. Pensavo davvero... Pensavo davvero che fossi morta.»

Si alza e si guarda intorno alla ricerca del suo zaino, poi si allunga, pesca *La campana di vetro* e comincia a leggere: «"Ma al momento buono, la pelle dei polsi sembrava così bianca e indifesa che non me l'ero sentita. Era come se la cosa che volevo uccidere non fosse in quella pelle e nella sottile vena azzurra che sentivo pulsare forte sotto il mio dito, ma altrove, in un luogo più profondo, più segreto, e molto più difficile da raggiungere."» Si rimette a sedere accanto a me, molto vicina. I nostri jeans si sfiorano, senza che le nostre ginocchia si tocchino davvero. Margo dice: «So di cosa parla. Della cosa più profonda e segreta. Come crepe che si aprono dentro di te, linee che si spezzano dove le cose non coincidono più.»

«Mi piace» osservo. «O come crepe nello scafo di una nave.»

«Sì, vero.»

«Alla fine ti fanno affondare.»

«Giusto» dice. È un botta-e-risposta velocissimo, ormai.

«Non riesco a credere che non volessi farti ritrovare da me.»

«Mi dispiace. Se può farti sentire meglio, sono molto colpita. E poi è bello averti qui. Sei un buon compagno di viaggio.»

«È una proposta?» chiedo.

«Forse.» Sorride.

Il mio cuore ha fatto su e giù nel petto per così tanto tempo che ora tutte queste emozioni mi sembrano quasi tollerabili. Quasi, però. «Margo, se torni a casa solo per l'estate… I miei hanno detto che puoi stare da noi, oppure potresti trovarti un lavoro e una stanza, poi comincerà l'anno accademico e insomma, voglio dire… Non dovrai più tornare a vivere dai tuoi.»

«Non è solo per loro. Sarei di nuovo completamente risucchiata e non ne uscirei più. Il problema non sono solo i pettegolezzi, le feste e tutta quella merda, ma proprio l'idea di una "vita giusta": il college, il lavoro, il matrimonio, i bambini, tutte quelle stronzate lì.»

Il fatto è che io invece *credo* nel college, nel lavoro, e forse crederò anche nei bambini, un giorno. Io credo nel futuro. Magari è un difetto caratteriale; nel mio caso però è congenito. «Ma il college ti dà un sacco di opportunità» dico, alla fine. «Non le limita.»

Ridacchia. «Grazie, Consulente Universitario Jacobsen» risponde, e cambia argomento. «Ho pensato e ripensato a te all'Osprey. Mi chiedevo se ti saresti adattato, se avresti smesso di preoccuparti dei topi.»

«Sì, ce l'ho fatta» dico. «E cominciava anche a piacermi. Ci ho persino passato la notte del ballo.»

Margo sorride. «Figo. Sapevo che ti sarebbe piaciuto, alla fine. Non mi annoiavo mai all'Osprey, ma questo perché a un certo punto dovevo tornarmene a casa. È qui che mi sono annoiata. Non c'era nulla da fare. Ho letto tantissimo. E sono diventata nervosa, sempre più nervosa, e non conoscevo nessuno. E continuavo ad aspettarmi che da un momento all'altro quel nervosismo e quel senso di solitudine mi facessero venir voglia di tornare a casa, e invece niente. È l'unica cosa che non posso proprio fare, Q.»

Annuisco. Riesco a capire che cosa intende. Immagino che sia dura tornare indietro dopo che hai sentito i continenti nel palmo della mano. Eppure ci provo ancora una volta. «Ma cosa farai dopo l'estate? Come la metti con il college? E con il resto della tua vita?»

Scuote la testa. «Eh, come la metto?»

«Come fai a non preoccuparti di quello che succederà da adesso a tipo... *sempre*?»

«Il Sempre è composto di tanti Adesso.» Non so cosa rispondere; ci sto rimuginando quando Margo mi dice: «Emily Dickinson. Te l'ho detto, sto leggendo un sacco.»

Credo che il futuro meriti la nostra fiducia, ma è dura discutere con Emily Dickinson. Margo si alza, si butta lo zaino su una spalla e mi tende una mano. «Facciamo una passeggiata.» Mentre usciamo, lei mi chiede il telefono. Digita un numero. Io mi allontano per lasciarla parlare in pace, Margo però mi afferra per un avambraccio e mi riporta accanto a sé, così mi ritrovo a camminarle accanto tra i campi mentre parla con i suoi.

«Pronto, sono Margo… Sono ad Agloe, nello Stato di New York, con Quentin… Mmm… be', no, mamma. Sto solo cercando un modo per rispondere sinceramente alla tua domanda… Dai, mamma… Non lo so, mamma… Ho deciso di venire in un posto inventato. Questo è quanto… No, non è vero, non me ne sono andata fregandomene… Posso parlare con Ruthie? Ciao, piccola… Sì, anch'io ti voglio bene… Sì, mi dispiace. È stato uno sbaglio. Pensavo… Non so cosa pensavo, Ruthie, ma è stato uno sbaglio, lo so, e d'ora in poi ti chiamerò. Magari non chiamerò la mamma, ma di sicuro chiamerò te… Di mercoledì? Hai da fare di mercoledì. Mmm… Va bene, che giorno ti va bene? Martedì… Ok, tutti i martedì… Sì, compreso il prossimo.» Margo chiude gli occhi e stringe i denti. «D'accordo, Ruthie, mi ripassi la mamma?… Ti voglio bene, mamma. Starò attenta, te lo giuro. Sì, ok, anche tu… Ciao.»

Si ferma, riattacca, ma tiene ancora in mano il telefono. Lo stringe così tanto che le punte delle sue dita si fanno più rosa. Poi lo lascia cadere per terra. Il suo urlo è breve ma assordante, ed è sentendolo che per la prima volta mi accorgo che in questo posto c'è un silenzio angosciante. «Secondo mia madre il mio unico compito e desiderio più grande deve essere compiacere lei, e se non lo faccio… sono fuori. Ha cambiato la serratura. Cristo, è la prima cosa che mi ha detto.»

«Mi dispiace» le dico, e intanto frugo tra l'erba ingiallita, alta fino alle ginocchia, per recuperare il telefono. «Però parlare con Ruthie ti ha fatto piacere, no?»

«Sì, lei è un tesoro. Mi odio per non… per non averla chiamata prima.»

«Immagino» dico. Mi dà una spinta, per gioco.

«Dovresti tirarmi su di morale, non farmi sentire peggio!» esclama. «È l'unica cosa che devi fare!»

«Non sapevo che il mio compito fosse compiacere lei, Signora Spiegelman.»

Ride. «Ooh, il paragone con la mamma. Che colpo basso. Ma me lo merito. Allora, che cos'hai fatto nei giorni scorsi? Se Ben si è messo con Lacey, tu come minimo hai fatto orge notturne con dozzine di cheerleader.»

Camminiamo piano lungo il terreno scosceso di questo campo. Non sembra grande, ma andando avanti l'impressione che ho è che non ci avviciniamo affatto alla fila di alberi in lontananza. Le racconto della nostra fuga dalla cerimonia dei diplomi, del testacoda miracoloso di Trottola. Le racconto del ballo, del litigio tra Lacey e Becca, della notte passata all'Osprey. «È stato allora che ho capito sul serio che eri stata lì» le dico. «La coperta aveva ancora il tuo profumo.»

E in quel momento sento la sua mano che si avvicina

alla mia, e la stringo perché mi sembra che ci sia meno da rovinare, adesso. Mi guarda. «Dovevo andarmene. Non dovevo spaventarti, sono stata stupida, dovevo andarmene in un altro modo, ma dovevo farlo. Lo capisci, adesso?»

«Sì, abbastanza, ma penso anche che adesso potresti tornare a casa. Davvero.»

«No, non lo pensi» risponde lei, e ha ragione. Me lo legge in faccia: ormai ho capito che non posso essere lei e che lei non può essere me. Forse Whitman aveva un dono che io non possiedo. Per quanto mi riguarda, io devo chiedere al ferito dove gli fa male, perché non posso diventare lui. L'unico ferito che posso essere sono io.

Appiattisco l'erba per farmi posto e mi siedo. Margo mi si stende accanto, con la testa appoggiata sullo zaino. Anch'io mi stendo. Tira fuori un paio di libri dallo zaino e me li passa, così anch'io avrò un cuscino. *Poesie di Emily Dickinson* e *Foglie d'erba*. «Ne ho due copie» dice, sorridendo.

«È una gran poesia» le dico. «Non potevi sceglierne una migliore.»

«A dir la verità, è stata una decisione d'impulso. Quella mattina mi sono ricordata il pezzo sulle porte e ho pensato che fosse perfetto. Ma poi, arrivata qui, l'ho riletta. Non l'avevo ripresa in mano da quando l'avevo letta per inglese, e sì, in effetti mi è piaciuta. Mi sono sforzata di leggere un sacco di poesie. Cercavo di capire... Che cosa mi aveva colpito così tanto di te quella notte? Ho pensato a lungo che fosse quando hai citato T.S. Eliot.»

«Ma non è così» le dico. «Sei stata colpita dalle dimensioni dei miei bicipiti e dalla mia grazia nell'uscire dalle finestre.»

Ridacchia. «Stai zitto e fatti fare un po' di complimenti, scemo. Non è stata la poesia, e nemmeno i tuoi bicipiti. Quello che mi ha stupito è che, nonostante i tuoi attacchi d'ansia, tu fossi *esattamente* come il Quentin del mio racconto. Insomma, ho scritto sopra quella storia per anni e tutte le volte leggevo quello che c'era scritto sotto e mi veniva da ridere. Pensavo cose tipo, non ti offendere: "Dio, non ci posso credere che vedevo *Quentin Jacobsen* come un paladino della giustizia supersexy e superleale." Ma alla fine tu eri *veramente* così.»

Mi potrei voltare verso di lei, lei si volterebbe verso di me e ci baceremmo. Ma che senso ha baciarla adesso? Non porterebbe da nessuna parte. Restiamo a fissare il cielo senza nuvole. «Niente va come immagini che andrà» dice lei.

Il cielo sembra un dipinto contemporaneo monocromo, e mi trascina in questa sua illusione di profondità, mi attira a sé. «Sì, è vero» dico, ma poi ci rifletto un secondo e aggiungo: «D'altra parte, se non immagini niente, non succederà niente.» L'immaginazione non è perfetta. Non avrei mai potuto immaginare che Margo si sarebbe arrabbiata così nel vederci, come non avrei potuto immaginare la storia sulla quale stava scrivendo altre cose. Immaginare di essere qualcun altro o di vivere in un mondo diverso è però l'unica via. È la macchina che uccide i fascisti.

Si volta verso di me e appoggia la testa sulla mia spalla. Restiamo lì, come a lungo ci ho immaginati sull'erba del SeaWorld. Ci sono voluti migliaia di chilometri e molti giorni, ma eccoci qui: la sua testa sulla mia spalla, il suo respiro sul mio collo e noi due, tutti e due morti di stanchezza. Siamo qui in questo momento come avevo desiderato che fossimo allora.

Quando mi sveglio, la luce del tramonto fa risaltare ogni cosa: dal cielo che si sta tingendo di giallo ai fili d'erba che ho sopra la testa e che ondeggiano al rallentatore come reginette di bellezza che salutano. Mi giro su un fianco e lì, a pochi passi da me, c'è Margo Roth Spiegelman a gattoni, con i jeans che le aderiscono alle gambe. Mi ci vuole un momento per capire che sta scavando. Striscio accanto a lei e comincio a scavare anch'io. Il terreno sotto l'erba è asciutto e tra le mie dita si sbriciola in polvere. Margo mi sorride. Il cuore mi batte alla velocità del suono.

«Perché stiamo scavando?» le chiedo.

«Non è la domanda giusta» risponde. «La domanda giusta è: per chi stiamo scavando?»

«D'accordo, allora. Per chi stiamo scavando?»

«Stiamo scavando le tombe della Piccola Margo e del Piccolo Quentin, del cucciolo Myrna Mountweazel, e del povero Robert Joyner.»

«Direi che ce la posso fare» commento. La terra è compatta e secca, tutta trivellata di gallerie di insetti: forse è un formicaio abbandonato. Continuiamo a scavare a mani nude, e a ogni pugno di terra si accompagna una nuvoletta di polvere. Scaviamo una fossa larga e profonda. Dovrà essere un sepolcro di tutto rispetto. In poco tempo la buca è profonda fino al gomito. La manica della camicia mi si sporca di polvere quando mi asciugo il sudore dalla guancia. Margo ha le guance arrossate. Sento il suo odore, ed è lo stesso di quella notte, prima che saltassimo nel fosso del SeaWorld.

«Non ho mai pensato a lui come a una persona vera» dice.

Ne approfitto per fare una pausa e mi metto accovacciato. «Chi, Robert Joyner?»

Margo continua a scavare. «Sì, insomma, lui è qualcosa che è successo *a me*, no? Ma prima di diventare questa figura secondaria nel film della mia vita, è stato il protagonista del film della sua vita.»

Nemmeno io avevo mai pensato a lui come a una persona. Un ragazzo che giocava nella terra, come me. Un ragazzo che si era innamorato, come me. Uno i cui fili si erano spezzati, che non sentiva la radice della sua foglia d'erba attaccata al terreno, uno che si era rotto in mille pezzi. Come me.

«Sì, vero» dico dopo un po', rimettendomi a scavare. «Per me è sempre stato solo un corpo.»

«Quanto vorrei che avessimo potuto fare qualcosa» dice. «Che avessimo potuto dare prova del nostro eroismo.»

«Sì, sarebbe stato bello dirgli che, di qualunque cosa si trattasse, non era la fine del mondo.»

«Sì, be', anche se alla fine c'è sempre *qualcosa* che ti uccide.»

Scrollo le spalle. «Sì, lo so, non dico che si sopravvive a tutte le cose. Ma si sopravvive a tutte le cose, meno l'ultima.» Infilo di nuovo la mano nella fossa; il terreno qui è più nero che a casa. Lancio un pugno di terra sul cumulo dietro di noi e poi mi metto a sedere. Sento che mi sta per venire un'idea e ho bisogno di parlare per metterla a fuoco. Non ho mai detto così tante cose di fila a Margo in tutto il nostro lungo e storico rapporto, e ora eccole qui, le mie ultime battute per lei.

«Tutte le volte che ho pensato alla sua morte – poche, lo ammetto – mi è sempre tornato in mente quello che avevi detto tu, che i fili dentro di lui si erano rotti. Ma ci sono migliaia di modi di vederla: forse le sue corde si erano rotte, o forse la nave è affondata, o forse siamo fili d'erba e le radici di tutti noi sono così intrecciate che nessuno muore finché c'è qualcun altro che resta in vita. Quello che voglio dire è che le metafore non ci mancano, ma bisogna stare attenti a quella che si sceglie, perché fa molta differenza. Se tu scegli i fili, le corde, vuol dire che stai immaginando un mondo in cui puoi romperti in modo irreparabile. Se scegli l'erba, stai dicendo che siamo tutti legati, all'infinito, che possiamo usare questo sistema di radici non solo per capire gli altri, ma per diventare gli altri. Le metafore hanno implicazioni. Capisci cosa intendo?»

Annuisce.

«Mi piace l'idea dei fili, mi è sempre piaciuta. Perché è così che ci si sente. Secondo me però fa sembrare la sofferenza più irrimediabile del dovuto. Noi non siamo fragili come i fili ci fanno credere. E mi piace anche l'immagine dell'erba. L'erba mi ha portato a te, mi ha aiutato a immaginarti come una persona vera. Noi però non siamo germogli diversi nati da una stessa pianta. Io non posso essere te. Tu non puoi essere me. Puoi arrivare a immaginare abbastanza bene una persona, però mai a vederla alla perfezione.

«Forse è più come hai detto prima, che dentro di noi si sono aperte delle crepe. Ognuno all'inizio è una nave inaffondabile. Poi ci succedono alcune cose: persone che ci lasciano, che non ci amano, che non ci capiscono o che noi non capiamo, e ci perdiamo, sbagliamo, ci facciamo del male, gli uni agli altri. E lo scafo comincia a creparsi. E quando si rompe non c'è niente da fare, la fine è inevitabile. Una volta che avrà cominciato a piovere dentro l'Osprey, nessuno chiuderà più i buchi nel tetto. Però c'è un sacco di tempo tra quando le crepe cominciano a formarsi e quando andiamo a pezzi. Ed è solo in quei momenti che possiamo vederci, perché vediamo fuori di noi dalle nostre fessure e dentro gli altri attraverso le loro. Quand'è che noi due ci siamo trovati faccia a faccia? Non prima di aver guardato dentro le nostre reciproche crepe. Prima di allora, stavamo solo guardando le idee che avevamo dell'altro, come se stessimo osservando una tenda alla finestra, e mai la stanza dietro. Una volta che lo scafo va in pezzi, però, la luce entra. Ed esce.»

Margo si porta un dito alle labbra: forse è molto concentrata, forse mi sta nascondendo la bocca, o forse vuole sentire con le dita le parole che sta per dire. «Sei davvero qualcosa» dice alla fine. Mi guarda, i miei occhi nei suoi occhi, e in mezzo niente. Non ottengo nulla se la bacio. D'altra parte, non sto più cercando di ottenere nulla. «C'è una cosa che devo fare» dico. Lei annuisce appena, come se sapesse già di cosa parlo, e io la bacio.

Dura un po', finché Margo non dice: «Potresti venire a New York. Sarebbe divertente. Sarebbe come baciarsi.»

E io dico: «Baciarsi è davvero qualcosa.»

E lei: «Stai dicendo di no.»

E io: «Margo, ho tutta la mia vita là, e io non sono te, e io...» Non finisco la frase perché mi bacia di nuovo, e nell'istante in cui mi bacia capisco con estrema chiarezza che stiamo andando in due direzioni diverse. Si alza e va nel punto in cui abbiamo dormito. Tira fuori il quaderno dallo zaino, torna indietro e lo adagia nella fossa.

«Mi mancherai» sussurra, e non so se sta parlando a me o al quaderno. E nemmeno io so a chi sto parlando quando dico: «Anche a me.»

«Buon viaggio, Robert Joyner» dico, e lancio un pugno di terra sul quaderno.

«Buon viaggio, giovane ed eroico Quentin Jacobsen» esclama Margo, lanciando a sua volta un po' di terra.

Un'altra manciata e io dico: «Buon viaggio, Margo Roth Spiegelman, impavida cittadina di Orlando.»

Un'altra ancora, e lei, per finire: «Buon viaggio, Myrna Mountweazel, magico cucciolo.» Ricopriamo di terra il quaderno, pestando con i piedi il rettangolo che abbiamo rivoltato scavando. L'erba ricrescerà presto. Sarà per noi la bella capigliatura delle tombe.

Sporchi di terra, torniamo ai Grandi Magazzini di Agloe tenendoci per mano. Aiuto Margo a portare le sue cose – i pochi vestiti, lo spazzolino, il dentifricio e la sedia della scrivania – alla macchina. L'intensità del momento dovrebbe facilitare la conversazione, e invece la rende più difficile.

Siamo nel parcheggio di un motel a un piano. I saluti sono ormai inevitabili. «Mi comprerò un telefono e ti chiamerò» dice. «E poi ti scriverò. E pubblicherò messaggi misteriosi nella pagina delle città di carta su Omnictionary.»

Sorrido. «Ti mando un'e-mail quando arriviamo a casa. Rispondimi» le dico.

«Hai la mia parola. E poi ci vedremo. Non ci stiamo dicendo addio.»

«Forse, alla fine dell'estate e prima dell'inizio del college, potrei raggiungerti da qualche parte» dico.

«Sì» risponde Margo. «Sì, è un'ottima idea.» Sorrido e annuisco. Si volta e mi chiedo se stava parlando sul serio, quando vedo le sue spalle tremare. Piange.

«Ci rivedremo. E nel frattempo ti scriverò» le dico.

«Sì» risponde, senza voltarsi, la voce roca. «Anch'io ti scriverò.»

Dirci queste cose ci aiuta a non sprofondare. E forse, immaginando i nostri futuri, riusciremo a farli diventare reali, o forse no, ma dobbiamo immaginarli comunque. La luce esce ed entra.

Sono in questo parcheggio e mi rendo conto di non essere mai stato così lontano da casa. Qui accanto a me c'è la ragazza di cui sono innamorato e che non posso seguire. Spero che sia la prova dell'eroe, perché non seguirla è la cosa più difficile che mi sia mai toccato fare.

Continuo a pensare che salirà in macchina, ma non lo fa e alla fine si volta, e vedo che ha gli occhi lucidi.

Lo spazio fisico tra di noi evapora. Per un'ultima volta, suoniamo le corde rotte dei nostri strumenti.

Sento le sue mani sulla mia schiena. Ed è buio quando la bacio, ma ho gli occhi aperti. E anche Margo tiene aperti i suoi. Mi sta molto vicina, e la vedo: anche adesso, in piena notte, in questo parcheggio nei dintorni di Agloe, risplende il segno esteriore della luce invisibile. Dopo esserci baciati, restiamo a guardarci, fronte contro fronte. Sì, in quest'oscurità che si rompe riesco a vederla quasi perfettamente.

Nota dell'autore

Ho scoperto le città di carta incrociandone una durante il mio terzo anno di università. Io e la mia compagna di viaggio percorremmo avanti e indietro lo stesso desolato tratto di autostrada del South Dakota alla ricerca di una città di cui la nostra mappa garantiva l'esistenza. Se ricordo bene, si chiamava Holen. Alla fine imboccammo un vialetto d'accesso e suonammo a una porta. Ci rispose una signora gentile, a cui era già capitato di essere interpellata sulla questione. Ci spiegò che la città che stavamo cercando esisteva solo sulle mappe geografiche.

La storia di Agloe, dello Stato di New York, raccontata in questo libro, è in buona parte vera. Agloe nacque come città di carta contro le violazioni del diritto d'autore. Quando però in molti insistettero a cercarla, basandosi sulle mappe Esso, qualcuno vi costruì un negozio, facendo di Agloe un posto vero. Il mercato della cartografia è cambiato molto da quando Otto G. Lindberg ed Ernest Alpers hanno creato Agloe, e tuttavia molti disegnatori di mappe continuano ancora oggi a inserire le città di carta come trappole per il copyright, come comprovato dalla mia stupefacente esperienza in South Dakota.

Il negozio di cui Agloe consisteva non c'è più, ma sono sicuro che se lo inserissimo di nuovo nelle nostre mappe, prima o poi qualcuno lo ricostruirebbe.

Ringraziamenti

Vorrei ringraziare i miei genitori, Sydney e Mike Green. Non avrei mai creduto di arrivare a dire una cosa del genere, ma grazie di avermi fatto crescere in Florida.

Mio fratello e collaboratore preferito, Hank Green.

Ilene Cooper, la mia mentore.

La Dutton al completo, ma in particolare la mia incomparabile editor, Julie Strauss-Gabel, e poi Lisa Yoskowitz, Sarah Shumway, Stephanie Owens Lurie, Christian Fünfhausen, Rosanne Lauer, Irene Vandervoort e Steve Meltzer.

Jodi Reamer, la mia agente adorabilmente ostinata.

I Nerdfighters, che mi hanno illuminato sul significato di "awesome".

I miei colleghi scrittori: Emily Jenkins, Scott Westerfeld, Justine Larbalestier e Maureen Johnson.

Due libri particolarmente utili che ho letto sul tema della scomparsa mentre facevo ricerche per *Città di carta*: *The Dungeon Master*, di William Dear e *Into the wild*, di Jon Krakauer. Sono grato anche a Cecil Adams, il grande cervello che sta dietro a *The Straight Dope*, il cui breve articolo sulle trappole per il copyright è – per quanto ne so io – la fonte definitiva sull'argomento.

I miei nonni: Henry e Billie Grace Goodrich, William e Jo Green.

Emily Johnson: le sue letture di questo romanzo sono state preziosissime; Joellen Hosler, il miglior terapista che uno scrittore possa desiderare; i miei cugini acquisiti, Blake e Plyllis Johnson; Brian Lipson e Lis Rowinski di Endeavor; Katie Else; Emily Blejwas, che mi ha accompagnato in quel viaggio nella città di carta; Levin O'Connor, che mi ha insegnato quasi tutto quello che so sui giornali a fumetti; Tobin Anderson e Sean, che mi hanno coinvolto nell'esplorazione urbana di Detroit; la bibliotecaria scolastica, Susan Hunt, e tutti quelli che rischiano il lavoro per opporsi alla censura; Shannon James; Markus Zusak; John Mauldin e i miei meravigliosi suoceri, Connie e Marshall Urist.

Sarah Urist Green, la mia prima lettrice, prima editor, miglior amica e compagna di squadra preferita.

Finito di stampare nel mese di settembre 2020
presso Grafica Veneta S.p.A.
via Malcanton 2, Trebaseleghe (PD)